BUNGOU SHISU

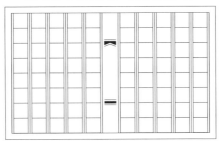

# 文豪死す


芥川龍之介　梶井基次郎　夢野久作
太宰治　中島敦　泉鏡花



新紀元社

# はじめに

# 文豪たちの最期を飾った名作を読む

文豪は作品を書き続ける。
しかし必ず人生の終わりは訪れる。
書きたいことを書き尽くした文豪もいるだろうが、
多くはもっと良い作品を世に残したいと思いながら志なかばで逝ってしまった。
本書は、そうした文豪たちの最期を飾った作品「遺作」を集めている。

心を病み「僕の将来に対する唯《ただ》ぼんやりした不安」にとらわれながら
「歯車」を書き上げた**芥川龍之介**。

長編連載の途中で愛人と心中してしまった**太宰治**。

悪化する病に耐えつつ書き上げた作品で、
初めての原稿料を受けとったものの、その三か月後に力尽きた**梶井基次郎**。

初めての作品集刊行の喜びもつかの間、病に苦しむ中で
三作もの傑作を書き上げたが、その年のうちに旅立ってしまった**中島敦**。

十年がかりの大作「ドグラ・マグラ」を刊行した翌年春、
兆候もなかった脳溢血で突然死してしまった**夢野久作**。

二十歳から六十三歳まで毎年精力的に作品を発表し続けたが、
病気のため初めて作品を発表できなかった一年を経て、
三島由紀夫に「天使的作品！」とまで言わせた作品を遺した**泉鏡花**。

それぞれの最期に遺された作品は、
今でも光を失うことなく文豪たちの魅力を伝え続けている。
本書と対をなす既刊『文豪誕生』は逆に文豪たちのデビュー作・出世作を収録した
アンソロジーである。本書と併せて読むことをおすすめしたい。

『文豪死す』編集部

目次

VI

# 泉鏡花 243

【凡例】

※本書収録の小説本文は出典により歴史的仮名遣いと現代仮名遣い、漢字の新旧字体が混じり、不統一がまぬかれないので、全体を原則として現行の仮名遣い、新字体に揃えた。ただし、森鷗外など通用の人名などは例外とした。

※本文の送り仮名は原文通りを基本としたが、現代では読みにくい送り方、難読の漢字には振り仮名を補い、読みやすくした。作品名など固有名詞の仮名遣いは改めないこととした。

※長文の手紙やエッセイの引用の中で省略したものには、(前略)、(中略)、(後略)を記した。

※原則として、書籍・雑誌名は『 』に、作品名は「 」に入れた。

※本書には、現在の観点から見ると差別用語ととられかねない表現が含まれるが、原文の歴史性を考慮してそのままとした。

AKUTAGAWA RYUNOSUKE

I

# 芥川龍之介

遺作▼歯車――1927（昭和2）年

文豪死す

# 芥川龍之介

（あくたがわ　りゅうのすけ）

1892（明治25）年、東京生まれ。小説家。東京大学在籍中に、菊池寛らとともに『新思潮』を創刊。「杜子春」や「羅生門」など古典を題材にして、そこに近代的解釈を加えた短編を多く生み出したが、晩年の「河童」や「歯車」では自身の陰鬱な精神世界を抽出したような作品が見受けられる。代表作に「芋粥」「藪の中」「地獄変」など。1927（昭和2）年、自宅で大量の睡眠薬を飲み自殺。満35歳没。

### 遺作「歯車」について

昭和2年7月24日に服毒自殺した芥川龍之介の死後発表された、「遺稿」と言われるのは三作品。絶筆は自殺の直前に脱稿した「続西方の人」になるが、これは随筆。「或阿呆の一生」は自伝的作品で、純然たる小説は「歯車」とされている。

# 歯車

## 一　レエン・コオト

僕はある知り人の結婚披露式につらなる為《ため》に鞄《かばん》を一つ下げたまま、東海道のある停車場へその奥の避暑地から自動車を飛ばした。自動車の走る道の両がわは大抵松ばかり茂っていた。上り列車に間に合うかどうかはかなり怪しいのに違いなかった。自動車にはちょうど僕のほかにある理髪店の主人も乗り合せていた。彼は棗《なつめ》のようにまるまると肥った、短い顋髯《あごひげ》の持ち主だった。僕は時間を気にしながら、時々彼と話をした。

「妙なこともありますね。××さんの屋敷には昼間でも幽霊が出るって云《い》うんですが」

「昼間でもね」

僕は冬の西日の当った向うの松山を眺めながら、善い加減に調子を合せていた。

「もっとも天気の善い日には出ないそうです。一番多いのは雨のふる日だって云うんですが」

「雨の降る日に濡れに来るんじゃないか?」

「御常談で。……しかしレエン・コオトを着た幽霊だって云うんです」

自動車はラッパを鳴らしながら、ある停車場へ横着けになった。僕はある理髪店の主人に別れ、停車場の中へはいって行った。すると果して上《のぼ》り列車は二三分前に出たばかりだった。待合室のベンチにはレエン・コオトを着た男が一人ぼんやり外を眺めていた。僕は今聞いたばかりの幽霊の話を思い出した。が、ちょっと苦笑したぎり、とにかく次の列車を待つために停車場前のカッフェへはいることにした。

それはカッフェと云う名を与えるのも考えものに近いカッフェだった。僕は隅のテエブルに坐り、ココアを一杯註文《ちゅうもん》した。テエブルにかけたオイル・クロオスは白地に細い青の線を荒い格子《こうし》に引いたものだった。しかしもう隅々には薄汚いカンヴァスを露《あらわ》していた。僕は膠臭《にかわくさ》いココアを飲みながら、人げのないカッフェの中を見まわした。埃《ほこり》じみたカッフェの壁には「親子丼《おやこどんぶり》」だの「カツレツ」だのと云う紙札が何枚も貼《は》ってあった。

「地玉子、オムレツ」

僕はこう云う紙札に東海道線に近い田舎を感じた。それは麦畑やキャベツ畑の間に電気機関車の通る田舎だった。……

次の上り列車に乗ったのはもう日暮に近い頃だった。僕はいつも二等に乗っていた。が、何かの都合上、その時は三等に乗ることにした。

汽車の中はかなりこみ合っていた。しかも僕の前後にいるのは大磯《おおいそ》かどこかへ遠足に行ったらしい小学校の女生徒ばかりだった。僕は巻煙草に火をつけながら、こう云う女生徒の群れを眺めていた。彼等はいずれも快活だった。のみならず殆どしゃべり続けだった。

「写真屋さん、ラヴ・シインって何？」

やはり遠足について来たらしい、僕の前にいた「写真屋さん」は何とかお茶を濁していた。しかし十四五の女生徒の一人はまだいろいろのことを問いかけていた。僕はふと彼女の鼻に蓄膿症《ちくのうしょう》のあることを感じ、何か頬笑《ほほえ》まずにはいられなかった。それからまた僕の隣りにいた十二三の女生徒の一人は若い女教師の膝《ひざ》の上に坐り、片手に彼女の頸《くび》を抱きながら、片手に彼女の頬をさすっていた。しかも誰かと話す合い間に時々こう女教師に話しかけていた。

「可愛いわね、先生は。可愛い目をしていらっしゃるわね」

彼等は僕には女生徒よりも一人前の女と云う感じを与えた。林檎《りんご》を皮ごと噛《か》じっていたり、キャラメルの紙を剥《む》いていることを除けば。……しかし年かさらしい女生徒の一人は僕の側を通る時に誰かの足を踏んだと見え、「御免なさいまし」と声をかけた。彼女だけは彼等よりもませているだけに反《かえ》って僕には女生徒らしかった。僕は巻煙草を啣《くわ》えたまま、この矛盾を感じた僕自身を冷笑しない訣《わけ》には行かなかった。

いつか電燈をともした汽車はやっとある郊外の停車場へ着いた。僕は風の寒いプラットホオムへ下り、一度橋を渡った上、省線電車の来るのを待つことにした。すると偶然顔を合せたのはある会社にいるT君だった。僕等は電車を待っている間に不景気のことなどを話し合った。T君は勿論《もちろん》僕などよりもこう云う問題に通じていた。が、逞《たくま》しい彼の指には余り不景気には縁のない土耳古《トルコ》石の指《ゆび》環《わ》も嵌《は》まっていた。

「大したものを嵌めているね」

「これか？　これはハルビンへ商売に行っていた友だちの指環を買わされたのだよ。そいつも今は往生している。コオペラティヴ（協同組合）と取引きが出来なくなったものだから」

僕等の乗った省線電車は幸いにも汽車ほどこんでいなかった。僕等は並んで腰をおろし、いろいろのことを話していた。T君はついこの春に巴里《パリ》にある勤め先から東京へ帰ったばかりだった。従って僕等の間には巴里の話も出勝ちだった。カイヨオ夫人※1の話、蟹《かに》料理の話、御外遊中のある殿下の話、……

「仏蘭西《フランス》は存外困ってはいないよ、ただ元来仏蘭西人と云うやつは税を出したがらない国民だから、内閣はいつも倒れるがね。……」

「だってフランは暴落するしさ」

「それは新聞を読んでいればね。しかし向うにいて見給え。新聞紙上の日本なるものはのべつ大地震や大洪水があるから」

するとレエン・コオトを着た男が一人僕等の向うへ来て腰をおろした。僕はちょっと無気味になり、何か前に聞いた幽霊の話をT君に話したい心もちを感じた。が、T君はその前に杖の柄をくるりと左へ向け、顔は前を向いたまま、小声に僕に話しかけた。

「あすこに女が一人いるだろう？　鼠色の毛糸のショオルをした、……」

「あの西洋髪に結った女か？」

「うん、風呂敷包みを抱えている女さ。あいつはこの夏は軽井沢にいたよ。ちょっと洒落《しゃ》れた洋装などをしてね」

しかし彼女は誰の目にも見すぼらしいなりをしているのに違いなかった。僕はT君と話しながら、そっと彼女を眺めていた。彼女はどこか眉の間に気違いらしい感じのする顔をしていた。しかもそのまた風呂敷包みの中から豹《ひょう》に似た海綿をはみ出させていた。

「軽井沢にいた時には若い亜米利加《アメリカ》人と踊ったりしていたっけ。モダアン……何と云うやつかね」

レエン・コオトを着た男は僕のT君と別れる時にはいつかそこにいなくなっていた。僕は省線電車のある停車場からやはり鞄をぶら下げたまま、あるホテルへ歩いて行った。往来の両側に立っているのは大抵大きいビルディングだった。僕はそこを歩いているうちにふと松林を思い出した。のみならず僕の視野のうちに妙なものを見つけ出した。妙なものを？——と云うのは絶えずまわっている半透明の歯車だった。僕はこう云う経験を前にも何度か持ち合せていた。歯車は次第に数を殖やし、半ば僕の視野を塞《ふさ》いでしまう、が、それも長いことではない、しばらくの後には消え失せる代りに今度は頭痛を感じはじめる、——それはいつも同じことだった。眼科の医者はこの錯覚（?）のために度々僕に節煙を命じた。しかしこう云う歯車は僕の煙草に親《した》しまない二十《はたち》前にも見えないことはなかった。僕はまたはじまったなと思い、左の目の視力をためす為に片手に右の目を塞いで見た。

左の目は果して何ともなかった。しかし右の目の瞼《まぶた》の裏には歯車が幾つもまわっていた。僕は右側のビルディングの次第に消えてしまうのを見ながら、せっせと往来を歩いて行った。

ホテルの玄関へはいった時には歯車ももう消え失せていた。が、頭痛はまだ残っていた。僕は外套《がいとう》や帽子を預ける次手《ついで》に部屋を一つとって貰うことにした。それからある雑誌社へ電話をかけて金のことを相談した。

結婚披露式の晩餐《ばんさん》はとうに始まっていたらしかった。僕はテエブルの隅に坐り、ナイフやフォオクを動かし出した。正面の新郎や新婦をはじめ、白い凹《おう》字形のテエブルについた五十人あまりの人びとは勿論いずれも陽気だった。が、僕の心もちは明るい電燈の光の下にだんだん憂鬱になるばかりだった。僕はこの心もちを遁《のが》れるために隣にいた客に話しかけた。彼は丁度獅子《しし》のように白い頬《ほお》髯《ひげ》を伸ばした老人だった。のみならず僕も名を知っていたある名高い漢学者だった。従ってまた僕等の話はいつか古典の上へ落ちて行った。

「麒麟《きりん》はつまり一角獣ですね。それから鳳凰《ほうおう》もフェニックスと云う鳥の、……」

この名高い漢学者はこう云う僕の話にも興味を感じているらしかった。僕は機械的にしゃべっているうちにだんだん病的な破壊慾を感じ、堯舜《ぎょうしゅん》を架空の人物にしたのは勿論、「春秋《しゅんじゅう》」の著者もずっと後の漢代の人だったことを話し出した。するとこの漢学者は露骨に不快な表情を示し、少しも僕の顔を見ずにほとんど虎の唸《うな》るように僕の話を截《き》り離した。

「もし堯舜もいなかったとすれば、孔子は譃《うそ》をつかれたことになる。聖人の譃をつかれるはずはない」

僕は勿論黙ってしまった。それからまた皿の上の肉へナイフやフォオクを加えようとした。すると小さい蛆《うじ》が一匹静かに肉の縁に蠢《うご》めいていた。蛆は僕の頭の中に Worm と云う英語を呼び起した。それはまた麒麟や鳳凰のようにある伝説的動物を意味している言葉にも違いなかった。僕はナイフやフォオクを置き、いつか僕の杯にシャンパアニュのつがれるのを眺めていた。

やっと晩餐のすんだ後、僕は前にとって置いた僕の部屋へこもる為に人気《ひとげ》のない廊下を歩いて行った。廊下は僕にはホテルよりも監獄らしい感じを与えるものだった。しかし幸いにも頭痛だけはいつの間にか薄らいでいた。

僕の部屋には鞄は勿論、帽子や外套も持って来てあった。僕は壁にかけた外套に僕自身の立ち姿を感じ、急いでそれを部屋の隅の衣裳《いしょう》戸棚《とだな》の中へ抛《ほう》りこんだ。それから鏡台の前へ行き、じっと鏡に僕の顔を映した。鏡に映った僕の顔は皮膚の下の骨組みを露わしていた。蛆はこう云う僕の記憶にたちまちはっきり浮び出した。

僕は戸をあけて廊下へ出、どこと云うことなしに歩いて行った。するとロッビイへ出る隅に緑いろの笠をかけた、背の高いスタンドの電燈が一つ硝子《ガラス》戸に鮮《あざや》かに映っていた。それは何か僕の心に平和な感じを与えるものだった。僕はその前の椅子に坐り、いろいろのことを考えていた。が、そこにも五分とは坐っている訣に行かなかった。レエン・コオトは今度もまた僕の横にあった長椅子の背中にいかにもだらりと脱ぎかけてあった。

「しかも今は寒中だと云うのに」

僕はこんなことを考えながら、もう一度廊下を引き返して行った。廊下の隅の給仕だまりには一人も給仕は見えなかった。しかし彼等の話し声はちょっと僕の耳をかすめて行った。それは何とか言われたのに答えた All right と云う英語だった。「オオル・ライト」?——僕はいつかこの対話の意味を正確に掴《つか》もうとあせっていた。「オオル・ライト」? 「オオル・ライト」? 何が一体オオル・ライトなのであろう?

僕の部屋は勿論ひっそりしていた。が、戸をあけてはいることは妙に僕には無気味だった。僕はちょっとためらった後、思い切って部屋の中へはいって行った。それから鏡を見ないようにし、机の前の椅子に腰をおろした。椅子は蜥蜴《とかげ》の皮に近い、青いマロック皮の安楽椅子だった。僕は鞄をあけて原稿用紙を出し、ある短篇を続けようとした。けれどもインクをつけたペンはいつまでたっても動かなかった。のみならずやっと動いたと思うと、同じ言葉ばかり書きつづけていた。All right……All right……All right sir……All right……

そこへ突然鳴り出したのはベッドの側にある電話だった。僕は驚いて立ち上り、受話器を耳へやって返事をした。

「どなた?」

「あたしです。あたし……」

相手は僕の姉の娘だった。

「何だい？　どうかしたのかい？」

「ええ、あの大へんなことが起ったんです。ですから、……大へんなことが起ったもんですから。今叔母さんにも電話をかけたんです」

「大へんなこと？」

「ええ、ですからすぐに来て下さい。すぐにですよ」

電話はそれぎり切れてしまった。僕はもとのように受話器をかけ、反射的にベルの鈕《ボタン》を押した。しかし僕の手の震えていることは僕自身はっきり意識していた。給仕は容易にやって来なかった。僕は苛立《いらだ》たしさよりも苦しさを感じ、何度もベルの鈕《ボタン》を押した。やっと運命の僕に教えた「オオル・ライト」と云う言葉を了解しながら。

僕の姉の夫はその日の午後、東京から余り離れていないある田舎に轢死《れきし》していた。しかも季節に縁のないレエン・コオトをひっかけていた。僕はいまもそのホテルの部屋に前の短篇を書きつづけている。真夜中の廊下には誰も通らない。が、時々戸の外に翼の音の聞えることもある。どこかに鳥でも飼ってあるのかも知れない。

## 二　復讐

僕はこのホテルの部屋に午前八時頃に目を醒《さ》ました。が、ベッドをおりようとすると、スリッパアは不思議にも片っぽしかなかった。それはこの一二年の間、いつも僕に恐怖だの不安だのを与える現象だった。のみならずサンダアルを片っぽだけはいた希臘《ギリシャ》神話の中の王子を思い出させる現象だった。僕はベルを押して給仕を呼び、スリッパアの片っぽを探して貰うことにした。給仕はけげんな顔をしながら、狭い部屋の中を探しまわった。

「ここにありました。このバスの部屋の中に」

「どうしてまたそんな所に行っていたのだろう？」

「さあ、鼠かも知れません」

僕は給仕の退いた後《のち》、牛乳を入れない珈琲《コーヒー》を飲み、前の小説を仕上げにかかった。凝灰岩を四角に組んだ窓は雪のある庭に向っていた。僕はペンを休める度にぼんやりとこの雪を眺めたりした。雪は莟《つぼみ》を持った沈丁花《じんちょうげ》の下に都会の煤煙《ばいえん》によごれていた。それは何か僕の心に傷《いた》ましさを与える眺めだった。僕は巻煙草をふかしながら、いつかペンを動かさずにいろいろのことを考えていた。妻のことを、子供たちのことを、就中《なかんずく》姉の夫のことを。……

姉の夫は自殺する前に放火の嫌疑を蒙《こうむ》っていた。それもまた実際仕方はなかった。彼は家の焼ける前に家の価格に二倍する火災保険に加入していた。しかも偽証罪を犯したために執行猶予中の体になっていた。けれども僕を不安にしたのは彼の自殺したことよりも僕の東京へ帰る度に必ず火の燃えるのを見たことだった。僕はあるいは汽車の中から山を焼いている火を見たり、あるいはまた自動車の中から（その時は妻子とも一しょだった）常磐橋界隈《ときわばしかいわい》の火事を見たりしていた。それは彼の家の焼けない前にもおのずから僕に火事のある予感を与えない訣《わけ》には行かなかった。

「今年は家が火事になるかも知れないぜ」

「そんな縁起の悪いことを。……それでも火事になったら大変ですね。保険は碌《ろく》についていないし、……」

僕等はそんなことを話し合ったりした。しかし僕の家は焼けずに、――僕は努めて妄想《もうぞう》を押しのけ、もう一度ペンを動かそうとした。が、ペンはどうしても一行とは楽に動かなかった。僕はとうとう机の前を離れ、ベッドの上に転がったまま、トルストイのPolikouchkaを読みはじめた。この小説の主人公は虚栄心や病的傾向や名誉心の入り交った、複雑な性格の持ち主だった。しかも彼の一生の悲喜劇は多少の修正を加えさえすれば、僕の一生のカリカテュアだった。殊に彼の悲喜劇の中に運命の冷笑を感じるのは次第に僕を無気味にし出した。僕は一時間とたたないうちにベッドの上から飛び起きるが早いか、窓かけの垂れた部屋の隅へ力一ぱい本を抛《ほう》りつけた。

「くたばってしまえ！」

するとも大きい鼠が一匹窓かけの下からバスの部屋へ斜めに床の上を走って行った。僕は一足飛びにバスの部屋へ行き、戸をあけて中を探しまわった。が、白いタッブのかげにも鼠らしいものは見えなかった。僕は急に無気味になり、慌《あわ》ててスリッパアを靴に換えると、人気《ひとげ》のない廊下を歩いて行った。

廊下はきょうも不相変《あいかわらず》牢獄《ろうごく》のように憂鬱だった。僕は頭を垂れたまま、階段を上《あが》ったり下りたりしていうちにいつかコック部屋へはいっていた。コック部屋は存外明るかった。が、片側に並んだ竈《かまど》は幾つも炎を動かしていた。僕はそこを通りぬけながら、白い帽をかぶったコックたちの冷やかに僕を見ているのを感じた。同時にまた僕の堕《お》ちた地獄を感じた。「神よ、我を罰し給え。怒り給うこと勿《なか》れ。恐らくは我滅びん」――こう云う祈祷《きとう》もこの瞬間にはおのずから僕の唇《くちびる》にのぼらない訣には行かなかった。

僕はこのホテルの外へ出ると、青ぞらの映った雪解けの道をせっせと姉の家へ歩いて行った。道に沿うた公園の樹木は皆枝や葉を黒ませていた。のみならずどれも一本ごとにちょうど僕等人間のように前や後ろを具《そな》えていた。それもまた僕には不快よりも恐怖に近いものを運んで来た。僕はダンテの地獄の中にある、樹木になった魂を思い出し、ビルディングばかり並んでいる電車線路の向うを歩くことにした。しかしそこも一町とは無事に歩くことは出来なかった。

「ちょっと通りがかりに失礼ですが、……」

それは金鈕《きんボタン》の制服を着た二十二三の青年だった。僕は黙ってこの青年を見つめ、彼の鼻の左の側《わき》に黒子《ほくろ》のあることを発見した。彼は帽を脱いだまま、怯《お》ず怯ずこう僕に話しかけた。

「Aさんではいらっしゃいませんか?」

「そうです」

「どうもそんな気がしたものですから、……」

「何か御用ですか?」

「いえ、ただお目にかかりたかっただけです。僕も先生の愛読者の……」

僕はもうその時にはちょっと帽をとったぎり、彼を後ろに歩き出していた。先生、A先生、――それは僕にはこの頃で最も不快な言葉だった。僕はあらゆる罪悪を犯していることを信じていた。しかも彼等は何かの機会に僕を先生と呼びつづけていた。僕はそこに僕を嘲《あざけ》る何ものかを感じずにはいられなかった。何ものかを?――しかし僕の物質主義は神秘主義を拒絶せずにはいられなかった。僕はつい二三箇月前にもある小さい同人雑誌にこう云う言葉を発表していた。――「僕は芸術的良心を始め、どう云う良心も持っていない。僕の持っているのは神経だけである」……

姉は三人の子供たちと一しょに露地の奥のバラックに避難していた。褐色の紙を貼ったバラックの中は外よりも寒いくらいだった。僕等は火鉢に手をかざしながら、いろいろのことを話し合った。体の逞《たくま》しい姉の夫は人一倍痩《や》せ細った僕を本能的に軽蔑《けいべつ》していた。のみならず僕の作品の不道徳であることを公言していた。僕はいつも冷やかにこう云う彼を見おろしたまま、一度も打ちとけて話したことはなかった。しかし姉と話しているうちにだんだん彼も僕のように地獄に堕ちていたことを悟り出した。彼は現に寝台車の中に幽霊を見たとか云うことだった。が、僕は巻煙草に火をつけ、努めて金《かね》のことばかり話しつづけた。

「何しろこう云う際だしするから、何も彼も売ってしまおうと思うの」

「それはそうだ。タイプライタアなどは幾らかになるだろう」

「ええ、それから画などもあるし」

「次手《ついで》にNさん（姉の夫）の肖像画も売るか？　しかしあれは……」

僕はバラックの壁にかけた、額縁のない一枚のコンテ画を見ると、迂闊《うかつ》に常談も言われないのを感じた。轢死した彼は汽車の為に顔もすっかり肉塊になり、僅かに唯口髭《くちひげ》だけ残っていたとか云うことだった。この話は勿論話自身も薄気味悪いのに違いなかった。しかし彼の肖像画はどこも完全に描いてあるものの、口髭だけはなぜかぼんやりしていた。僕は光線の加減かと思い、この一枚のコ※2ンテ画をいろいろの位置から眺めるようにした。

「何をしているの？」

「何でもないよ。……唯あの肖像画は口のまわりだけ、……」

姉はちょっと振り返りながら、何も気づかないように返事をした。

「髭だけ妙に薄いようでしょう」

僕の見たものは錯覚ではなかった。しかし錯覚ではないとすれば、——僕は午飯《ひるめし》の世話にならないうちに姉の家を出ることにした。

「まあ、善いでしょう」

「またあしたでも、……きょうは青山※3まで出かけるのだから」

「ああ、あすこ？　まだ体の具合は悪いの？」

「やっぱり薬ばかり燕《の》んでいる。催眠薬だけでも大変だよ。ヴェロナアル、ノイロナアル、トリオナアル、ヌマアル……」

三十分ばかりたった後、僕はあるビルディングへはいり、昇降機《リフト》に乗って三階へのぼった。それからあるレストオランの硝子戸を押してはいろうとした。が、硝子戸は動かなかった。のみならずそこには「定休日」と書いた漆塗りの札も下っていた。僕はいよいよ不快になり、硝子戸の向うのテエブルの上に林檎《りんご》やバナナを盛ったのを見たまま、もう一度往来へ出ることにした。すると会社員らしい男が二人何か快活にしゃべりながら、このビルディングにはいる為に僕の肩をこすって行った。彼等の一人はその拍子に「イライラしてね」と言ったらしかった。

僕は往来に佇《たたず》んだなり、タクシイの通るのを待ち合せていた。タクシイは容易に通らなかった。のみならずたまに通ったのは必ず黄いろい車だった。（この黄いろいタクシイはなぜか僕に交通事故の面倒をかけるのを常としていた）そのうちに僕は縁起の好い緑いろの車を見つけ、とにかく青山の墓地に近い精神病院へ出かけることにした。

「イライラする、――tantalizing[※4]――Tantalus[※5]――Inferno[※6]……」

タンタルスは実際硝子戸越しに果物を眺めた僕自身だった。僕は二度も僕の目に浮んだダンテの地獄を詛《のろ》いながら、じっと運転手の背中を眺めていた。そのうちに又あらゆるものの譃であることを感じ出した。政治、実業、芸術、科学、――いずれも皆こう云う僕にはこの恐しい人生を隠した雑色のエナメルにほかならなかった。僕はだんだん息苦しさを感じ、タクシイの窓をあけ放ったりした。が、何か心臓をしめられる感じは去らなかった。

緑いろのタクシイはやっと神宮前へ走りかかった。そこにはある精神病院へ曲る横町が一つある筈だった。しかしそれもきょうだけはなぜか僕にはわからなかった。僕は電車の線路に沿い、何度もタクシイを往復させた後、とうとうあきらめておりることにした。

僕はやっとその横町を見つけ、ぬかるみの多い道を曲って行った。するといつか道を間違え、青山斎場の前へ出てしまった。それはかれこれ十年前《ぜん》にあった夏目先生の告別式以来、一度も僕は門の前さえ通ったことのない建物だった。十年前の僕も幸福ではなかった。しかし少くとも平和だった。僕は砂利を敷いた門の中を眺め、「漱石《そうせき》山房」の芭蕉《ばしょう》を思い出しながら、何か僕の一生も一段落ついたことを感じない訣には行かなかった。のみならずこの墓地の前へ十年目に僕をつれて来た何ものかを感じない訣にも行かなかった。

ある精神病院の門を出た後、僕はまた自動車に乗り、前のホテルへ帰ることにした。が、このホテルの玄関へおりると、レエン・コオトを着た男が一人何か給仕と喧嘩《けんか》をしていた。給仕と？――いや、それは給仕ではない、緑いろの服を着た自動車掛りだった。僕はこのホテルへはいることに何か不吉な心もちを感じ、さっさともとの道を引き返して行った。

僕の銀座通りへ出た時にはかれこれ日の暮も近づいていた。僕は両側に並んだ店や目まぐるしい人通りに一層憂鬱にならずにはいられなかった。殊に往来の人々の罪などと云うものを知らないように軽快に歩いているのは不快だった。僕は薄明るい外光に電燈の光のまじった中をどこまでも北へ歩いて行った。そのうちに僕の目を捉《とら》えたのは雑誌などを積み上げた本屋だった。僕はこの本屋の店へはいり、ぼんやりと何段かの書棚を見上げた。それから「希臘《ギリシャ》神話」と云う一冊の本へ目を通すことにした。黄いろい表紙をした「希臘神話」は子供の為に書かれたものらしかった。けれども偶然僕の読んだ一行は忽ち僕を打ちのめした。

「一番偉いツォイスの神でも復讐《ふくしゅう》の神にはかないません。……」

僕はこの本屋の店を後ろに人ごみの中を歩いて行った。いつか曲り出した僕の背中に絶えず僕をつけ狙っている復讐の神を感じながら。……

## 三　夜

僕は丸善の二階の書棚にストリントベルグの「伝説」を見つけ、二三頁ずつ目を通した。それは僕の経験と大差のないことを書いたものだった。のみならず黄いろい表紙をしていた。僕は「伝説」を書棚へ戻し、今度は殆《ほとん》ど手当り次第に厚い本を一冊引きずり出した。しかしこの本も挿《さ》し画《え》の一枚に僕等人間と変りのない、目鼻のある歯車ばかり並べていた。(それはある独逸《ドイツ》人の集めた精神病者の画集だった)僕はいつか憂鬱の中に反抗的精神の起るのを感じ、やぶれかぶれになった賭博狂《とばくきょう》のようにいろいろの本を開いて行った。が、なぜかどの本も必ず文章か挿し画かの中に多少の針を隠していた。どの本も?——僕は何度も読み返した「マダム・ボヴァリイ」※7を手にとった時さえ、畢竟《ひっきょう》僕自身も中産階級のムッシウ・ボヴァリイにほかならないのを感じた。……

日の暮に近い丸善の二階には僕のほかに客もないらしかった。僕は電燈の光の中に書棚の間をさまよって行った。それから「宗教」と云う札を掲げた書棚の前に足を休め、緑いろの表紙をした一冊の本へ目を通した。この本は目次の第何章かに「恐しい四つの敵、――疑惑、恐怖、驕慢《きょうまん》、官能的欲望」と云う言葉を並べていた。僕はこう云う言葉を見るが早いか、一層反抗的精神の起るのを感じた。それ等の敵と呼ばれるものは少くとも僕には感受性や理智の異名にほかならなかった。が、伝統的精神もやはり近代的精神のようにやはり僕を不幸にするのはいよいよ僕にはたまらなかった。僕はこの本を手にしたまま、ふといつかペン・ネエムに用いた「寿陵余子《じゅりょうよし》」と云う言葉を思い出した。それは邯鄲《かんたん》の歩みを学ばないうちに寿陵の歩みを忘れてしまい、蛇行匍匐《だこうほふく》して帰郷したと云う「韓非子《かんぴし》」中の青年だった。今日《こんにち》の僕は誰の目にも「寿陵余子」であるのに違いなかった。しかしまだ地獄へ堕ちなかった僕もこのペン・ネエムを用いていたことは、――僕は大きい書棚を後ろに努めて妄想を払うようにし、ちょうど僕の向うにあったポスタアの展覧室へはいって行った。が、そこにも一枚のポスタアの中には聖ジョオジらしい騎士が一人翼のある竜を刺し殺していた。しかもその騎士は兜《かぶと》の下に僕の敵の一人に近いしかめ面を半ば露《あらわ》していた。僕はまた「韓非子」の中の屠竜《とりゅう》の技の話を思い出し、展覧室へ通りぬけずに幅の広い階段を下って行った。

僕はもう夜になった日本橋通りを歩きながら、屠竜と云う言葉を考えつづけた。それはまた僕の持っている硯《すずり》の銘にも違いなかった。この硯を僕に贈ったのはある若い事業家だった。彼はいろいろの事業に失敗した揚句、とうとう去年の暮に破産してしまった。僕は高い空を見上げ、無数の星の光の中にどのくらいこの地球の小さいかと云うことを、――従ってどのくらい僕自身の小さいかと云うことを考えようとした。しかし昼間は晴れていた空もいつかもうすっかり曇っていた。僕は突然何ものかの僕に敵意を持っているのを感じ、電車線路の向うにあるあるカッフェへ避難することにした。

それは「避難」に違いなかった。僕はこのカッフェの薔薇《ばら》色の壁に何か平和に近いものを感じ、一番奥のテエブルの前にやっと楽々と腰をおろした。そこには幸い僕のほかに二三人の客のあるだけだった。僕は一杯のココアを啜《すす》り、ふだんのように巻煙草をふかし出した。巻煙草の煙は薔薇色の壁へかすかに青い煙を立ちのぼらせて行った。この優しい色の調和もやはり僕には愉快だった。けれども僕はしばらくの後、僕の左の壁にかけたナポレオンの肖像画を見つけ、そろそろまた不安を感じ出した。ナポレオンはまだ学生だった時、彼の地理のノオト・ブックの最後に「セエント・ヘレナ、小さい島」と記していた。それはあるいは僕等の言うように偶然だったかも知れなかった。しかしナポレオン自身にさえ恐怖を呼び起したのは確かだった。……

僕はナポレオンを見つめたまま、僕自身の作品を考え出した。するとまず記憶に浮かんだのは「侏《しゅ》儒《じゅ》の言葉」の中のアフォリズムだった。（殊に「人生は地獄よりも地獄的である」と云う言葉だった）それから「地獄変」の主人公、――良秀《よしひで》と云う画師《えし》の運命だった。それから……僕は巻煙草をふかしながら、こう云う記憶から逃《のが》れる為にこのカッフェの中を眺めまわした。僕のここへ避難したのは五分もたたない前のことだった。しかしこのカッフェは短時間の間にすっかり容子《ようす》を改めていた。就中《なかんずく》僕を不快にしたのはマホガニイまがいの椅子やテエブルの少しもあたりの薔薇色の壁と調和を保っていないことだった。僕はもう一度人目に見えない苦しみの中に落ちこむのを恐れ、銀貨を一枚投げ出すが早いか、匆々《そうそう》このカッフェを出ようとした。

「もし、もし、二十銭頂きますが、……」

僕の投げ出したのは銅貨だった。

僕は屈辱を感じながら、ひとり往来を歩いているうちにふと遠い松林の中にある僕の家を思い出した。それはある郊外にある僕の養父母の家ではない、ただ僕を中心にした家族のために借りた家だった。僕はかれこれ十年前《ぜん》にもこう云う家に暮らしていた。しかしある事情の為に軽率にも父母と同居し出した。同時に又奴隷に、暴君に、力のない利己主義者に変り出した。……

前のホテルに帰ったのはもうかれこれ十時だった。ずっと長い途《みち》を歩いて来た僕は僕の部屋へ帰る力を失い、太い丸太の火を燃やした炉の前の椅子に腰をおろした。それから僕の計画していた長篇のことを考え出した。それは推古から明治に至る各時代の民を主人公にし、大体三十余りの短篇を時代順に連ねた長篇だった。僕は火の粉の舞い上るのを見ながら、ふと宮城の前にあるある銅像を思い出した。この銅像は甲冑《かっちゅう》を着、忠義の心そのもののように高だかと馬の上に跨《また》がっていた。しかし彼の敵だったのは、――

「譃《うそ》！」

僕は又遠い過去から目近《まぢか》い現代へすべり落ちた。そこへ幸いにも来合せたのはある先輩の彫刻家だった。彼は不相変天鵞絨《あいかわらずびろうど》の服を着、短い山羊髯《やぎひげ》を反《そ》らせていた。僕は椅子から立ち上り、彼のさし出した手を握った。(それは僕の習慣ではない、パリやベルリンに半生を送った彼の習慣に従ったのだった)が、彼の手は不思議にも爬虫《はちゅうるい》類の皮膚のように湿っていた。

「君はここに泊っているのですか?」

「ええ、……」

「仕事をしに?」

「ええ、仕事もしているのです」

彼はじっと僕の顔を見つめた。僕は彼の目の中に探偵に近い表情を感じた。

「どうです、僕の部屋へ話しに来ては?」

僕は挑戦的に話しかけた。(この勇気に乏しい癖にたちまち挑戦的態度をとるのは僕の悪癖の一つだった)すると彼は微笑しながら、「どこ、君の部屋は?」と尋ね返した。

僕等は親友のように肩を並べ、静かに話している外国人たちの中を僕の部屋へ帰って行った。彼は僕の部屋へ来ると、鏡を後ろにして腰をおろした。それからいろいろのことを話し出した。いろいろのことを?——しかし大抵は女の話だった。僕は罪を犯した為に地獄に堕ちた一人に違いなかった。が、それだけに悪徳の話はいよいよ僕を憂鬱にした。僕は一時的清教徒になり、それ等の女を嘲《あざけ》り出した。

「S子さんの唇《くちびる》を見給え。あれは何人もの接吻のために……」

僕はふと口を噤《つぐ》み、鏡の中に彼の後ろ姿を見つめた。彼は丁度耳の下に黄いろい膏薬《こうやく》を貼《は》りつけていた。

「何人もの接吻のために?」

「そんな人のように思いますがね」

彼は微笑して頷《うなず》いていた。僕は彼の内心では僕の秘密を知るために絶えず僕を注意しているのを感じた。けれどもやはり僕等の話は女のことを離れなかった。僕は彼を憎むよりも僕自身の気の弱いのを恥じ、いよいよ憂鬱にならずにはいられなかった。

やっと彼の帰った後、僕はベッドの上に転がったまま、「暗夜行路」※8を読みはじめた。主人公の精神的闘争は一々僕には痛切だった。僕はこの主人公に比べると、どのくらい僕の阿呆《あほう》だったかを感じ、いつか涙を流していた。同時にまた涙は僕の気もちにいつか平和を与えていた。が、それも長いことではなかった。僕の右の目はもう一度半透明の歯車を感じ出した。歯車はやはりまわりながら、次第に数を殖やして行った。僕は頭痛のはじまることを恐れ、枕もとに本を置いたまま、〇・八グラムのヴェロナアルを嚥《の》み、とにかくぐっすり眠ることにした。

けれども僕は夢の中にあるプウルを眺めていた。そこにはまた男女《なんにょ》の子供たちが何人も泳いだりもぐったりしていた。僕はこのプウルを後ろに向うの松林へ歩いて行った。すると誰か後ろから「おとうさん」と僕に声をかけた。僕はちょっとふり返り、プウルの前に立った妻を見つけた。同時にまた烈しい後悔を感じた。

「おとうさん、タオルは?」

「タオルは入らない。子供たちに気をつけるのだよ」

僕はまた歩みをつづけ出した。が、僕の歩いているのはいつかプラットフォオムに変っていた。それは田舎の停車場だったと見え、長い生け垣のあるプラットフォオムだった。そこにはまたHと云う大学生や年をとった女も佇んでいた。彼等は僕の顔を見ると、僕の前に歩み寄り、口々に僕へ話しかけた。

「大火事でしたわね」

「僕もやっと逃げて来たの」

僕はこの年をとった女に何か見覚えのあるように感じた。のみならず彼女と話していることにある愉快な興奮を感じた。そこへ汽車は煙をあげながら、静かにプラットフォオムへ横づけになった。僕はひとりこの汽車に乗り、両側に白い布を垂らした寝台の間を歩いて行った。するとある寝台の上にミイラに近い裸体の女が一人こちらを向いて横になっていた。それはまた僕の復讐の神、——ある狂人の娘に違いなかった。……

僕は目を醒《さ》ますが早いか、思わずベッドを飛び下りていた。僕の部屋は不相変《あいかわらず》電燈の光に明るかった。が、どこかに翼の音や鼠のきしる音も聞えていた。僕は戸をあけて廊下へ出、前の炉の前へ急いで行った。それから椅子に腰をおろしたまま、覚束《おぼつか》ない炎を眺め出した。そこへ白い服を着た給仕が一人焚《た》き木を加えに歩み寄った。

「何時?」

「三時半ぐらいでございます」
しかし向うのロッビイの隅には亜米利加人らしい女が一人何か本を読みつづけた。彼女の着ているのは遠目に見ても緑いろのドレッスに違いなかった。僕は何か救われたのを感じ、じっと夜のあけるのを待つことにした。長年の病苦に悩み抜いた揚句、静かに死を待っている老人のように。……

## 四　まだ？

僕はこのホテルの部屋にやっと前の短篇を書き上げ、ある雑誌に送ることにした。もっとも僕の原稿料は一週間の滞在費にも足りないものだった。が、僕は僕の仕事を片づけたことに満足し、何か精神的強壮剤を求める為に銀座の或本屋へ出かけることにした。

冬の日の当ったアスファルトの上には紙屑《かみくず》が幾つもころがっていた。それらの紙屑は光の加減か、いずれも薔薇《ばら》の花にそっくりだった。僕は何ものかの好意を感じ、その本屋の店へはいって行った。そこもまたふだんよりも小綺麗《こぎれい》だった。ただ目金《めがね》をかけた小娘が一人何か店員と話していたのは僕には気がかりにならないこともなかった。けれども僕は往来に落ちた紙屑の薔薇の花を思い出し、「アナトオル・フランスの対話集」や「メリメエの書簡集」を買うことにした。

僕は二冊の本を抱え、あるカッフェへはいって行った。それから一番奥のテエブルの前に珈琲《コーヒー》の来るのを待つことにした。僕の向うには親子らしい男女《なんにょ》が二人坐っていた。その息子は僕よりも若かったものの、ほとんど僕にそっくりだった。のみならず彼等は恋人同志のように顔を近づけて話し合っていた。僕は彼等を見ているうちに少くとも息子は性的にも母親に慰めを与えていることを意識しているのに気づき出した。それは僕にも覚えのある親和力の一例に違いなかった。同時にまた現世《げんぜ》を地獄にする或意志の一例にも違いなかった。しかし、――僕は又苦しみに陥るのを恐れ、丁度珈琲の来たのを幸い、「メリメエの書簡集」を読みはじめた、彼はこの書簡集の中にも彼の小説の中のように鋭いアフォリズムを閃《ひらめ》かせていた。それ等のアフォリズムは僕の気もちをいつか鉄のように巌畳《がんじょう》にし出した。（この影響を受け易いことも僕の弱点の一つだった）僕は一杯の珈琲を飲み了《おわ》った後《のち》、「何でも来い」と云う気になり、さっさとこのカッフェを後ろにして行った。

僕は往来を歩きながら、いろいろの飾り窓を覗《のぞ》いて行った。ある額縁屋の飾り窓はベエトオヴェンの肖像画を掲げていた。それは髪を逆立てた天才そのものらしい肖像画だった。僕はこのベエトオヴェンを滑稽に感ぜずにはいられなかった。……

そのうちにふと出合ったのは高等学校以来の旧友だった。この応用化学の大学教授は大きい中折れ鞄《かばん》を抱え、片目だけまっ赤に血を流していた。

「どうした、君の目は？」

「これか？　これはただの結膜炎さ」

僕はふと十四五年以来、いつも親和力を感じる度に僕の目も彼の目のように結膜炎を起すのを思い出した。が、何とも言わなかった。彼は僕の肩を叩き、僕等の友だちのことを話し出した。それから話をつづけたまま、あるカッフェへ僕をつれて行った。

「久しぶりだなあ。朱舜水《しゅしゅんすい》の建碑式以来だろう」

彼は葉巻に火をつけた後、大理石のテエブル越しにこう僕に話しかけた。

「そうだ。あのシュシュン……」

僕はなぜか朱舜水と云う言葉を正確に発音出来なかった。それは日本語だっただけにちょっと僕を不安にした。しかし彼は無頓着にいろいろのことを話して行った。Kと云う小説家のことを、彼の買ったブル・ドッグのことを、リュウイサイトと云う毒瓦斯《ガス》のことを。……

「君はちっとも書かないようだね。『点鬼簿』と云うのは読んだけれども。……あれは君の自叙伝かい？」

「うん、僕の自叙伝だ」

「あれはちょっと病的だったぜ。この頃体は善《い》いのかい？」

「不相変《あいかわらず》薬ばかり嚥んでいる始末だ」

「僕もこの頃は不眠症だがね」

「僕も？――どうして君は『僕も』と言うのだ？」

「だって君も不眠症だって言うじゃないか？　不眠症は危険だぜ。……」

彼は左だけ充血した目に微笑に近いものを浮かべていた。僕は返事をする前に「不眠症」のショウの発音を正確に出来ないのを感じ出した。

「気違いの息子には当り前だ」

僕は十分とたたないうちにひとりまた往来を歩いて行った。アスファルトの上に落ちた紙屑は時々僕等人間の顔のようにも見えないことはなかった。すると向うから断髪にした女が一人通りかかった。彼女は遠目には美しかった。けれども目の前へ来たのを見ると、小皺《こじわ》のある上に醜い顔をしていた。のみならず妊娠しているらしかった。僕は思わず顔をそむけ、広い横町を曲って行った。が、しばらく歩いているうちに痔《じ》の痛みを感じ出した。それは僕には坐浴より外に癒《なお》すことの出来ない痛みだった。

「坐浴、――ベエトオヴェンもやはり坐浴をしていた。……」

坐浴に使う硫黄《いおう》の匂いはたちまち僕の鼻を襲い出した。しかし勿論往来にはどこにも硫黄は見えなかった。僕はもう一度紙屑の薔薇の花を思い出しながら、努めてしっかりと歩いて行った。

一時間ばかりたった後、僕は僕の部屋にとじこもったまま、窓の前の机に向かい、新らしい小説にとりかかっていた。ペンは僕にも不思議だったくらい、ずんずん原稿用紙の上を走って行った。しかしそれも二三時間の後には誰か僕の目に見えないものに抑えられたようにとまってしまった。僕はやむを得ず机の前を離れ、あちこちと部屋の中を歩きまわった。僕の誇大妄想《もうぞう》はこう云う時に最も著しかった。僕は野蛮な歓びの中に僕には両親もなければ妻子もない、ただ僕のペンから流れ出した命だけあると云う気になっていた。

けれども僕は四五分の後、電話に向わなければならなかった。電話は何度返事をしても、ただ何か曖昧《あいまい》な言葉を繰り返して伝えるばかりだった。が、それはともかくもモオルと聞えたのに違いなかった。僕はとうとう電話を離れ、もう一度部屋の中を歩き出した。しかしモオルと云う言葉だけは妙に気になってならなかった。

「モオル――Mole……」

モオルは※9鼹鼠《もぐらもち》と云う英語だった。この聯想《れんそう》も僕には愉快ではなかった。が、僕は二三秒の後、Moleを la mort に綴り直した。ラ・モオルは、――死と云う仏蘭西《フランス》語はたちまち僕を不安にした。死は姉の夫に迫っていたように僕にも迫っているらしかった。けれども僕は不安の中にも何か可笑《おか》しさを感じていた。のみならずいつか微笑していた。この可笑しさは何のために起るか？――それは僕自身にもわからなかった。僕は久しぶりに鏡の前に立ち、まともに僕の影と向い合った。僕の影も勿論《もちろん》微笑していた。僕はこの影を見つめているうちに第二の僕のことを思い出した。第二の僕、――独逸人の所謂《いわゆる》 Doppelgaenger※10 は仕合せにも僕自身に見えたことはなかった。しかし亜米利加の映画俳優になったK君の夫人は第二の僕を帝劇の廊下に見かけていた。（僕は突然K君の夫人に「先達《せんだっ》てはつい御挨拶もしませんで」と言われ、当惑したことを覚えている）それからもう故人になったある隻脚《かたあし》の飜訳家もやはり銀座のある煙草屋に第二の僕を見かけていた。死はあるいは僕よりも第二の僕に来るのかも知れなかった。もしまた僕に来たとしても、――僕は鏡に後ろを向け、窓の前の机へ帰って行った。

四角に凝灰岩を組んだ窓は枯芝や池を覗《のぞ》かせていた。僕はこの庭を眺めながら、遠い松林の中に焼いた何冊かのノオト・ブックや未完成の戯曲を思い出した。それからペンをとり上げると、もう一度新らしい小説を書きはじめた。

## 五　赤光《しゃっこう》

日の光は僕を苦しめ出した。僕は実際鼹鼠《もぐらもち》のように窓の前へカアテンをおろし、昼間も電燈をともしたまま、せっせと前の小説をつづけて行った。それから仕事に疲れると、テエヌの英吉利文学史をひろげ、詩人たちの生涯に目を通した。彼等はいずれも不幸だった。エリザベス朝の巨人たちさえ、――一代の学者だったベン・ジョンソンさえ彼の足の親指の上に羅馬《ローマ》とカルセエジとの軍勢の戦いを始めるのを眺めたほど神経的疲労に陥っていた。僕はこう云う彼等の不幸に残酷な悪意に充ち満ちた歓びを感じずにはいられなかった。

ある東《ひがし》かぜの強い夜、(それは僕には善い徴《しるし》だった)僕は地下室を抜けて往来へ出、ある老人を尋ねることにした。彼はある聖書会社の屋根裏にたった一人小使いをしながら、祈祷や読書に精進していた。僕等は火鉢に手をかざしながら、壁にかけた十字架の下にいろいろのことを話し合った。なぜ僕の母は発狂したか？　なぜ僕の父の事業は失敗したか？　なぜまた僕は罰せられたか？――それ等の秘密を知っている彼は妙に厳《おごそ》かな微笑を浮かべ、いつまでも僕の相手をした。のみならず時々短い言葉に人生のカリカテュアを描いたりした。僕はこの屋根裏の隠者を尊敬しない訣《わけ》には行かなかった。しかし彼と話しているうちに彼もまた親和力のために動かされていることを発見した。

「その植木屋の娘と云うのは器量も善いし、気立ても善いし、――それはわたしに優しくしてくれるのです」

「いくつ？」

「ことしで十八です」

それは彼には父らしい愛であるかも知れなかった。しかし僕は彼の目の中に情熱を感じずにはいられなかった。のみならず彼の勧めた林檎はいつか黄ばんだ皮の上へ一角獣の姿を現していた。（僕は木目《もくめ》や珈琲茶碗の亀裂《ひび》に度たび神話的動物を発見していた）一角獣は麒麟《きりん》に違いなかった。僕はある敵意のある批評家の僕を「九百十年代の麒麟児」と呼んだのを思い出し、この十字架のかかった屋根裏も安全地帯ではないことを感じた。

「いかがですか、この頃は？」

「不相変神経ばかり苛々《いらいら》してね」

「それは薬でも駄目ですよ。信者になる気はありませんか？」

「もし僕でもなれるものなら……」

「何もむずかしいことはないのです。ただ神を信じ、神の子の基督《キリスト》を信じ、基督の行った奇蹟《きせき》を信じさえすれば……」

「悪魔を信じることは出来ますがね。……」

「ではなぜ神を信じないのです？　もし影を信じるならば、光も信じずにはいられないでしょう？」

「しかし光のない暗《やみ》もあるでしょう」

「光のない暗とは？」

僕は黙るよりほかはなかった。彼もまた僕のように暗の中を歩いていた。が、暗のある以上は光もあると信じていた。僕等の論理の異るのはただこう云う一点だけだった。しかしそれは少くとも僕には越えられない溝《みぞ》に違いなかった。……

「けれども光は必ずあるのです。その証拠には奇蹟があるのですから。……奇蹟などと云うものは今でも度たび起っているのですよ」

「それは悪魔の行う奇蹟は。……」

「どうしてまた悪魔などと云うのです？」

僕はこの一二年の間、僕自身の経験したことを彼に話したい誘惑を感じた。が、彼から妻子に伝わり、僕もまた母のように精神病院にはいることを恐れない訣にも行かなかった。

「あすこにあるのは？」

この逞《たくま》しい老人は古い書棚をふり返り、何か牧羊神《ぼくようじん》らしい表情を示した。

「ドストエフスキイ全集です。『罪と罰』はお読みですか？」

僕は勿論十年前《ぜん》にも四五冊のドストエフスキイに親しんでいた。が、偶然（?）彼の言った『罪と罰』と云う言葉に感動し、この本を貸して貰った上、前のホテルへ帰ることにした。電燈の光に輝いた、人通りの多い往来はやはり僕には不快だった。殊に知り人に遇《あ》うことはとうてい堪えられないのに違いなかった。僕は努めて暗い往来を選び、盗人《ぬすびと》のように歩いて行った。

しかし僕はしばらくの後、いつか胃の痛みを感じ出した。この痛みを止めるものは一杯のウイスキイのあるだけだった。僕はあるバアを見つけ、その戸を押してはいろうとした。けれども狭いバアの中には煙草の煙の立ちこめた中に芸術家らしい青年たちが何人も群がって酒を飲んでいた。のみならず彼等のまん中には耳隠しに結った女が一人熱心にマンドリンを弾《ひ》きつづけていた。僕はたちまち当惑を感じ、戸の中へはいらずに引き返した。するといつか僕の影の左右に揺れているのを発見した。しかも僕を照らしているのは無気味にも赤い光だった。僕は往来に立ちどまった。けれども僕の影は前のように絶えず左右に動いていた。僕は怯《お》ず怯ずふり返り、やっとこのバアの軒に吊《つ》った色硝子《ガラス》のランタアンを発見した。ランタアンは烈しい風の為に徐《おもむ》ろに空中に動いていた。……

僕の次にはいったのはある地下室のレストオランだった。僕はそこのバアの前に立ち、ウイスキイを一杯註文した。

「ウイスキイを?　Black and White[※11]ばかりでございますが、……」

僕は曹達《ソオダ》水の中にウイスキイを入れ、黙って一口ずつ飲みはじめた。僕の鄰《となり》には新聞記者らしい三十前後の男が二人何か小声に話していた。のみならず仏蘭西語を使っていた。僕は彼等に背中を向けたまま、全身に彼等の視線を感じた。それは実際電波のように僕の体にこたえるものだった。彼等は確かに僕の名を知り、僕の噂《うわさ》をしているらしかった。

「[※12]Bien……très mauvais……pourquoi ?……」

「[※13]Pourquoi ?……le diable est mort !……」

「[※14]Oui, oui……d' enfer……」

僕は銀貨を一枚投げ出し、(それは僕の持っている最後の一枚の銀貨だった)この地下室の外へのがれることにした。夜風の吹き渡る往来は多少胃の痛みの薄らいだ僕の神経を丈夫にした。僕はラスコルニコフを思い出し、何ごとも懺悔《ざんげ》したい欲望を感じた。が、それは僕自身のほかにも、——いや、僕の家族のほかにも悲劇を生じるのに違いなかった。のみならずこの欲望さえ真実かどうかは疑わしかった。もし僕の神経さえ常人のように丈夫になれば、——けれども僕はそのためにはどこかへ行かなければならなかった。マドリッドへ、リオへ、サマルカンドへ、……

そのうちにある店の軒に吊った、白い小型の看板は突然僕を不安にした。それは自動車のタイアに翼のある商標を描いたものだった。僕はこの商標に人工の翼を手《た》よりにした古代の希臘《ギリシャ》人を思い出した。彼は空中に舞い上った揚句、太陽の光に翼を焼かれ、とうとう海中に溺死《できし》していた。マドリッドへ、リオへ、サマルカンドへ、——僕はこう云う僕の夢を嘲笑《あざわら》わない訣には行かなかった。同時にまた復讐《ふくしゅう》の神に追われたオレステスを考えない訣にも行かなかった。

僕は運河に沿いながら、暗い往来を歩いて行った。そのうちにある郊外にある養父母の家を思い出した。養父母は勿論《もちろん》僕の帰るのを待ち暮らしているのに違いなかった。恐らくは僕の子供たちも、――しかし僕はそこへ帰ると、おのずから僕を束縛してしまうある力を恐れずにはいられなかった。運河は波立った水の上に達磨船《だるまぶね》を一艘《いっそう》横づけにしていた。そのまた達磨船は船の底から薄い光を洩らしていた。そこにも何人かの男女《なんにょ》の家族は生活しているのに違いなかった。やはり愛し合う為に憎み合いながら。……が、僕はもう一度戦闘的精神を呼び起し、ウイスキイの酔いを感じたまま、前のホテルへ帰ることにした。

僕はまた机に向い、「メリメエの書簡集」を読みつづけた。それはまたいつの間にか僕に生活力を与えていた。しかし僕は晩年のメリメエの新教徒になっていたことを知ると、俄《にわ》かに仮面のかげにあるメリメエの顔を感じ出した。彼もまたやはり僕等のように暗の中を歩いている一人だった。暗の中を?――「暗夜行路」はこう云う僕には恐しい本に変りはじめた。僕は憂鬱を忘れる為に「アナトオル・フランスの対話集」を読みはじめた。が、この近代の牧羊神もやはり十字架を荷《にな》っていた。

……

一時間ばかりたった後、給仕は僕に一束の郵便物を渡しに顔を出した。それ等の一つはライプツィッヒの本屋から僕に「近代の日本の女」と云う小論文を書けと云うものだった。なぜ彼等は特に僕にこう云う小論文を書かせるのであろう? のみならずこの英語の手紙は「我々は丁度日本画のように黒と白の外に色彩のない女の肖像画でも満足である」と云う肉筆のP・Sを加えていた。僕はこう云う一行に Black and White と云うウイスキイの名を思い出し、ずたずたにこの手紙を破ってしまった。それから今度は手当り次第に一つの手紙の封を切り、黄いろい書簡箋《せん》に目を通した。この手紙を書いたのは僕の知らない青年だった。しかし二三行も読まないうちに「あなたの『地獄変』は……」と云う言葉は僕を苛立たせずには措《お》かなかった。三番目に封を切った手紙は僕の甥《おい》から来たものだった。僕はやっと一息つき、家事上の問題などを読んで行った。けれどもそれさえ最後へ来ると、いきなり僕を打ちのめした。

「歌集『赤光』の再版を送りますから……」

赤光！　僕は何ものかの冷笑を感じ、僕の部屋の外へ避難することにした。廊下には誰も人かげはなかった。僕は片手に壁を抑え、やっとロッビイへ歩いて行った。それから椅子に腰をおろし、とにかく巻煙草に火を移すことにした。巻煙草はなぜかエエア・シップだった。(僕はこのホテルへ落ち着いてから、いつもスタアばかり吸うことにしていた)人工の翼はもう一度僕の目の前へ浮かび出した。僕は向うにいる給仕を呼び、スタアを二箱貰うことにした。しかし給仕を信用すれば、スタアだけは生憎《あいにく》品切れだった。

「エエア・シップならばございますが、……」

僕は頭を振ったまま、広いロッビイを眺めまわした。僕の向うには外国人が四五人テエブルを囲んで話していた。しかも彼等の中の一人、――赤いワン・ピイスを着た女は小声に彼等と話しながら、時々僕を見ているらしかった。

「Mrs. Townshead……」

何か僕の目に見えないものはこう僕に囁《ささや》いて行った。ミセス・タウンズヘッドなどと云う名は勿論僕の知らないものだった。たとい向うにいる女の名にしても、――僕はまた椅子から立ち上り、発狂することを恐れながら、僕の部屋へ帰ることにした。

僕は僕の部屋へ帰ると、すぐにある精神病院へ電話をかけるつもりだった。が、そこへはいることは僕には死ぬことに変らなかった。僕はさんざんためらった後、この恐怖を紛らすために「罪と罰」を読みはじめた。しかし偶然開いた頁は「カラマゾフ兄弟」の一節だった。僕は本を間違えたのかと思い、本の表紙へ目を落した。「罪と罰」――本は「罪と罰」に違いなかった。僕はこの製本屋の綴《と》じ違えに、――そのまた綴じ違えた頁を開いたことに運命の指の動いているのを感じ、やむを得ずそこを読んで行った。けれども一頁も読まないうちに全身が震えるのを感じ出した。そこは悪魔に苦しめられるイヴァンを描いた一節だった。イヴァンを、ストリントベルグを、モオパスサンを、或はこの部屋にいる僕自身を。……

こう云う僕を救うものはただ眠りのあるだけだった。しかし催眠剤はいつの間にか一包みも残らずになくなっていた。僕はとうてい眠らずに苦しみつづけるのに堪えなかった。が、絶望的な勇気を生じ、珈琲《コーヒー》を持って来て貰った上、死にもの狂いにペンを動かすことにした。二枚、五枚、七枚、十枚、――原稿は見る見る出来上って行った。僕はこの小説の世界を超自然の動物に満たしていた。のみならずその動物の一匹に僕自身の肖像画を描いていた。けれども疲労は徐《おもむ》ろに僕の頭を曇らせはじめた。僕はとうとう机の前を離れ、ベッドの上へ仰向けになった。それから四五十分間は眠ったらしかった。しかし又誰か僕の耳にこう云う言葉を囁いたのを感じ、たちまち目を醒まして立ち上った。

「Le diable est mort」

凝灰岩の窓の外はいつか冷えびえと明けかかっていた。僕はちょうど戸の前に佇み、誰もいない部屋の中を眺めまわした。すると向うの窓硝子は斑《まだ》らに外気に曇った上に小さい風景を現していた。それは黄ばんだ松林の向うに海のある風景に違いなかった。僕は怯《お》ず怯《お》ず窓の前へ近づき、この風景を造っているものは実は庭の枯芝や池だったことを発見した。けれども僕の錯覚はいつか僕の家に対する郷愁に近いものを呼び起していた。

僕は九時にでもなり次第、ある雑誌社へ電話をかけ、とにかく金の都合をした上、僕の家へ帰る決心をした。机の上に置いた鞄《かばん》の中へ本や原稿を押しこみながら。

## 六　飛行機

僕は東海道線のある停車場からその奥のある避暑地へ自動車を飛ばした。運転手はなぜかこの寒さに古いレエン・コオトをひっかけていた。僕はこの暗合を無気味に思い、努めて彼を見ないように窓の外へ目をやることにした。すると低い松の生えた向うに、——恐らくは古い街道に葬式が一列通るのをみつけた。白張《しらは》りの提灯《ちょうちん》や竜燈《りゅうとう》はその中に加わってはいないらしかった。が、金銀の造花の蓮は静かに輿《こし》の前後に揺《ゆら》いで行った。……

やっと僕の家へ帰った後《のち》、僕は妻子や催眠薬の力により、二三日はかなり平和に暮らした。僕の二階は松林の上にかすかに海を覗かせていた。僕はこの二階の机に向かい、鳩の声を聞きながら、午前だけ仕事をすることにした。鳥は鳩や鴉《からす》の外に雀も縁側へ舞いこんだりした。それもまた僕には愉快だった。「※15喜雀《きじゃく》堂に入る」――僕はペンを持ったまま、その度にこんな言葉を思い出した。

ある生暖かい曇天の午後、僕はある雑貨店へインクを買いに出かけて行った。するとその店に並んでいるのはセピア色のインクばかりだった。セピア色のインクはどのインクよりも僕を不快にするのを常としていた。僕はやむを得ずこの店を出、人通りの少ない往来をぶらぶらひとり歩いて行った。そこへ向《む》こうから近眼らしい四十前後の外国人が一人肩を聳《そび》やかせて通りかかった。彼はここに住んでいる被害妄想狂の瑞典《スウエデン》人だった。しかも彼の名はストリントベルグだった。僕は彼とすれ違う時、肉体的に何かこたえるのを感じた。

この往来はわずかに二三町だった。が、その二三町を通るうちにちょうど半面だけ黒い犬は四度も僕の側を通って行った。僕は横町を曲りながら、ブラック・アンド・ホワイトのウイスキイを思い出した。のみならず今のストリントベルグのタイも黒と白だったのを思い出した。それは僕にはどうしても偶然であるとは考えられなかった。もし偶然でないとすれば、――僕は頭だけ歩いているように感じ、ちょっと往来に立ち止まった。道ばたには針金の柵《さく》の中にかすかに虹《にじ》の色を帯びた硝子の鉢が一つ捨ててあった。この鉢はまた底のまわりに翼らしい模様を浮き上らせていた。そこへ松の梢《こずえ》から雀が何羽も舞い下《さが》って来た。が、この鉢のあたりへ来ると、どの雀も皆言い合わせたように一度に空中へ逃げのぼって行った。……

僕は妻の実家へ行き、庭先の籐椅子《とういす》に腰をおろした。庭の隅の金網の中には白いレグホン種の鶏が何羽も静かに歩いていた。それからまた僕の足もとには黒犬も一匹横になっていた。僕は誰にもわからない疑問を解こうとあせりながら、とにかく外見だけは冷やかに妻の母や弟と世間話をした。

「静かですね、ここへ来ると」

「それはまだ東京よりもね」

「ここでもうるさいことはあるのですか?」

「だってここも世の中ですもの」

妻の母はこう言って笑っていた。実際この避暑地もまた「世の中」であるのに違いなかった。僕はわずかに一年ばかりの間にどのくらいここにも罪悪や悲劇の行われているかを知り悉《つく》していた。徐《おもむ》ろに患者を毒殺しようとした医者、養子夫婦の家に放火した老婆、妹の資産を奪おうとした弁護士、――それ等の人々の家を見ることは僕にはいつも人生の中に地獄を見ることに異《こと》ならなかった。

「この町には気違いが一人いますね」

「Hちゃんでしょう。あれは気違いじゃないのですよ。莫迦《ばか》になってしまったのですよ」

「早発性痴呆《ちほう》と云うやつですね。僕はあいつを見る度に気味が悪くってたまりません。あいつはこの間もどう云う量見か、馬頭観世音《ばとうかんぜおん》の前にお時宜《じぎ》をしていました」

「気味が悪くなるなんて、……もっと強くならなければ駄目ですよ」

「兄さんは僕などよりも強いのだけれども、――」

無精髭を伸ばした妻の弟も寝床の上に起き直ったまま、いつもの通り遠慮勝ちに僕等の話に加わり出した。

「強い中に弱いところもあるから。……」

「おやおや、それは困りましたね」

僕はこう言った妻の母を見、苦笑しない訣には行かなかった。すると弟も微笑しながら、遠い垣の外の松林を眺め、何かうっとりと話しつづけた。(この若い病後の弟は時々僕には肉体を脱した精神そのもののように見えるのだった)

「妙に人間離れをしているかと思えば、人間的欲望もずいぶん烈しいいし、……」

「善人かと思えば、悪人でもあるしさ」

「いや、善悪と云うよりも何かもっと反対なものが、……」

「じゃ大人の中に子供もあるのだろう」

「そうでもない。僕にははっきりと言えないけれど、……電気の両極に似ているのかな。何しろ反対なものを一しょに持っている」

そこへ僕等を驚かしたのは烈しい飛行機の響きだった。僕は思わず空を見上げ、松の梢《こずえ》に触れないばかりに舞い上った飛行機を発見した。それは翼を黄いろに塗った。珍らしい単葉の飛行機だった。鶏や犬はこの響きに驚き、それぞれ八方へ逃げまわった。殊に犬は吠え立てながら、尾を捲いて縁の下へはいってしまった。

「あの飛行機は落ちはしないか？」

「大丈夫。……兄さんは飛行機病と云う病気を知っている？」

僕は巻煙草に火をつけながら、「いや」と云う代りに頭を振った。

「ああ云う飛行機に乗っている人は高空の空気ばかり吸っているものだから、だんだんこの地面の上の空気に堪えられないようになってしまうのだって。……」

妻の母の家を後ろにした後、僕は枝一つ動かさない松林の中を歩きながら、じりじり憂鬱になって行った。なぜあの飛行機はほかへ行かずに僕の頭の上を通ったのであろう？ なぜまたあのホテルは巻煙草のエエア・シップばかり売っていたのであろう？ 僕はいろいろの疑問に苦しみ、人気《ひとげ》のない道を選《よ》って歩いて行った。

海は低い砂山の向うに一面に灰色に曇っていた。そのまた砂山にはブランコのないブランコ台が一つ突っ立っていた。僕はこのブランコ台を眺め、たちまち絞首台を思い出した。実際またブランコ台の上には鴉が二三羽とまっていた。鴉は皆僕を見ても、飛び立つ気色《けしき》さえ示さなかった。のみならずまん中にとまっていた鴉は大きい嘴《くちばし》を空へ挙げながら、確かに四《よ》たび声を出した。

僕は芝の枯れた砂土手に沿い、別荘の多い小みちを曲ることにした。この小みちの右側にはやはり高い松の中に二階のある木造の西洋家屋が一軒白じらと立っている筈だった。（僕の親友はこの家のことを「春のいる家」と称していた）が、この家の前へ通りかかると、そこにはコンクリイトの土台の上にバス・タッブが一つあるだけだった。火事——僕はすぐにこう考え、そちらを見ないように歩いて行った。すると自転車に乗った男が一人まっすぐに向うから近づき出した。彼は焦茶いろの鳥打ち帽をかぶり、妙にじっと目を据えたまま、ハンドルの上へ身をかがめていた。僕はふと彼の顔に姉の夫の顔を感じ、彼の目の前へ来ないうちに横の小みちへはいることにした。しかしこの小みちのまん中にも腐った鼹鼠《もぐらもち》の死骸が一つ腹を上にして転がっていた。

何ものかの僕を狙っていることは一足毎に僕を不安にし出した。そこへ半透明な歯車も一つずつ僕の視野を遮《さえぎ》り出した。僕はいよいよ最後の時の近づいたことを恐れながら、頸《くび》すじをまっ直にして歩いて行った。歯車は数の殖えるのにつれ、だんだん急にまわりはじめた。同時にまた右の松林はひっそりと枝をかわしたまま、ちょうど細かい切子《きりこ》硝子《ガラス》を透かして見るようになりはじめた。僕は動悸《どうき》の高まるのを感じ、何度も道ばたに立ち止まろうとした。けれども誰かに押されるように立ち止まることさえ容易ではなかった。……

三十分ばかりたった後、僕は僕の二階に仰向けになり、じっと目をつぶったまま、烈しい頭痛をこらえていた。すると僕の瞼《まぶた》の裏に銀色の羽根を鱗《うろこ》のように畳んだ翼が一つ見えはじめた。それは実際網膜の上にはっきりと映っているものだった。僕は目をあいて天井を見上げ、勿論何も天井にはそんなもののないことを確めた上、もう一度目をつぶることにした。しかしやはり銀色の翼はちゃんと暗い中に映っていた。僕はふとこの間乗った自動車のラディエエタア・キャップにも翼のついていたことを思い出した。……

そこへ誰か梯子段《はしごだん》を慌《あわただ》しく昇って来たかと思うと、すぐにまたばたばた駈け下りて行った。僕はその誰かの妻だったことを知り、驚いて体を起すが早いか、丁度梯子段の前にある、薄暗い茶の間へ顔を出した。すると妻は突っ伏したまま、息切れをこらえているらしく、絶えず肩を震わしていた。

「どうした?」

「いえ、どうもしないのです。……」

妻はやっと顔を擡《もた》げ、無理に微笑して話しつづけた。

「どうもした訣ではないのですけれどもね、ただ何だかお父さんが死んでしまいそうな気がしたものですから。……」

それは僕の一生の中でも最も恐しい経験だった。——僕はもうこの先を書きつづける力を持っていない。こう云う気もちの中に生きているのは何とも言われない苦痛である。誰か僕の眠っているうちにそっと絞め殺してくれるものはないか?

※1 フランス蔵相の妻。夫を中傷した男を射殺した事件があった。 ※2 クレヨンの一種。 ※3 青山脳病院。芥川は院長の斎藤茂吉から薬をもらっていた。 ※4 タンタライジング＝イライラする。 ※5 タンタルス＝ギリシャ神話のゼウスの子父の秘密をばらしたことで罰を受け永遠に苦しみ続ける。 ※6 インフェルノ＝地獄。 ※7 フローベル（仏）の小説『ボヴァリー夫人』。 ※8 志賀直哉の自伝的小説 ※9 モグラと同じ ※10 ドッペルゲンガー＝二重身。同一人物が違う場所に同時に現れること。 ※11 ブラックアンドホワイト。スコッチウイスキーのブランド。 ※12 フランス語「本当に……大変悪い……なぜ？……」 ※13 フランス語「なぜ？……悪魔は死んだ！……」 ※14 フランス語「そう、そう……地獄の……」

## 年表で読み解く芥川龍之介の生涯

| 西暦 | 和暦 | 年齢 | 芥川龍之介関連の出来事 | 世相・事件 |
|---|---|---|---|---|
| 1892 | 明治25 | 0 | 東京市に新原敏三、フクの長男として生まれた。実父の新原敏三は牛乳搾取販売業を営んでいた。生後7か月ごろ、実母フクが発狂したため、フクの実家の芥川家に引き取られる。芥川家は代々御奥坊主を勤めた旧家で、後に養父となる芥川道章は東京府の土木課長を勤めた。 | 萬朝報創刊。 |
| 1898 | 明治31 | 6 | 江東尋常小学校入学。 | 第1次大隈内閣成立。 |
| 1902 | 明治35 | 10 | 母・フクが死去。 | 八甲田雪中行軍遭難事件。 |
| 1904 | 明治37 | 12 | 叔父・道章の養子となり、芥川姓となる。 | 日露戦争開戦。 |
| 1905 | 明治38 | 13 | 江東尋常小学校を卒業し、東京府立第三中学校に入学。読書欲も強まり、徳富蘆花・国木田独歩・夏目漱石・森鷗外を、海外作家ではイプセン、アナトール＝フランスの本を愛読する。 | ポーツマス条約締結。 |
| 1910 | 明治43 | 18 | 第一高等学校第一部乙類英文科に、成績優秀のため無試験で入学。同級生に久米正雄・菊池寛・松岡譲・山本有三・土屋文明・成瀬正一・恒藤恭、一つ上の文科に豊島与志雄・山宮允・近衛秀磨らがいた。 | 文芸誌「白樺」創刊。 |
| 1913 | 大正2 | 21 | 東京帝国大学文科大学英文学科に入学。以後久米や菊池らと親交を結ぶ。 | 大正政変が起きる。 |

| 西暦 | 和暦 | 年齢 | 事項 | 社会の出来事 |
|---|---|---|---|---|
| 1914 | 大正3 | 22 | 2月に一高の同期である菊池寛、久米正雄らと同人誌『新思潮』（第3次）を刊行。10月に同誌で処女小説の「老年」を発表。この年初恋を経験するも、実は結ばれず。 | 第一次世界大戦開戦。 |
| 1915 | 大正4 | 23 | 芥川龍之介の筆名で、『帝国文学』に「羅生門」を発表。 | 中華民国の袁世凱政権に対華21ヶ条を要求。 |
| 1916 | 大正5 | 24 | 『新思潮』（第4次）を刊行。創刊号に掲載した「鼻」が漱石に絶賛される。帝国大学を卒業。海軍機関学校の嘱託教官となる。雑誌『希望』から初めて原稿依頼を受けて、「虱」によって一枚30銭の稿料を得る。「芋粥」を『新小説』に発表、「手巾」を『中央公論』に発表、新進作家としての地位を確立する。 | 夏目漱石死去。 |
| 1917 | 大正6 | 25 | 第4次『新思潮』が廃刊となる。初の短編集『**羅生門**』を刊行、ほかに第二短編集『**煙草と悪魔**』を刊行した。雑誌に「偸盗」、「或日の大石内蔵助」、「戯作三昧」を発表。 | 金本位制が停止。 |
| 1918 | 大正7 | 26 | 2月に塚本文と結婚。大阪毎日新聞社社友となる。鎌倉に居を移し、妻と叔母を呼んで新生活に入る。5月頃から高浜虚子に師事し、俳句に関心を寄せる。雑誌に、「地獄変」、「蜘蛛の糸」、「奉教人の死」などを発表。 | 富山で米騒動が起きる。 |
| 1919 | 大正8 | 27 | 実父新原敏三が流行性感冒で死去。鎌倉を引き揚げ田端に居を定める。 | 鈴木三重吉が児童雑誌「赤い鳥」創刊。 |
| 1920 | 大正9 | 28 | 長男芥川比呂志、誕生。雑誌に「舞踏会」、「秋」、「杜子春」などを発表。 | 国際連盟成立。 |

| | | | | |
|---|---|---|---|---|
| 1921 | 大正10 | 29 | 大阪毎日新聞社の海外視察員として中国に派遣され、3月に東京を発ち、七月に帰国。中国旅行中に肋膜炎を患い、帰国後健康が急に衰える。 | 原敬暗殺事件。 |
| 1922 | 大正11 | 30 | 次男芥川多加志、誕生。健康が次第に悪化し、神経衰弱、ピリン疹・胃痙攣・腸カタル・心悸昂進などの病気が続く。雑誌に「俊寛」、「藪の中」、「トロッコ」などを発表。 | 森鷗外が死去。 |
| 1923 | 大正12 | 31 | 『文藝春秋』が創刊され、「侏儒の言葉」の連載が始まる。神経衰弱の療養のため、湯河原町へ湯治にいく。 | 関東大震災発生。 |
| 1925 | 大正14 | 33 | 三男芥川也寸志、誕生。「芥川龍之介集」を「現代小説全集」第一巻として新潮社より刊行。文化学院文学部講師に就任。健康の衰えが激しく、創作活動は低調になる。 | 東京六大学野球のリーグ戦が始まる。 |
| 1926 | 大正15 | 34 | 胃腸病・神経衰弱・痔疾の療養のため、湯河原町に滞在する。 | 大正天皇崩御。 |
| 1927 | 昭和2 | 35 | 義兄の西川豊宅が全焼し、放火の嫌疑をかけられた義兄が鉄道自殺。高利の借金を残して自殺したため、債権整理に奔走し、神経衰弱がますます悪化。「文芸的な、余りに文芸的な」を発表し谷崎潤一郎と論争を起こす。菊池寛・小穴隆一宛に遺書を書く。「或阿呆の一生」を脱稿し、「ではさやうなら」と前書きして久米正雄に託した。田端の自宅にて、ヴェロナール及びジャールの致死量を服用で自殺。妻、伯母、小穴隆一、菊池寛あての遺書が残される。谷中斎場にて葬儀が行われ、先輩総代泉鏡花、友人総代菊池寛、文芸家協会代表里見弴、後輩代表小島誠二郎の弔詞があった。死後、「続西方の人」、「歯車」、「或阿呆の一生」などが雑誌に掲載される。命日の7月24日には、毎年文壇人の間で河童忌が行われる。 | 金融恐慌が発生。 |

## 芥川龍之介　代表作品ガイド

### 羅生門

【発表】『帝国文学』1915年11月号／単行本『羅生門』（1917年　阿蘭陀書房）所収
【解説】芥川が熟読した古典『今昔物語』の中から巻二十九の「羅城門登上層見死人盗人語第十八」と巻三十一「太刀帯陣売魚姫語第三十一」の内容を組み合わせて書かれたもの。生きるために手段を選ばなくなった人間のエゴイズムの醜さを描いている。
【粗筋】平安時代、飢饉や地震などが立て続けに起こり、京都は荒れ果てる。数日前に主人から解雇された若い下人は寝床を求め、羅生門の上の楼へ上がるとそこには捨てられた遺体から髪の毛を引き抜く老婆がいた。老婆に対して義憤を燃やす下人だが、老婆の「こうしなければ自身が餓死してしまうから仕方ない。この女もわしを大目に見てくれるだろう」という自己正当化の言葉を聞くと、老婆の着物を剝ぎ取り、「己もそうしなければ餓死をする体なのだ」と言ってその場を後にした。

### 地獄変

【発表】『大阪毎日新聞』1918年5月1日～22日／単行本『傀儡師』（1919年　新潮社）所収
【解説】説話集『宇治拾遺物語』の「絵仏師良秀家の焼くるを見て悦ぶ事」を基に、芥川が独自に創作した作品で、絵師・良秀の芸術のためならあらゆる犠牲を問わない姿勢が、芥川の持つ芸術至上主義と結びつけて語られることが多い。芥川が大阪毎日新聞社に入社して最初に連載した作品。

**【粗筋】**傲慢で誰からも嫌われていた絵師の良秀だが、彼が唯一可愛がっていたのが十五になる娘だった。ある時地獄変の屏風絵を描くよう大殿に命じられた良秀は、絵の参考にするため、弟子を鎖で縛りつけ、ミミズクに襲わせるなどしたが、完成間近になって燃え上がる車の中で上臈が苦しむ場面がなかなか描けない。良秀が見たものしか描けないので、牛車を燃やしてくださいと訴えると、大殿はその願いを聞き届け、牛車に良秀の娘を乗せて燃やしてしまう。すさまじい形相で牛車を見つめた良秀はその一か月後、地獄変の屏風絵を完成させると、翌日首を吊って自殺する。

---

## 杜子春

**【発表】**『赤い鳥』1920年7月号／単行本『夜来の花』（1921年　新潮社）所収

**【解説】**中国の伝記小説『杜子春伝』を基に、童話とした作品。物語の終盤で杜子春の両親が責め苦を受ける場面などは芥川が改変した内容となっており、結末も原作とは異なったものになっている。

**【粗筋】**唐王朝の時代、洛陽で暮らしていた杜子春は親の遺産を散財し、西の門の下で乞食同然となってしまう。そこへ通りがかった老人から黄金の埋められた場所を教えられ、黄金を掘り出す。その金で蕩尽し三年後にはまた一文無しとなるも、また老人が現れ再び黄金を掘り出し、富豪になるもまた一文なしに。老人の正体が仙人であることに気づいた杜子春は老人に弟子入りを望む。仙人は杜子春に自分が帰ってくるまで何があっても口をきいてはいけないという試練を与える。あらゆる魔物が目の前に押し寄せそれでも無言を貫いた杜子春だが、両親が鬼に滅多打ちにされる姿を見せられ、つい「お母さん」と一言叫んでしまう。すると杜子春は元の西の門の前に戻っており、仙人からあのまま黙っていたら殺してしまおうと思っていたと言われ、一件の家と畑を与えられる。

## 奉教人の死

【発表】『三田文学』1918年9月号／単行本『傀儡師』（1919年　新潮社）所収

【解説】教会から追放されたキリシタンの生きざまを、『天草本平家物語』で使用された京阪地方の話し言葉で描いた作品で、芥川が手掛けた「切支丹物」の中でも傑作とされる

【粗筋】安土桃山時代、長崎の教会でろおれんぞという美少年がいた。熱心な信徒であったが、教会に足しげく通う傘屋の娘と密通の噂が立ち始める。ほどなくして傘屋の娘が妊娠し、娘が「父親は『ろおれんぞ様』」と宣言したため、ろおれんぞは教会から追い出され、乞食同然の身となり、一方で傘屋の娘は女の子を産む。それからしばらくして長崎を大火が襲う。傘屋の娘は父と共に炎の中から逃げ出すが、家の中に赤子を置き去りにしたことに気づき半狂乱になる。そこへろおれんぞが現れ炎の中に飛び込む。赤子を救い出すも自身は瀕死の重傷を負う。そして傘屋の娘が赤子の真の父親がろおれんぞではないと告白し、またろおれんぞが女であることも明らかとなる。

## 河童

【発表】『改造』1927年3月号／『芥川龍之介全集第4巻』（1927年　岩波書店）

【解説】芥川の晩年の作品で、河童たちの生活を通じて人間社会を風刺、批判した内容となっている。発表した年の七月二十四日に芥川は自ら命を絶っており、この作品の内容が芥川の自殺の動機が反映されているとも評される。

**【粗筋】**精神病患者の第二十三号は今から三年前に登山の最中、河童と出会い、追いかけているうちに河童の国に迷い込む。そこで見た光景は、家族制度、恋愛、芸術、死生観、そのすべてが人間社会の逆となっており、男は精神に激しい衝撃を受ける。男はやがて元の世界に戻ってくるが、清潔だった河童と比べて人間の姿や匂いを嫌悪するようになる。

# 芥川龍之介 人物相関図

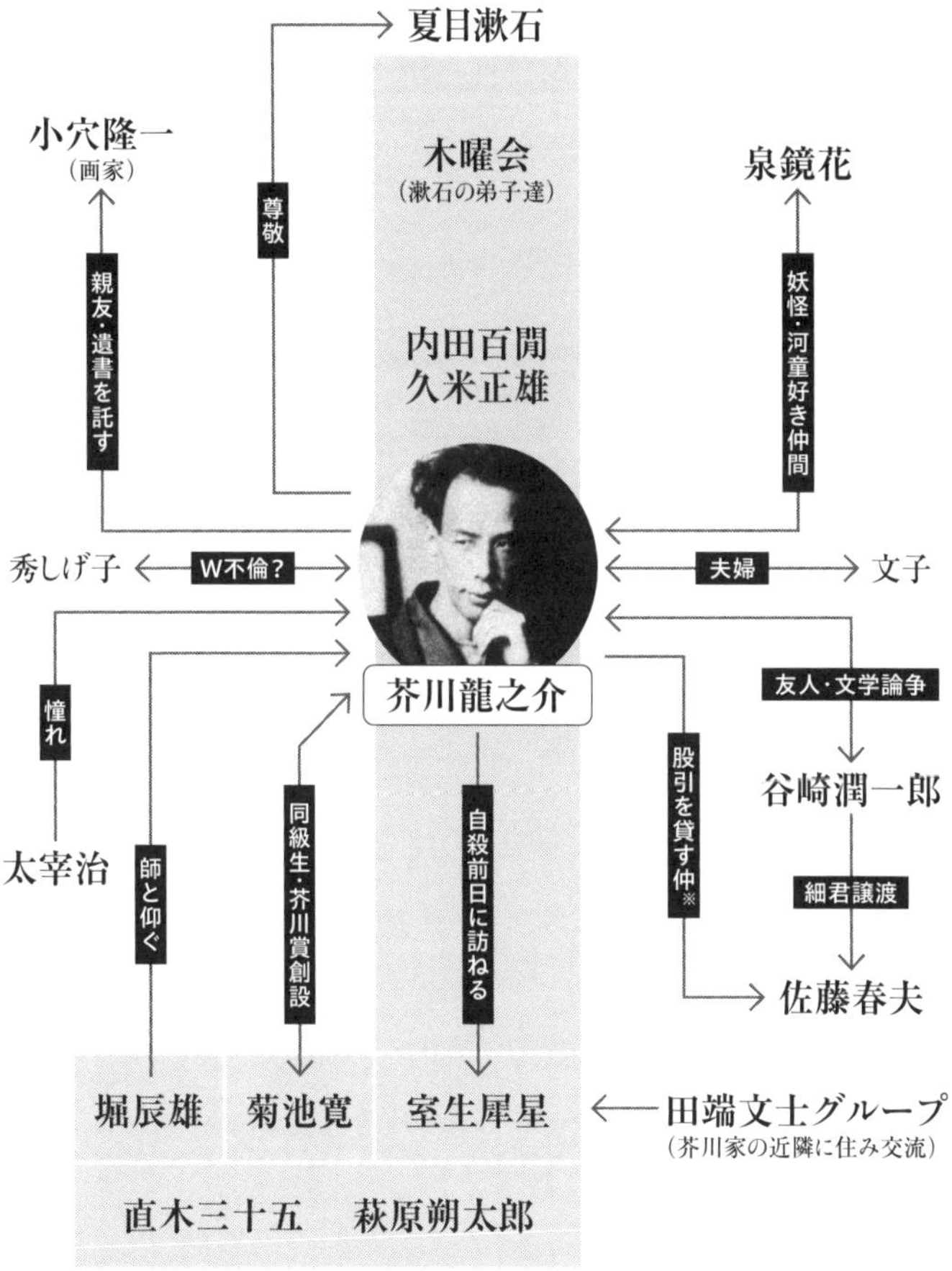


※作家仲間で海水浴に行ったときに佐藤春夫が水着を忘れ、芥川が水着代わりにと、
自分の股引を貸したことがある。

写真提供：日本近代文学館

芥川龍之介

# ゆかりの地・行きつけの店

**【長命寺桜もち　山本や】**創業300年以上の老舗菓子店。1717（享保2）年、花見の名所墨田堤の桜の葉を塩漬けにしてあん入りの餅を包み、長命寺の門前で売り始め大人気に。今も桜もちのみの販売ながら大人気を誇る。
［URL］https://sakura-mochi.com/

---

## 【向島・長命寺桜もちの思い出を記す】

芥川龍之介は十八歳まで本所小泉町（現・墨田区両国）で暮らした。

中学校は両国の東京府立第三中学（現・両国高校）に通った。

昭和2年、自殺の直前まで新聞連載した随筆「本所両国」で、芥川は両国近辺を再訪し、隅田川沿いの向島「長命寺桜もち」を訪ね、以下のように書いている。

――（前略）僕の小学時代に伯母と一緒に川蒸汽に乗ったときのことを思い出した。（中略）

僕等はその時にどこへ行ったのか、とにかく伯母だけは長命寺の桜餅を一籠膝にしていた。すると男女の客が二人僕等の顔を尻目にかけながら、「何か匂いますね」「うん、糞臭いな」などと話しはじめた。長命寺の桜餅を糞臭いとは――僕は未だに生意気にもこの二人を田舎者めと軽蔑したことを覚えている。

――

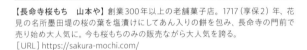

DAZAI OSAMU

II

# 太宰治

遺作▼グッド・バイ（未完）――1948（昭和23）年

文豪死す

# 太宰治

（だざい　おさむ）

本名：津島修治。1909（明治42）年、青森県生まれ。東京帝国大学在籍中に「列車」を発表。第一回芥川賞で「逆行」が候補に挙がるが落選。病気や薬物中毒による不安定な生活の苦悩を描く私小説的作品が多いが、「富嶽百景」「走れメロス」などの短編、『人間失格』『津軽』などの長編で知られる。戦後に発表した『斜陽』がベストセラーとなり「斜陽族」が流行語にもなった。1948年（昭和23年）、愛人の山崎富栄と入水心中し逝去。満38歳没。

### 遺作「グッド・バイ」について

『朝日新聞』と『朝日評論』に連載された作品。第13話が絶筆になった。10人もの愛人と別れる算段をした主人公が、逆に愛人たちから愛想を尽かされ、次々と「グッド・バイ」と言われていく、という構想だったとされている。

# グッド・バイ

## 変心　（一）

文壇の、或《あ》る老大家が亡《な》くなって、その告別式の終り頃から、雨が降りはじめた。早春の雨である。

その帰り、二人の男が相合傘《あいあいがさ》で歩いている。いずれも、その逝去《せいきょ》した老大家には、お義理一ぺん、話題は、女に就《つ》いての、極《きわ》めて不きんしんな事。紋服の初老の大男は、文士。それよりずっと若いロイド眼鏡《めがね》、縞《しま》ズボンの好男子は、編集者。

「あいつも」と文士は言う。「女が好きだったらしいな。お前も、そろそろ年貢《ねんぐ》のおさめ時じゃねえのか。やつれたぜ」

「全部、やめるつもりでいるんです」

その編集者は、顔を赤くして答える。

この文士、ひどく露骨で、下品な口をきくので、その好男子の編集者はかねがね敬遠していたのだが、きょうは自身に傘の用意が無かったので、仕方なく、文士の蛇《じゃ》の目傘《めがさ》にいれてもらい、かくは油をしぼられる結果となった。

全部、やめるつもりでいるんです。しかし、それは、まんざら嘘《うそ》で無かった。

何かしら、変って来ていたのである。終戦以来、三年経《た》って、どこやら、変った。

三十四歳、雑誌「オベリスク」編集長、田島周二、言葉に少し関西なまりがあるようだが、自身の出生に就いては、ほとんど語らぬ。もともと、抜け目の無い男で、「オベリスク」の編集は世間へのお体裁《ていさい》、実は闇商売《やみしょうばい》のお手伝いして、いつも、しこたま、もうけている。けれども、悪銭身につかぬ例えのとおり、酒はそれこそ、浴びるほど飲み、愛人を十人ちかく養っているという噂《うわさ》。

かれは、しかし、独身では無い。独身どころか、いまの細君は後妻である。先妻は、白痴の女児ひとりを残して、肺炎で死に、それから彼は、東京の家を売り、埼玉県の友人の家に疎開《そかい》し、疎開中に、いまの細君をものにして結婚した。細君のほうは、もちろん初婚で、その実家は、かなり内福の農家である。

終戦になり、細君と女児を、細君のその実家にあずけ、かれは単身、東京に乗り込み、郊外のアパートの一部屋を借り、そこはもうただ、寝るだけのところ、抜け目なく四方八方を飛び歩いて、しこたま、もうけた。

けれども、それから三年経ち、何だか気持が変って来た。世の中が、何かしら微妙に変って来たせいか、または、彼のからだが、日頃の不節制のために最近めっきり痩《や》せ細って来たせいか、いや、いや、単に「とし」のせいか、色即是空《しきそくぜくう》、酒もつまらぬ、小さい家を一軒買い、田舎《いなか》から女房子供を呼び寄せて、……という里心に似たものが、ふいと胸をかすめて通る事が多くなった。

もう、この辺で、闇商売からも足を洗い、雑誌の編集に専念しよう。それに就いて、……。

それに就いて、さし当っての難関。まず、女たちと上手《じょうず》に別れなければならぬ。思いがそこに到ると、さすが、抜け目の無い彼も、途方にくれて、溜息《ためいき》が出るのだ。

「全部、やめるつもり、……」大男の文士は口をゆがめて苦笑し、「それは結構だが、いったい、お前には、女が幾人あるんだい？」

## 変心（二）

田島は、泣きべその顔になる。思えば、思うほど、自分ひとりの力では、到底、処理の仕様が無い。金ですむ事なら、わけないけれども、女たちが、それだけで引下るようにも思えない。

「いま考えると、まるで僕は狂っていたみたいなんですよ。とんでもなく、手をひろげすぎて、……」

この初老の不良文士にすべて打ち明け、相談してみようかしらと、ふと思う。

「案外、殊勝《しゅしょう》な事を言いやがる。もっとも、多情な奴に限って奇妙にいやらしいくらい道徳におびえて、そこがまた、女に好かれる所以《ゆえん》でもあるのだがね。男振りがよくて、金があって、若くて、おまけに道徳的で優しいと来たら、そりゃ、もてるよ。当り前の話だ。お前のほうでやめるつもりでも、先方が承知しないぜ、これは」

「そこなんです」

ハンケチで顔を拭《ふ》く。

「泣いてるんじゃねえだろうな」

「いいえ、雨で眼鏡の玉が曇《くも》って、……」

「いや、その声は泣いてる声だ。とんだ色男さ」

闇商売の手伝いをして、道徳的も無いものだが、その文士の指摘したように、田島という男は、多情のくせに、また女にへんに律儀《りちぎ》な一面も持っていて、女たちは、それ故《ゆえ》、少しも心配せずに田島に深くたよっているらしい様子。

「何か、いい工夫《くふう》が無いものでしょうか」

「無いね。お前が五、六年、外国にでも行って来たらいいだろうが、しかし、いまは簡単に洋行なんか出来ない。いっそ、その女たちを全部、一室に呼び集め、蛍《ほたる》の光でも歌わせて、いや、仰げば尊し、のほうがいいかな、お前が一人々々に卒業証書を授与してね、それからお前は、発狂の真似《まね》をして、まっぱだかで表に飛び出し、逃げる。これなら、たしかだ。女たちも、さすがに呆《あき》れて、あきらめるだろうさ。」

まるで相談にも何もならぬ。

「失礼します。僕は、あの、ここから電車で、……」

「まあ、いいじゃないか。つぎの停留場まで歩こう。何せ、これは、お前にとって重大問題だろうからな。二人で、対策を研究してみようじゃないか」

文士は、その日、退屈していたものと見えて、なかなか田島を放さぬ。

「いいえ、もう、僕ひとりで、何とか、……」

「いや、いや、お前ひとりでは解決できない。まさか、お前、死ぬ気じゃないだろうな。実に、心配になって来た。女に惚《ほ》れられて、死ぬというのは、これは悲劇じゃない、喜劇だ。いや、ファース（茶番）というものだ。滑稽《こっけい》の極《きわみ》だね。誰も同情しやしない。死ぬのはやめたほうがよい。うむ、名案。すごい美人を、どこからか見つけて来てね、そのひとに事情を話し、お前の女房という形になってもらって、それを連れて、お前のその女たち一人々々を歴訪する。効果てきめん。女たちは、皆だまって引下る。どうだ、やってみないか」

おぼれる者のワラ。田島は少し気が動いた。

## 行進（一）

田島は、やってみる気になった。しかし、ここにも難関がある。

すごい美人。醜くてすごい女なら、電車の停留場の一区間を歩く度毎《たびごと》に、三十人くらいは発見できるが、すごいほど美しい、という女は、伝説以外に存在しているものかどうか、疑わしい。

もともと田島は器量自慢、おしゃれで虚栄心が強いので、不美人と一緒に歩くと、にわかに腹痛を覚えると称してこれを避け、かれの現在のいわゆる愛人たちも、それぞれかなりの美人ばかりではあったが、しかし、すごいほどの美人、というほどのものは無いようであった。

あの雨の日に、初老の不良文士の口から出まかせの「秘訣《ひけつ》」をさずけられ、何のばからしいと内心一応は反撥《はんぱつ》してみたものの、しかし、自分にも、ちっとも名案らしいものは浮ばない。

まず、試みよ。ひょっとしたらどこかの人生の片すみに、そんなすごい美人がころがっているかも知れない。眼鏡の奥のかれの眼は、にわかにキョロキョロいやらしく動きはじめる。

ダンス・ホール。喫茶店。待合。いない、いない。醜くてすごいものばかり。オフィス、デパート、工場、映画館、はだかレヴュウ。いるはずが無い。女子大の校庭のあさましい垣《かき》のぞきをしたり、ミス何とかの美人競争の会場にかけつけたり、映画のニューフェースとやらの試験場に見学と称してまぎれ込んだり、やたらと歩き廻ってみたが、いない。

獲物は帰り道にあらわれる。

かれはもう、絶望しかけて、夕暮の新宿駅裏の闇市をすこぶる憂鬱《ゆううつ》な顔をして歩いていた。彼のいわゆる愛人たちのところを訪問してみる気も起らぬ。思い出すさえ、ぞっとする。別れなければならぬ。

「田島さん！」

出し抜けに背後から呼ばれて、飛び上らんばかりに、ぎょっとした。

「ええっと、どなただったかな？」

「あら、いやだ」

声が悪い。鴉声《からすごえ》というやつだ。

「へえ?」

と見直した。まさに、お見それ申したわけであった。

彼は、その女を知っていた。闇屋、いや、かつぎ屋である。彼はこの女と、ほんの二、三度、闇の物資の取引きをした事があるだけだが、しかし、この女の鴉声と、それから、おどろくべき怪力に依《よ》って、この女を記憶している。やせた女ではあるが、十貫は楽に背負う。さかなくさくて、ドロドロのものを着て、モンペにゴム長、男だか女だか、わけがわからず、ほとんど乞食《こじき》の感じで、おしゃれの彼は、その女と取引きしたあとで、いそいで手を洗ったくらいであった。

とんでもないシンデレラ姫。洋装の好みも高雅。からだが、ほっそりして、手足が可憐《かれん》に小さく、二十三、四、いや、五、六、顔は愁《うれ》いを含んで、梨《なし》の花の如《ごと》く幽《かす》かに青く、まさしく高貴、すごい美人、これがあの十貫を楽に背負うかつぎ屋とは。

声の悪いのは、傷だが、それは沈黙を固く守らせておればいい。

使える。

## 行進　（二）

馬子《まご》にも衣裳《いしょう》というが、ことに女は、その装い一つで、何が何やらわけのわからぬくらいに変る。元来、化け物なのかも知れない。しかし、この女（永井キヌ子という）のように、こんなに見事に変身できる女も珍らしい。

「さては、相当ため込んだね。いやに、りゅうとしてるじゃないか」

「あら、いやだ」

どうも、声が悪い。高貴性も何も、一ぺんに吹き飛ぶ。

「君に、たのみたい事があるのだがね」

「あなたは、ケチで値切ってばかりいるから、……」

「いや、商売の話じゃない。ぼくはもう、そろそろ足を洗うつもりでいるんだ。君は、まだ相変らず、かついでいるのか」

「あたりまえよ。かつがなきゃおまんまが食べられませんからね」

言うことが、いちいちゲスである。

「でも、そんな身なりでも無いじゃないか」

「そりゃ、女性ですもの。たまには、着飾って映画も見たいわ」

「きょうは、映画か?」

「そう。もう見て来たの。あれ、何ていったかしら、アシクリゲ、……」

「膝栗毛《ひざくりげ》だろう。ひとりでかい?」

「あら、いやだ。男なんて、おかしくって」

「そこを見込んで、頼みがあるんだ。一時間、いや、三十分でいい、顔を貸してくれ」

「いい話?」

「君に損はかけない」

二人ならんで歩いていると、すれ違うひとの十人のうち、八人は、振りかえって、見る。田島を見るのでは無く、キヌ子を見るのだ。さすが好男子の田島も、それこそすごいほどのキヌ子の気品に押されて、ゴミっぽく、貧弱に見える。

田島はなじみの闇の料理屋へキヌ子を案内する。

「ここ、何か、自慢の料理でもあるの?」

「そうだな、トンカツが自慢らしいよ」

「いただくわ。私、おなかが空《す》いてるの。それから、何が出来るの?」

「たいてい出来るだろうけど、いったい、どんなものを食べたいんだい」

「ここの自慢のもの。トンカツの他に何か無いの?」

「ここのトンカツは、大きいよ」

「ケチねえ。あなたは、だめ。私奥へ行って聞いて来るわ」

怪力、大食い、これが、しかし、全くのすごい美人なのだ。取り逃がしてはならぬ。

田島はウイスキイを飲み、キヌ子のいくらでもいくらでも澄まして食べるのを、すこぶるいまいましい気持でながめながら、彼のいわゆる頼み事について語った。キヌ子は、ただ食べながら、聞いているのか、いないのか、ほとんど彼の物語りには興味を覚えぬ様子であった。

「引受けてくれるね?」

「バカだわ、あなたは。まるでなってやしないじゃないの」

## 行進　（三）

田島は敵の意外の鋭鋒《えいほう》にたじろぎながらも、

「そうさ、全くなってやしないから、君にこうして頼むんだ。往生しているんだよ」

「何もそんな、めんどうな事をしなくても、いやになったら、ふっとそれっきりあわなけれあいいじゃないの。」

「そんな乱暴な事は出来ない。相手の人たちだって、これから、結婚するかも知れないし、また、新しい愛人をつくるかも知れない。相手のひとたちの気持をちゃんときめさせるようにするのが、男の責任さ」

「ぷ！　とんだ責任だ。別れ話だの何だのと言って、またイチャつきたいのでしょう？　ほんとに助平《すけべい》そうなツラをしている」

「おいおい、あまり失敬な事を言ったら怒るぜ。失敬にも程度があるよ。食ってばかりいるじゃないか」

「キントンが出来ないかしら」

「まだ、何か食う気かい？　胃拡張とちがうか。病気だぜ、君は。いちど医者に見てもらったらどうだい。さっきから、ずいぶん食ったぜ。もういい加減によせ」

「ケチねえ、あなたは。女は、たいてい、これくらい食うの普通だわよ。もうたくさん、なんて断っているお嬢さんや何か、あれは、ただ、色気があるから体裁をとりつくろっているだけなのよ。私なら、いくらでも、食べられるわよ」

「いや、もういいだろう。ここの店は、あまり安くないんだよ。君は、いつも、こんなにたくさん食べるのかね」

「じょうだんじゃない。ひとのごちそうになる時だけよ」

「それじゃね、これから、いくらでも君に食べさせるから、ぼくの頼み事も聞いてくれ」

「でも、私の仕事を休まなければならないんだから、損よ」

「それは別に支払う。君のれいの商売で、儲《もう》けるぶんくらいは、その都度《つど》きちんと支払う」

「ただ、あなたについて歩いていたら、いいの？」

「まあ、そうだ。ただし、条件が二つある。よその女のひとの前では一言も、ものを言ってくれるな。たのむぜ。笑ったり、うなずいたり、首を振ったり、まあ、せいぜいそれくらいのところにしていただく。もう一つは、ひとの前で、ものを食べない事。ぼくと二人きりになったら、そりゃ、いくら食べてもかまわないけど、ひとの前では、まずお茶一ぱいくらいのところにしてもらいたい」

「その他、お金もくれるんでしょう？　あなたは、ケチで、ごまかすから」

「心配するな。ぼくだって、いま一生懸命なんだ。これが失敗したら、身の破滅さ」

「フクスイの陣って、とこね。」

「フクスイ？　バカ野郎、ハイスイ（背水）の陣だよ」

「あら、そう？」

けろりとしている。田島は、いよいよ、にがにがしくなるばかり。しかし、美しい。りんとして、この世のものとも思えぬ気品がある。

トンカツ。鶏のコロッケ。マグロの刺身《さしみ》。イカの刺身。支那《しな》そば。ウナギ。よせなべ。牛の串焼《くしやき》。にぎりずしの盛合せ。海老《えび》サラダ。イチゴミルク。

その上、キントンを所望とは。まさか女は誰でも、こんなに食うまい。いや、それとも？

## 行進（四）

キヌ子のアパートは、世田谷方面にあって、朝はれいの、かつぎの商売に出るので、午後二時以後なら、たいていひまだという。田島は、そこへ、一週間にいちどくらい、みなの都合のいいような日に、電話をかけて連絡をして、そうしてどこかで落ち合せ、二人そろって別離の相手の女のところへ向って行進することをキヌ子と約す。

そうして、数日後、二人の行進は、日本橋のあるデパート内の美容室に向って開始せられる事になる。

おしゃれな田島は、一昨年の冬、ふらりとこの美容室に立ち寄って、パーマネントをしてもらった事がある。そこの「先生」は、青木さんといって三十歳前後の、いわゆる戦争未亡人である。ひっかけるなどというのではなく、むしろ女のほうから田島について来たような形であった。青木さんは、そのデパートの築地《つきじ》の寮から日本橋のお店にかよっているのであるが、収入は、女ひとりの生活にやっとというところ。そこで、田島はその生活費の補助をするという事になり、いまでは、築地の寮でも、田島と青木さんとの仲は公認せられている。

けれども、田島は、青木さんの働いている日本橋のお店に顔を出す事はめったに無い。田島の如きあか抜けた好男子の出没は、やはり彼女の営業を妨げるに違いないと、田島自身が考えているのである。

それが、いきなり、すごい美人を連れて、彼女のお店にあらわれる。

「こんちは」というあいさつさえも、よそよそしく、「きょうは女房を連れて来ました。疎開先から、こんど呼び寄せたのです」

それだけで十分。青木さんも、目もと涼しく、肌《はだ》が白くやわらかで、愚かしいところの無いかなりの美人ではあったが、キヌ子と並べると、まるで銀の靴と兵隊靴くらいの差があるように思われた。

二人の美人は、無言で挨拶《あいさつ》を交《かわ》した。青木さんは、既に卑屈な泣きべそみたいな顔になっている。もはや、勝敗の数は明かであった。

前にも言ったように、田島は女に対して律儀《りちぎ》な一面も持っていて、いまだ女に、自分が独身だなどとウソをついた事が無い。田舎に妻子を疎開させてあるという事は、はじめから皆に打明けてある。それが、いよいよ夫の許《もと》に帰って来た。しかも、その奥さんたるや、若くて、高貴で、教養のゆたかしい絶世の美人。

さすがの青木さんも、泣きべそ以外、てが無かった。

「女房の髪をね、一つ、いじってやって下さい」と田島は調子に乗り、完全にとどめを刺そうとする。

「銀座にも、どこにも、あなたほどの腕前のひとは無いってうわさですからね」

それは、しかし、あながちお世辞でも無かった。事実、すばらしく腕のいい美容師であった。

キヌ子は鏡に向って腰をおろす。

青木さんは、キヌ子に白い肩掛けを当て、キヌ子の髪をときはじめ、その眼には、涙が、いまにもあふれ出るほど一ぱい。

キヌ子は平然。

かえって、田島は席をはずした。

## 行進（五）

セットの終ったころ、田島は、そっとまた美容室にはいって来て、一すんくらいの厚さの紙幣のたばを、美容師の白い上衣《うわぎ》のポケットに滑りこませ、ほとんど祈るような気持で、

「グッド・バイ」

とささやき、その声が自分でも意外に思ったくらい、いたわるような、あやまるような、優しい、哀調に似たものを帯びていた。

キヌ子は無言で立上る。青木さんも無言で、キヌ子のスカートなど直してやる。田島は、一足さきに外に飛び出す。

ああ、別離は、くるしい。

キヌ子は無表情で、あとからやって来て、

「そんなに、うまくも無いじゃないの」

「何が？」

「パーマ」

バカ野郎！　とキヌ子を怒鳴ってやりたくなったが、しかし、デパートの中なので、こらえた。青木という女は、他人の悪口など決して言わなかった。お金もほしがらなかったし、よく洗濯もしてくれた。

「これで、もう、おしまい？」

「そう」

田島は、ただもう、やたらにわびしい。

「あんな事で、もう、わかれてしまうなんて、あの子も、意久地《いくじ》が無いね。ちょっと、べっぴんさんじゃないか。あのくらいの器量なら、……」

「やめろ！　あの子だなんて、失敬な呼び方は、よしてくれ。おとなしいひとなんだよ、あのひとは。君なんかとは、違うんだ。とにかく、黙っていてくれ。君のその鴉《からす》の声みたいなのを聞いていると、気が狂いそうになる」

「おやおや、おそれいりまめ」

わあ！　何というゲスな駄じゃれ。全く、田島は気が狂いそう。

田島は妙な虚栄心から、女と一緒に歩く時には、彼の財布《さいふ》を前以《もっ》て女に手渡し、もっぱら女に支払わせて、彼自身はまるで勘定などに無関心のような、おうようの態度を装うのである。しかし、いままで、どの女も、彼に無断で勝手な買い物などはしなかった。

けれども、おそれいりまめ女史は、平気でそれをやった。デパートには、いくらでも高価なものがある。堂々と、ためらわず、いわゆる高級品を選び出し、しかも、それは不思議なくらい優雅で、趣味のよい品物ばかりである。

「いい加減に、やめてくれねえかなあ」

「ケチねえ」

「これから、また何か、食うんだろう？」

「そうね、きょうは、我慢してあげるわ」

「財布をかえしてくれ。これからは、五千円以上、使ってはならん」

いまは、虚栄もクソもあったものでない。

「そんなには、使わないわ」

「いや、使った。あとでぼくが残金を調べてみれば、わかる。一万円以上は、たしかに使った。こないだの料理だって安くなかったんだぜ」

「そんなら、よしたら、どう？　私だって何も、すき好んで、あなたについて歩いているんじゃないわよ」

脅迫にちかい。

田島は、ため息をつくばかり。

## 怪力（一）

しかし、田島だって、もともとただものでは無いのである。闇商売《やみしょうばい》の手伝いをして、一挙に数十万は楽にもうけるという、いわば目から鼻に抜けるほどの才物であった。

キヌ子にさんざんムダ使いされて、黙って海容《かいよう》の美徳を示しているなんて、とてもそんな事の出来る性格ではなかった。何か、それ相当のお返しをいただかなければ、どうしたって、気がすまない。

あんちきしょう！　生意気だ。ものにしてやれ。

別離の行進は、それから後の事だ。まず、あいつを完全に征服し、あいつを遠慮深くて従順で質素で小食の女に変化させ、しかるのちにまた行進を続行する。いまのままだと、とにかく金がかかって、行進の続行が不可能だ。

勝負の秘訣《ひけつ》。敵をして近づかしむべからず、敵に近づくべし。

彼は、電話の番号帳により、キヌ子のアパートの所番地を調べ、ウイスキイ一本とピイナツを二袋だけ買い求め、腹がへったらキヌ子に何かおごらせてやろうという下心、そうしてウイスキイをがぶがぶ飲んで、酔いつぶれた振りをして寝てしまえば、あとは、こっちのものだ。だいいち、ひどく安上りである。部屋代も要《い》らない。

女に対して常に自信満々の田島ともあろう者が、こんな乱暴な恥知らずの、エゲツない攻略の仕方を考えつくとは、よっぽど、かれ、どうかしている。あまりに、キヌ子にむだ使いされたので、狂うような気持になっているのかも知れない。色慾のつつしむべきも、さる事ながら、人間あんまり金銭に意地汚くこだわり、モトを取る事ばかりあせっていても、これもまた、結果がどうもよくないようだ。

田島は、キヌ子を憎むあまりに、ほとんど人間ばなれのしたケチな卑《いや》しい計画を立て、果して、死ぬほどの大難に逢うに到った。

夕方、田島は、世田谷のキヌ子のアパートを捜し当てた。古い木造の陰気くさい二階建のアパートである。キヌ子の部屋は、階段をのぼってすぐ突当りにあった。

ノックする。

「だれ?」

中から、れいの鴉声《からすごえ》。

ドアをあけて、田島はおどろき、立ちすくむ。

乱雑。悪臭。

ああ、荒涼《こうりょう》。四畳半。その畳の表は真黒く光り、波の如く高低があり、縁《へり》なんてその痕跡《こんせき》をさえとどめていない。部屋一ぱいに、れいのかつぎの商売道具らしい石油かんやら、りんご箱やら、一升ビンやら、何だか風呂敷に包んだものやら、鳥かごのようなものやら、紙くずやら、ほとんど足の踏み場も無いくらいに、ぬらついて散らばっている。

「なんだ、あなたか。なぜ、来たの?」

そのまた、キヌ子の服装たるや、数年前に見た時の、あの乞食姿、ドロドロによごれたモンペをはき、まったく、男か女か、わからないような感じ。

部屋の壁には、無尽会社の宣伝ポスター、たった一枚、他にはどこを見ても装飾らしいものがない。カーテンさえ無い。これが、二十五、六の娘の部屋か。小さい電球が一つ暗くともって、ただ荒涼。

## 怪力（二）

「あそびに来たのだけどね」と田島は、むしろ恐怖におそわれ、キヌ子同様の鴉声になり、「でも、また出直して来てもいいんだよ」

「何か、こんたんがあるんだわ。むだには歩かないひとなんだから」

「いや、きょうは、本当に、……」

「もっと、さっぱりなさいよ。あなた、少しニヤケ過ぎてよ」

それにしても、ひどい部屋だ。

ここで、あのウイスキイを飲まなければならぬのか。ああ、もっと安いウイスキイを買って来るべきであった。

「ニヤケているんじゃない。キレイというものなんだ。君は、きょうはまた、きたな過ぎるじゃないか」

にがり切って言った。

「きょうはね、ちょっと重いものを背負ったから、少し疲れて、いままで昼寝をしていたの。ああ、そう、いいものがある。お部屋へあがったらどう？　割に安いのよ」

どうやら商売の話らしい。もうけ口なら、部屋の汚なさなど問題でない。田島は、靴を脱ぎ、畳の比較的無難なところを選んで、外套《がいとう》のままあぐらをかいて坐る。

「あなた、カラスミなんか、好きでしょう？　酒飲みだから」

「大好物だ。ここにあるのかい？　ごちそうになろう」

「冗談じゃない。お出しなさい」

キヌ子は、おくめんも無く、右の手のひらを田島の鼻先に突き出す。

田島は、うんざりしたように口をゆがめて、

「君のする事なす事を見ていると、まったく、人生がはかなくなるよ。その手は、ひっこめてくれ。カラスミなんて、要らねえや。あれは、馬が食うもんだ」

「安くしてあげるったら、ばかねえ。おいしいのよ、本場ものだから。じたばたしないで、お出し」

からだをゆすって、手のひらを引込めそうも無い。

不幸にして、田島は、カラスミが実に全く大好物、ウイスキイのさかなに、あれがあると、もう何も要らん。

「少し、もらおうか」

田島はいまいましそうに、キヌ子の手のひらに、大きい紙幣を三枚、載せてやる。

「もう四枚」

キヌ子は平然という。

田島はおどろき、

「バカ野郎、いい加減にしろ」

「ケチねえ、一ハラ気前よく買いなさい。鰹節《かつおぶし》を半分に切って買うみたい。ケチねえ」

「よし、一ハラ買う」

さすが、ニヤケ男の田島も、ここに到って、しんから怒り、

「そら、一枚、二枚、三枚、四枚。これでいいだろう。手をひっこめろ。君みたいな恥知らずを産んだ親の顔が見たいや」

「私も見たいわ。そうして、ぶってやりたいわ。捨てりゃ、ネギでも、しおれて枯れる、ってさ。」

「なんだ、身の上話はつまらん。コップを借してくれ。これから、ウイスキイとカラスミだ。うん、ピイナツもある。これは、君にあげる」

## 怪力（三）

田島は、ウイスキイを大きいコップで、ぐい、ぐい、と二挙動で飲みほす。きょうこそは、何とかしてキヌ子におごらせてやろうという下心で来たのに、逆にいわゆる「本場もの」のおそろしく高いカラスミを買わされ、しかも、キヌ子は惜しげも無くその一ハラのカラスミを全部、あっと思うまもなくざくざく切ってしまって汚いドンブリに山盛りにして、それに代用味《あじ》の素《もと》をどっさり振りかけ、

「召し上れ。味の素は、サーヴィスよ。気にしなくたっていいわよ」

カラスミ、こんなにたくさん、とても食べられるものでない。それにまた、味の素を振りかけるとは滅茶苦茶だ。田島は悲痛な顔つきになる。七枚の紙幣をろうそくの火でもやしたって、これほど痛烈な損失感を覚えないだろう。実に、ムダだ。意味無い。

山盛りの底のほうの、代用味の素の振りかかっていない一片のカラスミを、田島は、泣きたいような気持で、つまみ上げて食べながら、

「君は、自分でお料理した事ある？」

と今は、おっかなびっくりで尋ねる。

「やれば出来るわよ。めんどうくさいからしないだけ」

「お洗濯は？」

「バカにしないでよ。私は、どっちかと言えば、きれいずきなほうだわ」

「きれいずき？」

田島はぼう然と、荒涼、悪臭の部屋を見廻す。

「この部屋は、もとから汚くて、手がつけられないのよ。それに私の商売が商売だから、どうしたって、部屋の中がちらかってね。見せましょうか、押入れの中を」

立って押入れを、さっとあけて見せる。

田島は眼をみはる。

清潔、整然、金色の光を放ち、ふくいくたる香気が発するくらい。タンス、鏡台、トランク、下駄箱《げたばこ》の上には、可憐《かれん》に小さい靴が三足、つまりその押入れこそ、鴉声のシンデレラ姫の、秘密の楽屋であったわけである。

すぐにまた、ぴしゃりと押入れをしめて、キヌ子は、田島から少し離れて居汚く坐り、

「おしゃれなんか、一週間にいちどくらいでたくさん。べつに男に好かれようとも思わないし、ふだん着は、これくらいで、ちょうどいいのよ」

「でも、そのモンペは、ひどすぎるんじゃないか？　非衛生的だ」

「なぜ？」

「くさい」

「上品ぶったって、ダメよ。あなただって、いつも酒くさいじゃないの。いやな、におい」

「くさい仲、というものさね」

酔うにつれて、荒涼たる部屋の有様も、またキヌ子の乞食の如き姿も、あまり気にならなくなり、ひとつこれは、当初のあのプランを実行して見ようかという悪心がむらむら起る。

「ケンカするほど深い仲、ってね」

とはまた、下手《へた》な口説《くど》きよう。しかし、男は、こんな場合、たとい大人物、大学者と言われているほどのひとでも、かくの如きアホーらしい口説き方をして、しかも案外に成功しているものである。

## 怪力（四）

「ピアノが聞えるね」

彼は、いよいよキザになる。眼を細めて、遠くのラジオに耳を傾ける。

「あなたにも音楽がわかるの？　音痴みたいな顔をしているけど」

「ばか、僕の音楽通を知らんな、君は。名曲ならば、一日一ぱいでも聞いていたい」

「あの曲は、何？」

「ショパン」

でたらめ。

「へえ？　私は越後獅子《えちごじし》かと思った」

音痴同志のトンチンカンな会話。どうも、気持が浮き立たぬので、田島は、すばやく話頭を転ずる。

「君も、しかし、いままで誰かと恋愛した事は、あるだろうね」

「ばからしい。あなたみたいな淫乱《いんらん》じゃありませんよ」

「言葉をつつしんだら、どうだい。ゲスなやつだ」

急に不快になって、さらにウイスキイをがぶりと飲む。こりゃ、もう駄目《だめ》かも知れない。しかし、ここで敗退しては、色男としての名誉にかかわる。どうしても、ねばって成功しなければならぬ。

「恋愛と淫乱とは、根本的にちがいますよ。君は、なんにも知らんらしいね。教えてあげましょうかね」

自分で言って、自分でそのいやらしい口調に寒気を覚えた。これは、いかん。少し時刻が早いけど、もう酔いつぶれた振りをして寝てしまおう。

「ああ、酔った。すきっぱらに飲んだので、ひどく酔った。ちょっとここへ寝かせてもらおうか」

「だめよ！」

鴉声が蛮声に変った。

「ばかにしないで！　見えすいていますよ。泊りたかったら、五十万、いや百万円お出し」

すべて、失敗である。

「何も、君、そんなに怒る事は無いじゃないか。酔ったから、ここへ、ちょっと、……」

「だめ、だめ、お帰り」

キヌ子は立って、ドアを開け放す。

田島は窮して、最もぶざまで拙劣な手段、立っていきなりキヌ子に抱きつこうとした。

グワンと、こぶしで頬《ほお》を殴《なぐ》られ、田島は、ぎゃっという甚《はなは》だ奇怪な悲鳴を挙げた。その瞬間、田島は、十貫を楽々とかつぐキヌ子のあの怪力を思い出し、慄然《りつぜん》として、

「ゆるしてくれえ。どろぼう！」

とわけのわからぬ事を叫んで、はだしで廊下に飛び出した。

キヌ子は落ちついて、ドアをしめる。

しばらくして、ドアの外で、

「あのう、僕の靴を、すまないけど。……それから、ひものようなものがありましたら、お願いします。眼鏡のツルがこわれましたから」

色男としての歴史に於いて、かつて無かった大屈辱にはらわたの煮えくりかえるのを覚えつつ、彼はキヌ子から恵まれた赤いテープで、眼鏡をつくろい、その赤いテープを両耳にかけ、

「ありがとう！」

ヤケみたいにわめいて、階段を降り、途中、階段を踏みはずして、また、ぎゃっと言った。

## コールド・ウォー（一）

田島は、しかし、永井キヌ子に投じた資本が、惜しくてならぬ。こんな、割の合わぬ商売をした事が無い。何とかして、彼女を利用し活用し、モトをとらなければ、ウソだ。しかし、あの怪力、あの大食い、あの強慾。

あたたかになり、さまざまの花が咲きはじめたが、田島ひとりは、頗《すこぶ》る憂鬱《ゆううつ》。あの大失敗の夜から、四、五日経ち、眼鏡も新調し、頬のはれも引いてから、彼は、とにかくキヌ子のアパートに電話をかけた。ひとつ、思想戦に訴えて見ようと考えたのである。

「もし、もし。田島ですがね、こないだは、酔っぱらいすぎて、あははははは」

「女がひとりでいるとね、いろんな事があるわ。気にしてやしません」

「いや、僕もあれからいろいろ深く考えましたがね、結局、ですね、僕が女たちと別れて、小さい家を買って、田舎《いなか》から妻子を呼び寄せ、幸福な家庭をつくる、という事ですね、これは、道徳上、悪い事でしょうか」

「あなたの言う事、何だか、わけがわからないけど、男のひとは誰でも、お金が、うんとたまると、そんなケチくさい事を考えるようになるらしいわ」

「それが、だから、悪い事でしょうか」

「けっこうな事じゃないの。どうも、よっぽどあなたは、ためたな？」

「お金の事ばかり言ってないで、……道徳のね、つまり、思想上のね、その問題なんですがね、君はどう考えますか？」

「何も考えないわ。あなたの事なんか」

「それは、まあ、無論そういうものでしょうが、僕はね、これはね、いい事だと思うんです」

「そんなら、それで、いいじゃないの？　電話を切るわよ。そんな無駄話は、いや」

「しかし、僕にとっては、本当に死活の大問題なんです。僕は、道徳は、やはり重んじなけりゃならん、と思っているんです。たすけて下さい、僕を、たすけて下さい。僕は、いい事をしたいんです」

「へんねえ。また酔った振りなんかして、ばかな真似《まね》をしようとしているんじゃないでしょうね。あれは、ごめんですよ」

「からかっちゃいけません。人間には皆、善事を行おうとする本能がある」

「電話を切ってもいいんでしょう？　他にもう用なんか無いんでしょう？　さっきから、おしっこが出たくて、足踏みしているのよ」

「ちょっと待って下さい、ちょっと。一日、三千円でどうです」

思想戦にわかに変じて金の話になった。

「ごちそうが、つくの？」

「いや、そこを、たすけて下さい。僕もこの頃どうも収入が少くてね」

「一本(一万円のこと)でなくちゃ、いや」

「それじゃ、五千円。そうして下さい。これは、道徳の問題ですからね」

「おしっこが出たいのよ。もう、かんにんして」

「五千円で、たのみます」

「ばかねえ、あなたは」

くつくつ笑う声が聞える。承知の気配だ。

## コールド・ウォー (二)

こうなったら、とにかく、キヌ子を最大限に利用し活用し、一日五千円を与える他は、パン一かけら、水一ぱいも饗応《きょうおう》せず、思い切り酷使しなければ、損だ。温情は大の禁物、わが身の破滅。

キヌ子に殴られ、ぎゃっという奇妙な悲鳴を挙げても、田島は、しかし、そのキヌ子の怪力を逆に利用する術《すべ》を発見した。

彼のいわゆる愛人たちの中のひとりに、水原ケイ子という、まだ三十前の、あまり上手《じょうず》でない洋画家がいた。田園調布のアパートの二部屋を借りて、一つは居間、一つはアトリエに使っていて、田島は、その水原さんが或る画家の紹介状を持って、「オベリスク」に、さし画でもカットでも何でも描かせてほしいと顔を赤らめ、おどおどしながら申し出たのを可愛く思い、わずかずつ彼女の生計を助けてやる事にしたのである。物腰がやわらかで、無口で、そうして、ひどい泣き虫の女であった。けれども、吠《ほ》え狂うような、はしたない泣き方などは決してしない。童女のような可憐な泣き方なので、まんざらでない。

しかし、たった一つ非常な難点があった。彼女には、兄があった。永く満洲で軍隊生活をして、小さい時からの乱暴者の由で、骨組もなかなか頑丈《がんじょう》の大男らしく、彼は、はじめてその話をケイ子から聞かされた時には、実に、いやあな気持がした。どうも、この、恋人の兄の軍曹《ぐんそう》とか伍長《ごちょう》とかいうものは、ファウストの昔から、色男にとって甚だ不吉な存在だという事になっている。

その兄が、最近、シベリヤ方面から引揚げて来て、そうして、ケイ子の居間に、頑張っているらしいのである。

田島は、その兄と顔を合せるのがイヤなので、ケイ子をどこかへ引っぱり出そうとして、そのアパートに電話をかけたら、いけない、

「自分は、ケイ子の兄でありますが」

という、いかにも力のありそうな男の強い声。はたして、いたのだ。

「雑誌社のものですけど、水原先生に、ちょっと、画の相談、……」

語尾が震えている。

「ダメです。風邪《かぜ》をひいて寝ています。仕事は、当分ダメでしょう」

運が悪い。ケイ子を引っぱり出す事は、まず不可能らしい。

しかし、ただ兄をこわがって、いつまでもケイ子との別離をためらっているのは、ケイ子に対しても失礼みたいなものだ。それに、ケイ子が風邪で寝ていて、おまけに引揚者の兄が寄宿しているのでは、お金にも、きっと不自由しているだろう。かえって、いまは、チャンスというものかも知れない。病人に優しい見舞いの言葉をかけ、そうしてお金をそっと差し出す。兵隊の兄も、まさか殴りやしないだろう。或《ある》いは、ケイ子以上に、感激し握手など求めるかも知れない。もし万一、自分に乱暴を働くようだったら、……その時こそ、永井キヌ子の怪力のかげに隠れるといい。

まさに百パーセントの利用、活用である。

「いいかい？　たぶん大丈夫だと思うけどね、そこに乱暴な男がひとりいてね、もしそいつが腕を振り上げたら、君は軽くこう、取りおさえて下さい。なあに、弱いやつらしいんですがね」

彼は、めっきりキヌ子に、ていねいな言葉でものを言うようになっていた。

（未完）

## 年表で読み解く太宰治の生涯

| 西暦 | 和暦 | 年齢 | 太宰治関連の出来事 | 世相・事件 |
|---|---|---|---|---|
| 1909 | 明治42 | 0 | 6月19日、青森県に、父津島源右衛門、夕子の六男として生まれた。源右衛門は衆議院議員、貴族院議員などを務めた地元の名士であった。 | 伊藤博文暗殺。 |
| 1916 | 大正5 | 7 | 金木第一尋常小学校入学。 | 夏目漱石死去。 |
| 1922 | 大正11 | 13 | 明治高等小学校入学。 | 森鷗外死去。 |
| 1923 | 大正12 | 14 | 父源右衛門が肺がんで死去。青森中学校に入学。 | 関東大震災発生。 |
| 1925 | 大正14 | 16 | 同人雑誌『星座』を刊行。弟の礼治らと『蜃気楼』を創刊するが、この頃から学業を疎かにしだす。 | 東京六大学野球のリーグ戦が始まる。 |
| 1927 | 昭和2 | 18 | 弘前高等学校に入学。芥川龍之介の作品に親しみ憧れるが、芥川の自殺を知り、衝撃を受ける。弘前の芸妓・小山初代と知り合う（翌年とも）。 | 芥川龍之介死去。 |
| 1928 | 昭和3 | 19 | 同人雑誌『細胞文芸』を創刊。辻島衆二名義で「無間奈落」を発表。『校友会誌』に本名で「此の夫婦」を発表。 | 張作霖爆殺事件が起きる。 |
| 1929 | 昭和4 | 20 | 弘前高等学校の同盟休校事件をモデルに「学生群」を執筆。カルモチン自殺を図る。自殺の理由は上級階級の身分と思想（プロレタリア）との相違としている。 | 浜口雄幸内閣成立。 |

| | | | | |
|---|---|---|---|---|
| 1930 | 昭和5 | 21 | 東京帝国大学仏文科に入学。井伏鱒二を訪問。小山初代を呼び寄せ結婚を図るが実家の反対を受ける。津島家は除籍を条件に結婚を許すのだが。銀座のバーの女給田部シメ子と鎌倉で心中未遂（除籍に衝撃を受けたため、とされる）。シメ子は死亡し自殺幇助罪に問われるが、起訴猶予となる。 | ロンドン海軍軍縮条約可決。 |
| 1931 | 昭和6 | 22 | 小山初代と仮祝言をあげるが、入籍はせず。五反田で同居を始める。 | 満洲事変が起きる。 |
| 1933 | 昭和8 | 24 | 太宰治名義で『サンデー東奥』に「列車」を発表。 | 上海事件が起きる。 |
| 1935 | 昭和10 | 26 | 都新聞の入社試験に落ち、自殺をはかるが未遂。盲腸炎から腹膜炎を併発しパビナールを服用。中毒となる。「逆光」で第一回芥川賞候補になるも、次席になり落選。「逆光」を褒めた佐藤春夫に師事するようになる。 | ナチス・ドイツが国際連盟を脱退。 |
| 1936 | 昭和11 | 27 | 処女短編集『晩年』を刊行。パビナール中毒治療のため武蔵野病院に入院。 | 二・二六事件が起きる。 |
| 1937 | 昭和12 | 28 | 『新潮』に「二十世紀旗手」、「HUMAN LOST」を発表。不貞行為を認めた小山初代と心中未遂を起こし離別。 | 日中戦争が勃発。 |
| 1938 | 昭和13 | 29 | 井伏鱒二に紹介され石原美知子と見合いをし、婚約。 | 国家総動員法公布。 |
| 1939 | 昭和14 | 30 | 井伏鱒二宅で結婚式を挙げる。山梨の甲府市に新居を構えるも三鷹に転居。「富岳百景」を発表。短編集『女生徒』を刊行。 | 第二次世界大戦勃発。 |
| 1940 | 昭和15 | 31 | 『新潮』に「走れメロス」を発表。『女の決闘』を刊行。 | 大政翼賛会発足。 |

| | | | | |
|---|---|---|---|---|
| 1941 | 昭和16 | 32 | 『文学界』に「東京八景」を発表。長女園子誕生。<br>太田静子と出会い日記の執筆を勧める。 | 太平洋戦争勃発。 |
| 1944 | 昭和19 | 35 | 長男正樹誕生。「津軽」完成。 | レイテ島の戦い始まる。 |
| 1945 | 昭和20 | 36 | 家族と共に津軽の生家へ疎開。『御伽草子』刊行 | 終戦。ポツダム宣言受諾。 |
| 1946 | 昭和21 | 37 | 家族と共に三鷹へ戻る。 | 日本国憲法公布。 |
| 1947 | 昭和22 | 38 | 神奈川に太田静子を訪ね一週間滞在。太田静子の日記を読み『斜陽』の構想を得て執筆を開始。12月に刊行されるとベストセラーになり『斜陽族』が流行語になる。<br>美容師の山崎富栄と知り合う。<br>次女里子誕生。太田静子、女児治子を出産し太宰は認知する。 | 第一回統一地方選挙。 |
| 1948 | 昭和23 | 39 | 「人間失格」を完成。「グッド・バイ」の執筆を開始。<br>6月13日、山崎富栄と玉川上水に入水。両者死亡。満38歳没。 | 第一次中東戦争勃発。 |

## 太宰治　代表作品ガイド

### 富岳百景

【発表】『文体』1939年2月号、3月号／『女生徒』（1939年　砂子屋書房）所収

【解説】井伏鱒二の紹介で、石原美知子と結婚した太宰は式が終わって間もなく甲府の小さな借家に移り住んだ。太宰はこの作品の大部分を甲府市郊外の御崎町の新居で執筆した。その内容は結婚の前に見合いのため御坂峠を訪れた前後が描かれている。

【粗筋】昭和十三年の初秋、私は思いをあらたにする覚悟で、甲州御坂峠を訪ねた。師である井伏鱒二の隣の部屋に滞在した。富士が良く見える部屋で、当初は富士に対してあまりいい思いを抱かなかった私だが、文学青年との出会いや井伏に仲介された見合いを経て、心境の変化と共にやがて富士の見え方も変わっていく。

### 走れメロス

【発表】『新潮』1940年5月号／『女の決闘』（1940年　河出書房）所収

【解説】発表の同年、太宰は『三田新聞』に「シルレルはもっと読まれなければならない」と書いているが、本作はフリードリヒ・フォン・シラー（シルレル）の『Die Burgschaft』という詩を下敷きにされている。またこのシラーの詩も古代ギリシャの逸話が基となっている。

【粗筋】妹の結婚式の準備のため街にやってきたメロスは、そこで王の邪悪な噂を耳にする。王を殺そうとするがメロスは失敗し、処刑されそうになる。メロスは妹の結婚式を見届けるため、友人のセリヌンティウスに人質となってもらい三日間だけ期限をもらう。村に戻り妹の結婚式を大急ぎで終わらせる

と、メロスは全速力で街に戻る。日が沈みかけた直前で街に戻った。メロスとセリヌンティウスは互いに一発ずつ頬を張り合い、二人の友情を見た王はメロスの罪を許す。

## 津軽

【発表】『津軽』(1944年　小山書店)

【解説】第二次世界大戦の末期、生きているうちに自分の故郷をすみずみまで見てみたいと思い立った太宰が、3週間かけて津軽半島を一周し、その内容を描いた紀行文。ただし、その内容には太宰の創作も混じっており、一般的には小説として扱われる。

【粗筋】私は、久しぶりに故郷の金木町に帰ることになった。そのついでに、津軽各地を見て回り懐かしい人々と再会する。そして小泊村を訪ね、かつて自らの子守りをしてもらっていた、たけと再会する。

## 斜陽

【発表】『新潮』1947年7月号〜10月号／『斜陽』(1947年　新潮社)所収

【解説】終戦後、農地解放により津軽の生家が没落の気配を見せ始めたのをきっかけに、没落する貴族階級を題材に書いた小説。作品を書くにあたって愛人である太田静子の日記を参考にしており、出版後にすぐ重版を重ね、『斜陽族』という流行語を生むベストセラーとなった。

【粗筋】戦後、東京の邸から伊豆の小さな山荘に移ったかず子と母のもとに戦死したはずの弟、直治が帰ってくる。薬物中毒者になっていた直治は家の金を持ち出し、京都に住む小説家上原の下で暮らし始め、かず子は上原に思慕の念を抱く。母が結核で亡くなってからしばらくして、かず子はついに上原と関係を持つが、その翌日直治が自殺する。かず子は上原の子どもを妊娠するが、上原はかず子から離れていく。それでもかず子はシングルマザーとして強く生きていく思いを手紙にしたため上原へ送る。

## 人間失格

**【発表】**『展望』1948年6〜8月号／『人間失格』（1948年　筑摩書房）所収

**【解説】**作品が脱稿してから一か月後に太宰が自殺しており、本作のあとに「グッド・バイ」を書いているが、未完のため完結作としては本作が太宰の最後の作品となる。ある種の自伝的な作品と捉えられているが、完成して間もなく太宰が亡くなっているため、真偽が明らかとなっていない部分が多い。

**【粗筋】**東北の旧家に生まれた大庭葉蔵が遺した三つの手記という体裁を取っている。第一の手記には、道化のように振舞った少年時代のことが書かれ、第二の手記では友人・堀木の誘いによって、酒や左翼思想に染まっていき、やがてバーの女給と心中未遂を引き起こして自分一人だけが生き残ったことが記される。第三の手記ではタバコ屋の娘ヨシ子と結婚し、ひと時の幸福を得るもヨシ子が顔見知りの商人に犯されたことで、精神の均衡を崩し再び自殺未遂を起こす。その後重度のモルヒネ中毒となるが、堀木と家族たちに脳病院に入院させられ、自分が人間失格なのだと確信する。

# 太宰治　人物相関図

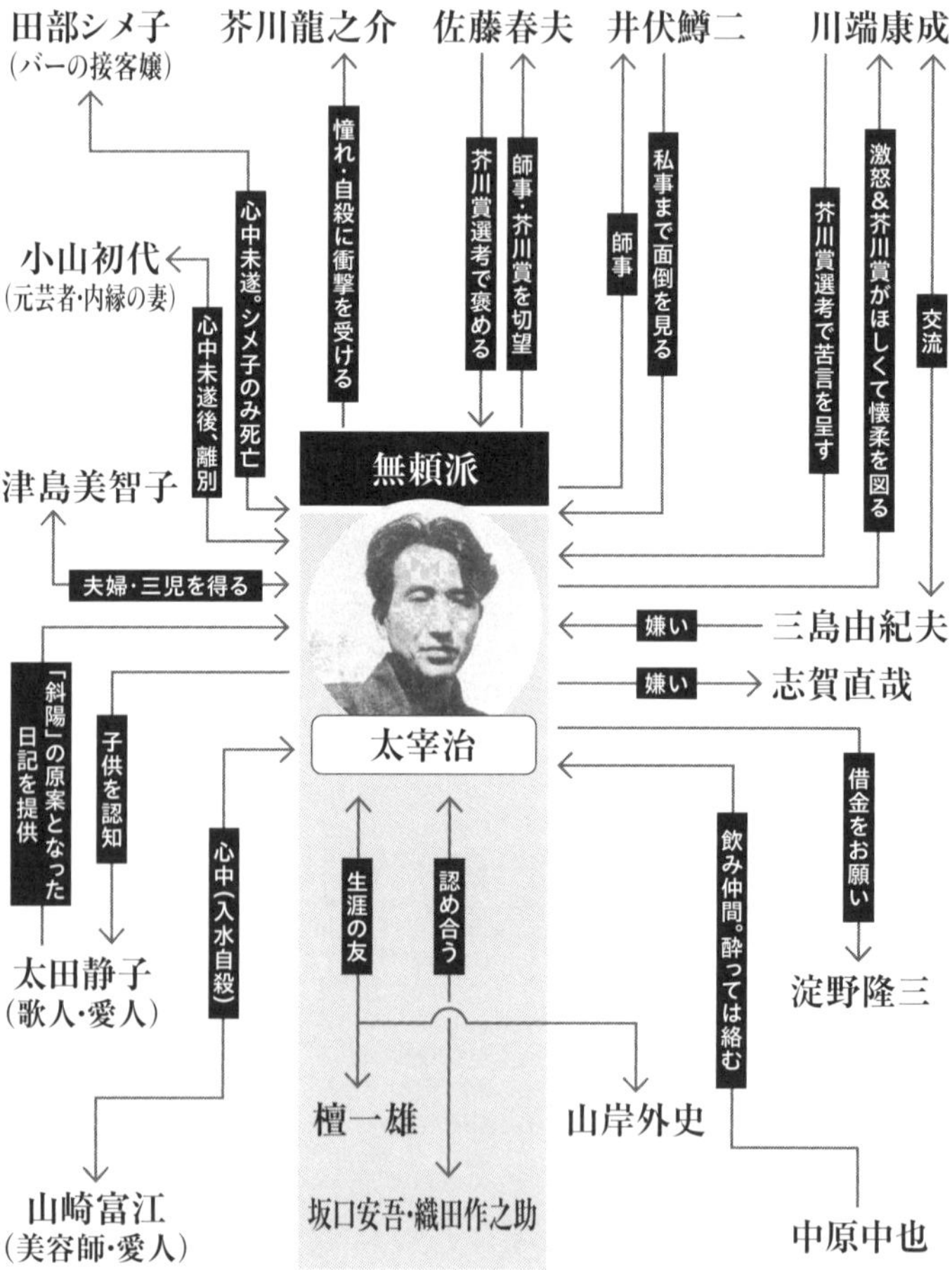

田部シメ子
(バーの接客嬢)
芥川龍之介
佐藤春夫
井伏鱒二
川端康成
憧れ・自殺に衝撃を受ける
芥川賞選考で褒める
師事・芥川賞を切望
師事
私事まで面倒を見る
芥川賞選考で苦言を呈す
激怒&芥川賞がほしくて懐柔を図る
交流
心中未遂。シメ子のみ死亡
小山初代
(元芸者・内縁の妻)
心中未遂後、離別
無頼派
津島美智子
夫婦・三児を得る
嫌い
三島由紀夫
嫌い
志賀直哉
「斜陽」の原案となった日記を提供
子供を認知
太宰治
借金をお願い
心中(入水自殺)
生涯の友
認め合う
飲み仲間。酔っては絡む
太田静子
(歌人・愛人)
淀野隆三
檀一雄
山岸外史
山崎富江
(美容師・愛人)
坂口安吾・織田作之助
中原中也

写真提供：日本近代文学館

太宰治

# ゆかりの地・行きつけの店

【銀座・ルパン】1928（昭和3）年、後に名物ママといわれた高崎雪子が開業したバー。開業時に里見弴・泉鏡花・菊池寛・久米正雄といった文豪が支援したことで、屈指の文壇バーとして有名。現在も銀座の名店として君臨。
［URL］http://www.lupin.co.jp/

## 【無頼派三人組のたまり場・ルパン】

ルパンは、戦前から永井荷風・直木三十五・武田麟太郎・川端康成・大佛次郎・林芙美子といった文豪が愛用した。

また藤田嗣治・岩田専太郎・東郷青児・岡本太郎らの画家や古川緑波・宇野重吉・滝沢修などの演劇人も常連とした老舗バー。

戦後、常連の太宰治・織田作之助・坂口安吾の無頼派三人組を、やはり常連だった写真家・林忠彦が撮影した写真が評判を呼んだ。

上段の写真は、織田作之助を撮影していた林にベロベロに酔っぱらった男が「おい、俺も撮れよ。織田作（織田作之助）ばっかり撮ってないで、俺も撮れよ」といわれて急遽撮った写真。

林はこの酔っ払いが太宰とは、このときまで知らなかったという。

太宰の手前の背中を見せる人物は坂口安吾とされる。

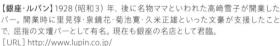

KAJII MOTOJIROU

III

# 梶井基次郎

遺作▼のんきな患者

——1931（昭和6）年

文豪死す

# 梶井基次郎

（かじい　もとじろう）

1901（明治34）年、大阪府生まれ。小説家。東京帝国大学在学中に友人たちと同人誌『青空』を創刊。「檸檬」や「城のある町にて」を発表する。生涯の多くを結核に悩まされ、文壇で認められてから間もなく亡くなるも、簡潔な描写と詩情豊かな文体が死後高く評価された。生前に出した本は友人らの尽力で出版された『檸檬』のみ。1932（昭和7）年、結核により自宅で逝去。満31歳没。

## 遺作「のんきな患者」について

病と闘いながら書き上げた作品。「のんきな患者がのんきな患者でいられなくなるところまで書いて、あの題材を大きく完成したい」という構想をもっていたという。

# のんきな患者

## 一

吉田は肺が悪い。寒《かん》になって少し寒い日が来たと思ったら、すぐその翌日から高い熱を出してひどい咳になってしまった。胸の臓器を全部押し上げて出してしまおうとしているかのような咳をする。四五日経つともうすっかり痩せてしまった。咳もあまりしない。しかしこれは咳が癒《なお》ったのではなくて、咳をするための腹の筋肉がすっかり疲れ切ってしまったからで、彼らが咳をするのを肯《がえ》んじなくなってしまったかららしい。それにもう一つは心臓がひどく弱ってしまって、一度咳をしてそれを乱してしまうと、それを再び鎮めるまでに非常に苦しい目を見なければならない。つまり咳をしなくなったというのは、身体が衰弱してはじめてのときのような元気がなくなってしまったからで、それが証拠には今度はだんだん呼吸困難の度を増して浅薄な呼吸を数多くしなければならなくなって来た。

病勢がこんなになるまでの間、吉田はこれを人並みの流行性感冒のように思って、またしても「明朝はもう少しよくなっているかもしれない」と思ってはその期待に裏切られたり、今日こそは医者を頼もうかと思ってはむだに辛抱をしたり、いつまでもひどい息切れを冒しては便所へ通ったり、そんな本能的な受身なことばかりやっていた。そしてやっと医者を迎えた頃には、もうげっそり頬もこけてしまって、身動きもできなくなり、二三日のうちにははや褥瘡《とこずれ》のようなものまでができかかって来るという弱り方であった。ある日はしきりに「こうっと」「こうっと」というようなことをほとんど一日言っている。かと思うと「不安や」「不安や」と弱々しい声を出して訴えることもある。そういうときはきまって夜で、どこから来るともしれない不安が吉田の弱り切った神経を堪《たま》らなくするのであった。

吉田はこれまで一度もそんな経験をしたことがなかったので、そんなときは第一にその不安の原因に思い悩むのだった。いったいひどく心臓でも弱って来たんだろうか、それともこんな病気にはあり勝ちな、不安ほどにはないなにかの現象なんだろうか、それとも自分の過敏になった神経がなにかの苦痛をそういうふうに感じさせるんだろうか。――吉田はほとんど身動きもできない姿勢で身体を鯱硬張《しゃちこば》らせたまま辛うじて胸へ呼吸を送っていた。そして今もし突如この平衡を破るものが現われたら自分はどうなるかしれないということを思っていた。だから吉田の頭には地震とか火事とか一生に一度遭《あ》うか二度遭うかというようなものまでが真剣に写っているのだった。また吉田がこの状態を続けてゆくというのには絶えない努力感の緊張が必要であって、もしその綱渡りのような努力になにか不安の影が射せばたちどころに吉田は深い苦痛に陥らざるを得ないのだった。

――しかしそんなことはいくら考えても決定的な知識のない吉田にはその解決がつくはずはなかった。その原因を臆測するにもまたその正否を判断するにも結局当の自分の不安の感じに由《よ》るほかはないのだとすると、結局それは何をやっているのかわけのわからないことになるのは当然のことなのだったが、しかしそんな状態にいる吉田にはそんな諦めがつくはずはなく、いくらでもそれは苦痛を増していくことになるのだった。

第二に吉田を苦しめるのはこの不安には手段があると思うことだった。それは人に医者へ行ってもらうことと誰かに寝ずの番についていてもらうことだった。しかし吉田は誰もみな一日の仕事をすましてそろそろ寝ようとする今頃になって、半里《はんみち》もある田舎道を医者へ行って来てくれとか、六十も越してしまった母親に寝ずについていてくれとか言うことは言い出しにくかった。またそれを思い切って頼む段になると、吉田は今のこの自分の状態をどうしてわかりの悪い母親にわからしていいか、――それよりも自分がかろうじてそれを言うことができても、じっくりとした母親の平常の態度でそれを考えられたり、またその使いを頼まれた人間がその使いを行き渋《しぶ》ったりするときのことを考えると、実際それは吉田にとって泰山を動かすような空想になってしまうのだった。しかし何故不安になって来るか――もう一つ精密に言うと――何故不安が不安になって来るかというと、これからだんだん人が寝てしまって医者へ行ってもらうということもほんとうにできなくなるということや、そして母親も寝てしまってあとはただ自分一人が荒涼とした夜の時間のなかへ取り残されるということや、そしてもしその時間の真中でこのえたいの知れない不安の内容が実現するようなことがあればもはや自分はどうすることもできないではないかというようなことを考えるからで――だからこれは目をつぶって「辛抱するか、頼むか」ということを決める以外それ自身のなかにはなんら解決の手段も含んでいない事柄なのであるが、たとえ吉田は漠然とそれを感じることができても、身体も心も抜き差しのならない自分の状態であってみればなおのことその迷妄を捨て切ってしまうこともできず、その結果はあがきのとれない苦痛がますます増大してゆく一方となり、そのはてにはもうその苦しさだけにも堪え切れなくなって、「こんなに苦しむくらいならいっそのこと言ってしまおう」と最後の決心をするようになるのだが、そのときはもう何故か手も足も出なくなったような感じで、その傍に坐っている自分の母親がいかにも歯痒《はがゆ》いのんきな存在に見え、「こことそこだのに何故これを相手にわからすことができないのだろう」と胸のなかの苦痛をそのまま掴《つか》み出して相手に叩きつけたいような癇癪《かんしゃく》が吉田には起こって来るのだった。

しかし結局はそれも「不安や」「不安や」という弱々しい未練いっぱいの訴えとなって終わってしまうほかないので、それも考えてみれば未練とは言ってもやはり夜中なにか起こったときには相手をはっと気づかせることの役には立つという切羽《せっぱ》つまった下心《したごころ》も入《はい》っているにはちがいなく、そうすることによってやっと自分一人が寝られないで取り残される夜の退引《のっぴ》きならない辛抱をすることになるのだった。

吉田は何度「己《おのれ》が気持よく寝られさえすれば」と思ったことかしれなかった。こんな不安も吉田がその夜を睡《ね》むる当てさえあればなんの苦痛でもないので、苦しいのはただ自分が昼にも夜にも睡眠ということを勘定に入れることができないということだった。吉田は胸のなかがどうにかして和《やわ》らんで来るまでは否《いや》でも応でもいつも身体を鯱硬張《しゃちこば》らして夜昼を押し通していなければならなかった。そして睡眠は時雨空《しぐれぞら》の薄日のように、その上を時どきやって来ては消えてゆくほとんど自分とは没交渉なものだった。吉田はいくら一日の看護に疲れても寝るときが来ればいつでもすやすやと寝ていく母親がいかにも楽しそうにもまた薄情にも見え、しかし結局これが己《おのれ》の今やらなければならないことなんだと思い諦めてまたその努力を続けてゆくほかなかった。

そんなある晩のことだった。吉田の病室へ突然猫が這入《はい》って来た。その猫は平常吉田の寝床へ這入って寝るという習慣があるので吉田がこんなになってからは喧《やか》ましく言って病室へは入れない工夫をしていたのであるが、その猫がどこから這入って来たのかふいにニャアといういつもの鳴声とともに部屋へ這入って来たときには吉田は一時に不安と憤懣《ふんまん》の念に襲われざるを得なかった。吉田は隣室に寝ている母親を呼ぶことを考えたが、母親はやはり流行性感冒のようなものにかかって二三日前から寝ているのだった。そのことについては吉田は自分のことも考え、また母親のことも考えて看護婦を呼ぶことを提議したのだったが、母親は「自分さえ辛抱すればやっていける」という吉田にとっては非常に苦痛な考えを固執していてそれを取り上げなかった。そしてこんな場合になっては吉田はやはり一匹の猫ぐらいでその母親を起こすということはできがたい気がするのだった。吉田はまた猫のことには「こんなことがあるかもしれないと思ってあんなにも神経質に言ってあるのに」と思って自分が神経質になることによって払った苦痛の犠牲が手応えもなくすっぽかされてしまったことに憤懣を感じないではいられなかった。しかし今自分は癇癪《かんしゃく》を立てることによって少しの得もすることはないと思うと、そのわけのわからない猫をあまり身動きもできない状態で立ち去らせることのいかにまた根気のいる仕事であるかを思わざるを得なかった。

猫は吉田の枕のところへやって来るといつものように夜着の襟元から寝床のなかへもぐり込もうとした。吉田は猫の鼻が冷たくてその毛皮が戸外の霜で濡れているのをその頬で感じた。すなわち吉田は首を動かしてその夜着の隙間を塞《ふさ》いだ。すると猫は大胆にも枕の上へあがって来てまた別の隙間へ遮二無二《しゃにむに》首を突っ込もうとした。吉田はそろそろあげて来てあった片手でその鼻先を押しかえした。このようにして懲罰《ちょうばつ》ということ以外に何もしらない動物を、極度に感情を押し殺したわずかの身体の運動で立ち去らせるということは、わけのわからないその相手をほとんど懐疑に陥れることによって諦めさすというような切羽《せっぱ》つまった方法を意味していた。しかしそれがやっとのことで成功したと思うと、方向を変えた猫は今度はのそのそと吉田の寝床の上へあがってそこで丸くなって毛を舐《な》めはじめた。そこへ行けばもう吉田にはどうすることもできない場所である。薄氷を踏むような吉田の呼吸がにわかにずしりと重くなった。吉田はいよいよ母親を起こそうかどうしようかということで抑えていた癇癪《かんしゃく》を昂《たか》ぶらせはじめた。吉田にとってはそれを辛抱することはできなくないことかもしれなかった。しかしその辛抱をしている間はたとえ寝たか寝ないかわからないような睡眠ではあったが、その可能性が全然なくなってしまうことを考えなければならなかった。そしてそれをいつまで持ち耐えなければならないかということはまったく猫次第であり、いつ起きるかしれない母親次第だと思うと、どうしてもそんな馬鹿馬鹿しい辛抱はしきれない気がするのだった。しかし母親を起こすことを考えると、こんな感情を抑えておそらく何度も呼ばなければならないだろうという気持だけでも吉田はまったく大儀な気になってしまうのだった。――しばらくして吉田はこの間から自分で起こしたことのなかった身体をじりじり起こしはじめた。そして床の上へやっと起きかえったかと思うと、寝床の上に丸くなって寝ている猫をむんずと掴《つか》まえた。吉田の身体はそれだけの運動でもう浪のように不安が揺れはじめた。しかし吉田はもうどうすることもできないので、いきなりそれをそれの這入《はい》って来た部屋の隅《すみ》へ「二度と手間のかからないように」叩きつけた。そして自分は寝床の上であぐらをかいてそのあとの恐ろしい呼吸困難に身を委《まか》せたのだった。

## 二

しかし吉田のそんな苦しみもだんだん耐えがたいようなものではなくなって来た。吉田は自分にやっと睡眠らしい睡眠ができるようになり、「今度はだいぶんひどい目に会った」ということを思うことができるようになると、やっと苦しかった二週間ほどのことが頭へのぼって来た。それは思想もなにもないただ荒々しい岩石の重畳する風景だった。しかしそのなかでも最もひどかった咳の苦しみの最中に、いつも自分の頭へ浮かんで来るわけのわからない言葉があったことを吉田は思い出した。それは「ヒルカニヤの虎」という言葉だった。それは咳の喉を鳴らす音とも連関《れんかん》があり、それを吉田が観念するのは「俺はヒルカニヤの虎だぞ」というようなことを念じるからなのだったが、いったいその「ヒルカニヤの虎」というものがどんなものであったか吉田はいつも咳のすんだあと妙な気持がするのだった。吉田は何かきっとそれは自分の寐《ね》つく前に読んだ小説かなにかのなかにあったことにちがいないと思うのだったがそれが思い出せなかった。また吉田は「自己の残像」というようなものがあるものなんだなというようなことを思ったりした。それは吉田がもうすっかり咳をするのに疲れてしまって頭を枕へ凭《もた》らせていると、それでもやはり小さい咳が出て来る、しかし吉田はもうそんなものにいちいち頸《くび》を固くして応じてはいられないと思ってそれを出るままにさせておくと、どうしてもやはり頭はそのたびに動かざるを得ない。するとその「自己の残像」というものがいくつもできるのである。

しかしそんなこともみな苦しかった二週間ほどの間の思い出であった。同じ寐られない晩にしても吉田の心にはもうなにかの快楽を求めるような気持の感じられるような晩もあった。

ある晩は吉田は煙草を眺めていた。床の脇にある火鉢の裾に刻煙草《きざみたばこ》の袋と煙管《きせる》とが見えている。それは見えているというよりも、吉田が無理をして見ているので、それを見ているということがなんとも言えない楽しい気持を自分に起こさせていることを吉田は感じていた。そして吉田の寐られないのはその気持のためで、言わばそれはやや楽しすぎる気持なのだった。そして吉田は自分の頬がそのために少しずつ火照《ほて》ったようになって来ているということさえ知っていた。しかし吉田は決してほかを向いて寐ようという気はしなかった。そうするとせっかく自分の感じている春の夜のような気持が一時に病気病気した冬のような気持になってしまうのだった。しかし寐られないということも吉田にとっては苦痛であった。吉田はいつか不眠症ということについて、それの原因は結局患者が眠ることを欲しないのだという学説があることを人に聞かされていた。吉田はその話を聞いてから自分の睡《ね》むれないときには何か自分に睡むるのを欲しない気持がありはしないかと思って一夜それを検査してみるのだったが、今自分が寐られないということについては検査してみるまでもなく吉田にはそれがわかっていた。しかし自分がその隠れた欲望を実行に移すかどうかという段になると吉田は一も二もなく否定せざるを得ないのだった。煙草を喫うも喫わないも、その道具の手の届くところへ行きつくだけでも、自分の今のこの春の夜のような気持は一時に吹き消されてしまわなければならないということは吉田も知っていた。そしてもしそれを一服喫ったとする場合、この何日間か知らなかったどんな恐ろしい咳の苦しみが襲って来るかということも吉田はたいがい察していた。そして何よりもまず、少し自分がその人のせいで苦しい目をしたというような場合すぐに癇癪《かんしゃく》を立てておこりつける母親の寐ている隙に、それもその人の忘れて行った煙草を――と思うとやはり吉田は一も二もなくその欲望を否定せざるを得なかった。だから吉田は決してその欲望をあらわには意識しようとは思わない。そしていつまでもその方を眺めては寝られない春の夜のような心のときめきを感じているのだった。

ある日は吉田はまた鏡を持って来させてそれに枯れ枯れとした真冬の庭の風景を反射させては眺めたりした。そんな吉田にはいつも南天の赤い実が眼の覚めるような刺戟で眼についた。また鏡で反射させた風景へ望遠鏡を持って行って、望遠鏡の効果があるものかどうかということを、吉田はだいぶんながい間寝床のなかで考えたりした。大丈夫だと吉田は思ったので、望遠鏡を持って来させて鏡を重ねて覗いて見るとやはり大丈夫だった。

ある日は庭の隅に接した村の大きな櫟《くぬぎ》の木へたくさん渡り鳥がやって来ている声がした。

「あれはいったい何やろ」

吉田の母親はそれを見つけて硝子《ガラス》障子のところへ出て行きながら、そんな独《ひと》り言のような吉田に聞かすようなことを言うのだったが、癇癪を起こすのに慣れ続けた吉田は、「勝手にしろ」というような気持でわざと黙り続けているのだった。しかし吉田がそう思って黙っているというのは吉田にしてみればいい方で、もしこれが気持のよくないときだったら自分のその沈黙が苦しくなって、(いったいそんなことを聞くような聞かないようなことを言って自分がそれを眺めることができると思っているのか)というようなことから始まって、母親が自分のそんな意志を否定すれば、(いくらそんなことを言ってもぼんやり自分がそう思って言ったということに自分が気がつかないだけの話で、いつもそんなぼんやりしたことを言ったりしたりするから無理にでも自分が鏡と望遠鏡とを持ってそれを眺めなければならないような義務を感じたりして苦しくなるのじゃないか)というふうに母親を攻めたてていくのだったが、吉田は自分の気持がそういう朝でさっぱりしているので、黙ってその声をきいていることができるのだった。すると母親は吉田がそんなことを考えているということには気がつかずにまたこんなことを言うのだった。

ている。

「なんやらヒヨヒヨした鳥やわ」

「そんなら鵯《ひよ》ですやろうかい」

吉田は母親がそれを鵯に極《き》めたがってそんな形容詞を使うのだということがたいていわかるような気がするのでそんな返事をしたのだったが、しばらくすると母親はまた吉田がそんなことを思っているとは気がつかずに、

「なんやら毛がムクムクしているわ」

吉田はもう癇癪《かんしゃく》を起こすよりも母親の思っていることがいかにも滑稽になって来たので、

「そんなら椋鳥《むく》ですやろうかい」

と言って独《ひと》りで笑いたくなって来るのだった。

そんなある日吉田は大阪でラジオ屋の店を開いている末の弟の見舞いをうけた。

その弟のいる家というのはその何か月か前まで吉田や吉田の母や弟やの一緒に住んでいた家であった。そしてそれはその五六年も前吉田の父がその学校へ行かない吉田の末の弟に何か手に合った商売をさせるために、そして自分達もその息子を仕上げながら老後の生活をしていくために買った小間物店で、吉田の弟はその店の半分を自分の商売にするつもりのラジオ屋に造り変え、小間物屋の方は吉田の母親が見ながらずっと暮らして来たのであった。それは大阪の市が南へ南へ伸びて行こうとして十何年か前までは草深い田舎であった土地をどんどん住宅や学校、病院などの地帯にしてしまい、その間へはまた多くはそこの地元の百姓であった地主たちの建てた小さな長屋がたくさ

んできて、野原の名残《なご》りが年ごとにその影を消していきつつあるというふうの町なのであった。吉田の弟の店のあるところはその間でも比較的早くからできていた通り筋で両側はそんな町らしい、いろんなものを商《あきな》う店が立ち並んでいた。

吉田は東京から病気が悪くなってその家へ帰って来たのが二年あまり前であった。吉田の帰って来た翌年吉田の父はその家で死んで、しばらくして吉田の弟も兵隊に行っていたのから帰って来ていよいよ落ち着いて商売をやっていくことになり嫁をもらった。そしてそれを機会にひとまず吉田も吉田の母も弟も、それまで外で家を持っていた吉田の兄の家の世話になることになり、その兄がそれまで住んでいた町から少し離れた田舎に、病人を住ますに都合のいい離れ家のあるいい家が見つかったのでそこへ引っ越したのがまだ三ヶ月ほど前であった。

吉田の弟は病室で母親を相手にしばらく当り触《さわ》りのない自分の家の話などをしていたがやがて帰って行った。しばらくしてそれを送って行った母が部屋へ帰って来て、またしばらくしてのあとで、母は突然、

「あの荒物屋の娘が死んだと」

と言って吉田に話しかけた。

「ふうむ」

吉田はそう言ったなり弟がその話をこの部屋ではしないで送って行った母と母屋《おもや》の方でしたということを考えていたが、やはり弟の眼にはこの自分がそんな話もできない病人に見えたかと思うと、

「そうかなあ」というふうにも考えて、

「なんであれもそんな話をあっちの部屋でしたりするんですやろなあ」

といふうなことを言っていたが、

「そりゃおまえがびっくりすると思うてさ」

そう言いながら母は自分がそれを言ったことは別に意に介してないらしいので吉田はすぐにも「それじゃあんたは？」と聞きかえしたくなるのだったが、今はそんなことを言う気にもならず吉田はじっとその娘の死んだということを考えていた。


吉田は以前からその娘が肺が悪くて寝ているということは聞いて知っていた。その荒物屋というのは吉田の弟の家から辻を一つ越した二三軒先のくすんだ感じの店だった。吉田はその店にそんな娘が坐っていたことはいくら言われても思い出せなかったが、その家のお婆さんというのはいつも近所へ出歩いているのでよく見て知っていた。吉田はそのお婆さんからはいつも少し人の好過《よす》ぎるやや腹立たしい印象をうけていたのであるが、それはそのお婆さんがまたしても変な笑い顔をしながら近所のおかみさんたちとお喋《しゃべ》りをしに出て行っては、弄《なぶ》りものにされている——そんな場面をたびたび見たからだった。しかしそれは吉田の思い過ぎで、それはそのお婆さんが聾《つんぼ》で人に手真似をしてもらわないと話が通じず、しかも自分は鼻のつぶれた声で物を言うのでいっそう人に軽蔑的な印象を与えるからで、それは多少人びとには軽蔑されてはいても、おもしろ半分にでも手真似で話してくれる人があり、鼻のつぶれた声でもその話を聞いてくれる人があってこそ、そのお婆さんも何の気兼《きがね》もなしに近所仲間の仲間入りができるので、それが飾りもなにもないこうした町の生活の真実なんだということはいろいろなことを知ってみてはじめて吉田にも会得《えとく》のゆくことなのだった。

そんなふうではじめ吉田にはその娘のことよりもお婆さんのことがその荒物屋についての知識を占めていたのであるが、だんだんその娘のことが自分のことにも関聯して注意されて来たのはだいぶんその娘の容態も悪くなって来てからであった。近所の人の話ではその荒物屋の親爺さんというのが非常に吝嗇《けち》で、その娘を医者にもかけてやらなければ薬も買ってやらないということであった。そしてただその娘の母親であるさっきのお婆さんだけがその娘の世話をしていて、娘は二階の一《ひ》と間に寝たきり、その親爺さんも息子もそしてまだ来て間のないその息子の嫁も誰もその病人には寄りつかないようにしているということを言っていた。そして吉田はあるときその娘が毎日食後に目《め》高《だか》を五匹宛嚥《の》んでいるという話をきいたときは「どうしてまたそんなものを」という気持がしてにわかにその娘を心にとめるようになったのだが、しかしそれは吉田にとってまだまだ遠い他人事《ひとごと》の気持なのであった。

ところがその後しばらくしてそこの嫁が吉田の家へ掛取《かけと》りに来たとき、家の者と話をしているのを吉田がこちらの部屋のなかで聞いていると、その目高《めだか》を嚥《の》むようになってから病人が工合がいいと言っているということや、親爺さんが十日に一度ぐらいそれを野原の方へ取りに行くという話などをしてから最後に、

「うちの網はいつでも空《あ》いてますよって、お家の病人さんにもちっと取って来て飲ましてあげはったらどうです」

というような話になって来たので吉田は一時に狼狽《ろうばい》してしまった。吉田は何よりも自分の病気がそんなにも大っぴらに話されるほど人々に知られているのかと思うと今更《さら》のように驚かないではいられないのだったが、しかし考えてみれば勿論それは無理のない話で、今更それに驚くというのはやはり自分が平常自分について虫のいい想像をしているんだということを吉田は思い知らなければならなかったのだった。だが吉田にとってまだ生々《なま》しかったのはその目高を自分にも飲ましたらと言われたことだった。あとでそれを家の者が笑って話したとき、吉田は家の者にもやはりそんな気があるのじゃないかと思って、もうちょっとその魚を大きくしてやる必要があると言って悪《にく》まれ口を叩《たた》いたのだが、吉田はそんなものを飲みながらだんだん死期に近づいてゆく娘のことを想像すると堪《たま》らないような憂鬱な気持になるのだった。そしてその娘のことについてはそれきりで吉田はこちらの田舎の住居の方へ来てしまったのだったが、それからしばらくして吉田の母が弟の家へ行って来たときの話に、吉田は突然その娘の母親が死んでしまったことを聞いた。それはそのお婆さんがある日上がり框《かまち》から座敷の長火鉢の方へあがって行きかけたまま脳溢血《のういっけつ》かなにかで死んでしまったというので非常にあっけない話であったが、吉田の母親はあのお婆さんに死なれてはあの娘も一遍に気を落としてしまっただろうとそのことばかりを心配した。そしてそのお婆さんが平常あんなに見えていても、その娘を親爺さんには内証で市民病院へ連れて行ったり、また娘が寝たきりになってからは単《ひそか》に薬をもらいに行ってやったりしたことがあるということを、あるときそのお婆さんが愚痴話に吉田の母親をつかまえて話したことがあると言って、やはり母親は母親だということを言うのだった。吉田はその話には非常にしみじみとしたものを感じて平常のお婆さんに対する考えもすっかり変わってしまったのであるが、吉田の母親はまた近所の人の話だと言って、そのお婆さんの死んだあとは例の親爺さんがお婆さんに代わって娘の面倒をみてやっていること、それがどんな工合にいっているのか知らないが、その親爺さんが近所へ来ての話に「死んだ婆さんは何一つ役に立たん婆さんやったが、ようまああの二階のあがり下《お》りを一日に三十何遍もやったもんやと思うてそれだけは感心する」と言っていたということを吉田に話して聞かせたのだった。

そしてそこまでが吉田が最近までに聞いていた娘の消息だったのだが、吉田はそんなことをみな思い出しながら、その娘の死んでいった淋《さび》しい気持などを思い遣《や》っているうちに、不知不識《しらずしらず》の間にすっかり自分の気持が便《たよ》りない変な気持になってしまっているのを感じた。吉田は自分が明るい病室のなかにい、そこには自分の母親もいながら、何故か自分だけが深いところへ落ち込んでしまって、そこへは出て行かれないような気持になってしまった。

「やはりびっくりしました」

それからしばらく経って吉田はやっと母親にそう言ったのであるが母親は、

「そうやろがな」

かえって吉田にそれを納得さすような口調でそう言ったなり、別に自分がそれを、言ったことに

ついては何も感じないらしく、またいろいろその娘の話をしながら最後に、
「あの娘はやっぱりあのお婆さんが生きていてやらんことには、――あのお婆さんが死んでからまだ二《ふ》た月にもならんでなあ」と嘆じて見せるのだった。

## 三

吉田はその娘の話からいろいろなことを思い出していた。第一に吉田が気付くのは吉田がその町からこちらの田舎へ来てまだ何ヶ月にもならないのに、その間に受けとったその町の人の誰かの死んだという便りの多いことだった。吉田の母は月に一度か二度そこへ行って来るたびに必ずそんな話を持って帰った。そしてそれはたいてい肺病で死んだ人の話なのだった。そしてその話をきいているとそれらの人達の病気にかかって死んでいったまでの期間は非常に短かった。ある学校の先生の娘は半年ほどの間に死んでしまって今はまたその息子が寝ついてしまっていた。通り筋の毛糸雑貨屋の主人はこの間まで店へ据えた毛糸の織機で一日中毛糸を織っていたが、急に死んでしまって、家族がすぐ店を畳んで国へ帰ってしまったそのあとはじきカフエーになってしまった。――

そして吉田は自分は今はこんな田舎にいてたまにそんなことをきくから、いかにもそれを顕著に感ずるが、自分がいた二年間という間もやはりそれと同じように、そんな話が実に数知れず起こっては消えていたんだということを思わざるを得ないのだった。

吉田は二年ほど前病気が悪くなって東京の学生生活の延長からその町へ帰って来たのであるが、吉田にとってはそれはほとんどはじめての意識して世間というものを見る生活だった。しかしそうはいっても吉田は、いつも家の中に引っ込んでいて、そんな知識というものはたいてい家の者の口を通じて吉田にはいって来るのだったが、吉田はさっきの荒物屋の娘の目高《めだか》のように自分にすすめられた肺病の薬というものを通じて見ても、そういう世間がこの病気と戦っている戦の暗黒さを知ることができるのだった。

最初それはまだ吉田が学生だった頃、この家へ休暇に帰って来たときのことだった。帰って来て匆々《そうそう》吉田は自分の母親から人間の脳味噌《のうみそ》の黒焼きを飲んでみないかと言われて非常に嫌な気持になったことがあった。吉田は母親がそれをおずおずでもない一種変な口調で言い出したとき、いったいそれが本気なのかどうなのか、何度も母親の顔を見返すほど妙な気持になった。それは吉田が自分の母親がこれまでめったにそんなことを言う人間ではなかったことを信じていたからで、その母親が今そんなことを言い出しているかと思うとなんとなく妙な頼りないような気持になって来るのだった。そして母親がそれをすすめた人間からすでに少しばかりそれをもらって持っているのだということを聞かされたとき吉田はまったく嫌な気持になってしまった。

母親の話によるとそれは青物を売りに来る女があって、その女といろいろ話をしているうちにその肺病の特効薬の話をその女がはじめたというのだった。その女には肺病の弟があってそれが死んでしまった。そしてそれを村の焼場で焼いたとき、寺の和尚《おしょう》さんがついていて、

「人間の脳味噌の黒焼きはこの病気の薬だから、あなたも人助けだからこの黒焼きを持っていて、もしこの病気で悪い人に会ったら頒《わ》けてあげなさい」

そう言って自分でそれを取り出してくれたというのであった。吉田はその話のなかから、もうなんの手当もできずに死んでしまったその女の弟、それを葬ろうとして焼場に立っている姉、そして和尚と言ってもなんだか頼りない男がそんなことを言って焼け残った骨をつついている焼場の情景を思い浮かべることができるのだったが、その女がその言葉を信じてほかのものではない自分の弟の脳味噌の黒焼きをいつまでも身近に持っていて、そしてそれをこの病気で悪い人に会えばくれてやろうという気持には、何かしら堪《た》えがたいものを吉田は感じないではいられないのだった。そしてそんなものをもらってしまって、たいてい自分が嚥《の》まないのはわかっているのに、そのあとをいったいどうするつもりなんだと、吉田は母親のしたことが取り返しのつかないいやなことに思われるのだったが、傍にきいていた吉田の末の弟も

「お母さん、もう今度からそんなこと言うのん嫌《いや》でっせ」

と言ったのでなんだか事件が滑稽になって来て、それはそのままに梟《けり》がついてしまったのだった。

この町へ帰って来てしばらくしてから吉田はまた首縊《くく》りの縄を「まあ馬鹿なことやと思うて」嚥《の》んでみないかと言われた。それをすすめた人間は大和《やまと》で塗師《ぬしや》をしている男でその縄をどうして手に入れたかという話を吉田にして聞かせた。

それはその町に一人の鰥夫《やもめ》の肺病患者があって、その男は病気が重ったまま ほとんど手当をする

人もなく、一軒の荒《あば》ら家に捨て置かれてあったのであるが、とうとう最近になって首を縊《くく》って死んでしまった。するとそんな男にでもいろんな借金があって、死んだとなるといろんな債権者がやって来たのであるが、その男に家を貸していた大家がそんな人間を集めてその場でその男の持っていたものを競売にして後仕末をつけることになった。ところがその品物のなかで最も高い値が出たのはその男が首を縊った縄で、それが一寸二寸というふうにして買い手がついて、大家はその金でその男の簡単な葬式をしてやったばかりでなく自分のところの滞《とどこお》っていた家賃もみな取ってしまったという話であった。

吉田はそんな話を聞くにつけても、そういう迷信を信じる人間の無智に馬鹿馬鹿しさを感じないわけにいかなかったけれども、考えてみれば人間の無智というのはみな程度の差で、そう思って馬鹿馬鹿しさの感じを取り除いてしまえば、あとに残るのはそれらの人間の感じている肺病に対する手段の絶望と、病人達のなんとしてでも自分のよくなりつつあるという暗示を得たいという二つの事柄なのであった。

また吉田はその前の年母親が重い病気にかかって入院したとき一緒にその病院へついて行っていたことがあった。そのとき吉田がその病舎の食堂で、何心なく食事した後ぼんやりと窓に映る風景を眺めていると、いきなりその眼の前へ顔を近付けて、非常に押し殺した力強い声で、

「心臓へ来ましたか?」

と耳打ちをした女があった。はっとして吉田がその女の顔を見ると、それはその病舎の患者の付

添いに雇われている付添婦の一人で、勿論そんな付添婦の顔触れにも毎日のように変化はあったが、その女はその頃露悪的な冗談を言っては食堂へ集まって来る他の付添婦たちを牛耳《ぎゅうじ》っていた中婆さんなのだった。

吉田はそう言われて何のことかわからずにしばらく相手の顔を見ていたが、すぐに「ああなるほど」と気のついたことがあった。それは自分がその庭の方を眺めはじめた前に、自分が咳をしたということなのだった。そしてその女は自分が咳をしてから庭の方を向いたのを勘違いして、てっきりこれは「心臓へ来た」と思ってしまったのだと吉田は悟《さと》ることができた。そして咳がふいに心臓の動悸を高めることがあるのは吉田も自分の経験で知っていた。それで納得のいった吉田ははじめてそうではない旨を返事すると、その女はその返事には委細かまわずに、

「その病気に利くええ薬を教えたげまひょか」

と、また脅《おびや》かすように力強い声でじっと吉田の顔を覗き込んだのだった。吉田は一にも二にも自分が「その病気」に見込まれているのが不愉快ではあったが、

「いったいどんな薬です？」

と素直に聞き返してみることにした。するとその女はまたこんなことを言って吉田を閉口させてしまうのだった。

「それは今ここで教えてもこの病院ではできまへんで」

そしてそんな物々《ものもの》しい駄目《だめ》をおしながらその女の話した薬というのは、素焼《すやき》の土瓶《どびん》へ鼠の仔を捕

って来て入れてそれを黒焼きにしたもので、それをいくらか宛《ずつ》かごく少ない分量を飲んでいると、「一匹食わんうちに」癒《なお》るというのであった。そしてその「一匹食わんうちに」という表現でまたその婆さんは可怕《こわ》い顔をして吉田を睨《にら》んで見せるのだった。吉田はそれですっかりその婆さんに牛耳られてしまったのであるが、その女の自分の咳に敏感であったことや、そんな薬のことなどを思い合わせてみると、吉田はその女は付添婦という商売がらではあるが、きっとその女の近い肉親にその病気のものを持っていたのにちがいないということを想像することができるのであった。そして吉田が病院へ来て以来最もしみじみした印象をうけていたものはこの付添婦という寂しい女達の群《むれ》のことであって、それらの人達はみな単なる生活の必要というだけではなしに、夫に死に別れたとか年が寄って養い手がないとか、どこかにそうした人生の不幸を烙印《らくいん》されている人達であることを吉田は観察していたのであるが、あるいはこの女もそうした肉親をその病気で、なくすることによって、今こんなにして付添婦などをやっているのではあるまいかということを、吉田はそのときふと感じたのだった。

吉田は病気のためにたまにこうした機会にしか直接世間に触れることがなかったのであるが、そしてその触れた世間というのはみな吉田が肺病患者だということを見破って近付いて来た世間なのであるが、病院にいる一《ひ》と月ほどの間にまた別なことに打《ぶ》つかった。

それはある日吉田が病院の近くの市場へ病人の買物に出かけたときのことだった。吉田がその市場で用事を足して帰って来ると往来に一人の女が立っていて、その女がまじまじと吉田の顔を見な

から近付いて来て、

「もしもし、あなた失礼ですが……」

と吉田に呼びかけたのだった。吉田は何事かと思って、

「？」

とその女を見返したのであるが、そのとき吉田の感じていたことはたぶんこの女は人違いでもしているのだろうということで、そういう往来のよくある出来事がたいてい好意的な印象で物分かれになるように、このときも吉田はどちらかと言えば好意的な気持を用意しながらその女の言うことを待ったのだった。

「ひょっとしてあなたは肺がお悪いのじゃありませんか」

いきなりそう言われたときには吉田は少なからず驚いた。しかし吉田にとって別にそれは珍しいことではなかったし、無躾《ぶしつ》けなことを聞く人間もあるものだとは思いながらも、その女の一心に吉田の顔を見つめるなんとなく知性を欠いた顔付きから、その言葉の次にまだ何か人生の大事件でも飛び出すのではないかという気持もあって、

「ええ、悪いことは悪いですが、何か……」

と言うと、その女はいきなりとめどもなく次のようなことを言い出すのだった。それはその病気は医者や薬ではだめなこと、やはり信心をしなければとうてい助かるものではないこと、そして自分も配偶《つれあい》があったがとうとうその病気で死んでしまって、その後自分も同じように悪かったのであ

るが信心をはじめてそれでとうとう助かることができたこと、だからあなたもぜひ信心をして、その病気を癒《なお》せ――ということを縷々《るる》として述べたてるのであった。その間吉田は自然その話よりも話をする女の顔の方に深い注意を向けないではいられなかったのであるが、その女にはそういう吉田の顔が非常に難解に映るのかさまざまに吉田の気を測ってはしかも非常に執拗にその話を続けるのであった。そして吉田はその話が次のように変わっていったときなるほどこれだなと思ったのであるが、その女は自分が天理教の教会を持っているということと、そこでいろんな話をしたり祈祷をしたりするからぜひやって来てくれということを、帯の間から名刺とも言えない所番地をゴム版で刷ったみすぼらしい紙片を取り出しながら、吉田にすすめはじめるのだった。ちょうどそのとき一台の自動車が来かかってブーブーと警笛を鳴らした。吉田は早くからそれに気がついていて、早くこの女もこの話を切り上げたらいいことにと思って道傍へ寄りかけたのであるが、女は自動車の警笛などは全然注意には入らぬらしく、かえって自分に注意の薄らいで来た吉田の顔色に躍起《やっき》になりながらその話を続けるので、自動車はとうとう往来で立往生をしなければならなくなってしまった。吉田はその話相手に捕《つか》まっているのが自分なので体裁の悪さに途方に暮れながら、その女を促して道の片脇へ寄せたのであったが、女はその間も他へ注意をそらさず、さっきの「教会へぜひ来てくれ」という話を急にまた、「自分は今からそこへ帰るのだからぜひ一緒に来てくれ」という話に進めかかっていた。そして吉田が自分に用事のあることを言ってそれを断わると、では吉田の住んでいる町をどこだと訊いて来るのだった。吉田はそれに対して「だいぶ南の方だ」と曖昧《あいまい》に言って、それを相手に教える意志のないことをその女にわからそうとしたのであるが、するとその女はすかさず「南の方のどこ、××町の方かそれとも○○町の方か」というふうに退引《のっぴ》きのならぬように聞いて来るので、吉田は自分のところの町名、それからその何丁目ということまで、だんだんに言っていかなければならなくなった。吉田はそんな女にちっとも嘘を言う気持はなかったので、そこまで自分の住所を打ち明かして来たのだったが、

「ほ、その二丁目の？　何番地？」

といよいよその最後まで同じ調子で追求して来たのを聞くと、吉田はにわかにぐっと癪《しゃく》にさわってしまった。それは吉田が「そこまで言ってしまってはまたどんな五月蝿《うるさ》いことになるかもしれない」ということを急に自覚したのにもよるが、それと同時にそこまで退引《のっぴ》きのならぬように追求して来る執拗な女の態度が急に重苦しい圧迫を吉田に感じさせたからだった。そして吉田はうっかりカッとなってしまって、

「もうそれ以上は言わん」

と屹《きっ》と相手を睨《にら》んだのだった。女は急にあっけにとられた顔をしていたが、吉田が慌《あわ》ててまた色を収めるのを見ると、それではぜひ近々教会へ来てくれと言って、さっき吉田がやってきた市場の方へ歩いて行った。吉田は、とにかく女の言うことはみな聞いたあとで温和《おとな》しく断わってやろうと思っていた自分が、思わず知らず最後まで追いつめられて、急に慌ててカッとなったのに自分ながら半分は可笑《おか》しさを感じないではいられなかったが、まだ日の光の新しい午前の往来で、自分がい

かにも病人らしい悪い顔貌《がんぼう》をして歩いているということを思い知らされたあげく、あんな重苦しい目をしたかと思うと半分は腹立たしくなりながら、病室へ帰ると匆々《そうそう》、

「そんなに悪い顔色かなあ」

と、いきなり鏡を取り出して顔を見ながら寝台の上の母にその顛末《てんまつ》を訴えたのだった。すると吉田の母親は、

「なんのおまえばっかりかいな」

と言って自分も市営の公設市場へ行く道で何度もそんな目に会ったことを話したので、吉田はやっとそのわけがわかって来はじめた。それはそんな教会が信者を作るのに躍起《やっき》になっていて、毎朝そんな女が市場とか病院とか人のたくさん寄って行く場所の近くの道で網を張っていて、顔色の悪いような人物を物色しては吉田にやったのと同じような手段でなんとかして教会へ引っ張って行こうとしているのだということだった。吉田はなあんだという気がしたと同時に自分らの思っているよりは遙《はる》かに現実的なそして一生懸命な世の中というものを感じたのだった。


吉田は平常よく思い出すある統計の数字があった。それは肺結核で死んだ人間の百分率で、その統計によると肺結核で死んだ人間百人についてそのうちの九十人以上は極貧者、上流階級の人間はそのうちの一人にはまだ足りないという統計であった。勿論これは単に「肺結核によって死んだ人

間」の統計で肺結核に対する極貧者の死亡率や上流階級の者の死亡率というようなものを意味していないので、また極貧者と言ったり上流階級と言ったりしているのも、それがどのくらいの程度までを指しているのかはわからないのであるが、しかしそれは吉田に次のようなことを想像せしめるには充分であった。

つまりそれは、今非常に多くの肺結核患者が死に急ぎつつある。そしてそのなかで人間の望み得る最も行き届いた手当をうけている人間は百人に一人もないくらいで、そのうちの九十何人かはほとんど薬らしい薬ものまずに死に急いでいるということであった。

吉田はこれまでこの統計からは単にそういうようなことを抽象して、それを自分の経験したそういうことにあてはめて考えていたのであるが、荒物屋の娘の死んだことを考え、また自分のこの何週間かの間うけた苦しみを考えるとき、漠然とまたこういうことを考えないではいられなかった。それはその統計のなかの九十何人という人間を考えてみれば、そのなかには女もあれば男もあり子供もあれば年寄《としより》もいるにちがいない。そして自分の不如意や病気の苦しみに力強く堪えてゆくことのできる人間もあれば、そのいずれにも堪えることのできない人間もずいぶん多いにちがいない。しかし病気というものは決して学校の行軍のように弱いそれに堪えることのできない人間をその行軍から除外してくれるものではなく、最後の死のゴールへ行くまではどんな豪傑でも弱虫でもみんな同列にならばして嫌応《いやおう》なしに引き摺《ず》ってゆく――ということであった。

# 年表で読み解く梶井基次郎の生涯

| 西暦 | 和暦 | 年齢 | 梶井基次郎関連の出来事 | 世相・事件 |
| --- | --- | --- | --- | --- |
| 1901 | 明治34 | 0 | 2月17日、大阪府に、貿易会社勤務の父・宗太郎と母・ヒサの次男として誕生した。 | 足尾銅山鉱毒事件が起きる。 |
| 1904 | 明治37 | 3 | 日露戦争開戦により父の務める貿易会社が活気づくが、宗太郎は家に金を入れず放蕩三昧だった。 | 日露戦争開戦。 |
| 1907 | 明治40 | 6 | 江戸堀尋常小学校に入学する。 | 第一次日露協約調印。 |
| 1908 | 明治41 | 7 | 急性腎炎を患い重体に。 | 第一次西園寺内閣総辞職。 |
| 1909 | 明治42 | 8 | 宗太郎が東京勤務になり、東京に転居。 | 伊藤博文暗殺。 |
| 1910 | 明治43 | 9 | 私立頌栄尋常小学校に編入。 | 文芸誌「白樺」創刊。 |
| 1911 | 明治44 | 10 | 宗太郎が三重県の鳥羽造船所に派遣されたことに伴い、三重県に転居。鳥羽尋常小学校に編入。 | 日米通商航海条約調印。 |
| 1913 | 大正2 | 12 | 三重県立第四中学校に入学。 | 大正政変が起きる。 |
| 1914 | 大正3 | 13 | 宗太郎の転勤に伴い、大阪に転居。兄と共に大阪府立北野中学校の転入試験を受け合格する。 | 第一次世界大戦開戦。 |

| | | | | |
|---|---|---|---|---|
| 1915 | 大正4 | 14 | 弟・芳雄が脊椎カリエスで死去。 | 中華民国の袁世凱政権に対華21ヶ条を要求。 |
| 1916 | 大正5 | 15 | 弟の順三が株屋に奉公に出されたのに同情し、北野中学に退学届を出して中退。<br>メリヤス問屋の丁稚となる。<br>同情した父が順三を家に連れ戻す。その年自宅を改装し玉突き（ビリヤード）屋「信濃クラブ」を開業。 | 夏目漱石死去。 |
| 1917 | 大正6 | 16 | 奉公をやめて家に戻り、北野中学に復学。 | 金本位制が停止。 |
| 1918 | 大正7 | 17 | 結核性の病にかかり数度の手術を受ける。兄に勧められた森鷗外の『水沫集』『即興詩人』を読み文学に目覚める。 | 富山で米騒動が起きる。 |
| 1919 | 大正8 | 18 | 北野中学校を卒業。大阪高等工業学校を受けるも不合格。夏に第三高等学校（現京都大学）を受験し合格。<br>夏目漱石に傾倒する。父の知人の娘池田ツヤに片思いする。 | 鈴木三重吉が児童雑誌「赤い鳥」創刊。 |
| 1920 | 大正9 | 19 | 谷崎潤一郎に傾倒する。<br>肋膜炎を発症し、4か月休学、欠席70日となり、7月落第する。11月に復学するが友人達が先に進級していたため「孤独を感じる」と記す。 | 国際連盟成立。 |
| 1921 | 大正10 | 20 | 友人達と酒を飲み、酔って「おれに童貞を捨てさせろ」と騒ぎ、遊郭に上がる。 | 原敬暗殺事件。 |

| | | | | |
|---|---|---|---|---|
| 1922 | 大正11 | 21 | 劇研に入り国内外の戯曲を読みあさる。高浜虚子『風流懺法』、佐藤春夫『殉情詩集』、島崎藤村『新生』などに「感心」したという。また志賀直哉に傾倒し文章を写して学んだという。深酒、遊郭通いと生活は荒れ、借金がかさむ。さらに病気のこともあり、自責の念にかられ感情が極端に揺れる。12月、大阪に帰り、生活の乱れを両親に告白し謹慎を誓う。 | 森鷗外が死去。 |
| 1924 | 大正13 | 23 | 第三高等学校を卒業し、東京帝国大学に入学。友人たちと同人誌『青空』を創刊。第一号に「檸檬」を発表。 | 阪神甲子園球場・明治神宮外苑競技場竣工。 |
| 1925 | 大正14 | 24 | 『青空』第二号に「城のある町にて」、第五号に「泥濘」、第八号に「路上」、第九号に「橡の花」、十一号に「過古」を発表。 | 東京六大学野球のリーグ戦が始まる。 |
| 1926 | 大正15 | 25 | 『青空』第十五号に「雪後」、十八号に「ある心の風景」、二十号に「Kの昇天」を発表。『新潮』から新人特集号の執筆依頼が来るも書けずに終わる。三好達治が同人に参加し、親交を深める。 | 大正天皇崩御。 |
| 1928 | 昭和3 | 26 | 川端康成の紹介で伊豆の湯ヶ島温泉で療養する。『青空』休刊を決定。宇野千代と出会い、親しくなる。授業料未払いで東京帝国大学を除籍。『創作月刊』創刊号に「冬の蠅」を発表。 | 張作霖爆殺事件が起きる。 |
| 1929 | 昭和4 | 27 | 病状悪化し衰弱が進み大阪の実家に帰る。『詩と評論』第二冊に「桜の木の下には」を発表。 | 浜口雄幸内閣成立。 |

| | | | | |
|---|---|---|---|---|
| 1931 | 昭和6 | 30 | 『作品』一月号に「交尾」を発表。創作集『檸檬』が刊行（武蔵野書院刊）定価1円50銭。発行部数500部。<br>『中央公論』に「のんきな患者」を発表、初めての原稿料230円を受け取る。 | 満洲事変が起きる。 |
| 1932 | 昭和7 | 31 | 3月24日、結核が悪化し、逝去。満31歳没。 | 五・一五事件が起きる。 |

## 梶井基次郎　代表作品ガイド

### 檸檬

**【発表】**『青空』1925年・創刊号（第1巻第1号・通巻1号）／『檸檬』（1931年　武蔵野書院）所収

**【解説】**1925年の中谷孝雄、外村繁らとの同人誌『青空』1月創刊号の巻頭が初出。元々はその前年の習作「瀬山の話」にある挿話であったが、それが幾度か改稿され独立した短編となった。この「瀬山の話」の執筆中、梶井は「瀬山極」というペンネームであり、三高時代の自身の内面を総決算しようと思っていたが、未完に終わっている。

**【粗筋】**「えたいの知れない不吉な塊」に心を苛まれていた私は、あてもなく街をさまよっていると、果物屋の前で私の好きなレモンが並べてあるのを見つける。レモンを手にした私はいくらか心が安らぐ。その後久しぶりに丸善に立ち寄ると再び憂鬱が立ちこめる。私はレモンの存在を思い出し、美術の棚に置いてみる。すると先ほどの軽やかな昂奮が戻り、私はレモンをそのままにして外へ出ていった。レモンを爆弾に見立てた私は、木っ端微塵に大爆発する丸善を想像して愉快な気持ちで京極を下っていった。

## 城のある町にて

【発表】『青空』1925年2月号（第1巻第2号・通巻2号）／『檸檬』（1931年　武蔵野書院）所収

【解説】同人誌『青空』に発表された作品で、基次郎の存命中に発表された作品ではもっとも長い。幼い異母妹の死を看取った後の悲しみを癒すために、姉夫婦一家の住む三重県の松阪町を訪れた際の実体験が作品の基になっている。

【粗筋】峻は幼くして亡くなった妹の死について考えるため姉夫婦が住む城下町にやって来た。姉夫婦とその娘の勝子、義兄の妹の信子らとともに峻は穏やかな日常を過ごしていく。

## 冬の蠅

【発表】『創作月刊』1928年5月号／『檸檬』（1931年　武蔵野書院）

【解説】執筆の約1年半前、結核が悪化していた基次郎は友人である三好達治の説得により転地療養のため伊豆の湯ヶ島で暮らした。この小説は基次郎が2回目の冬の時期の出来事が題材となっている。

【粗筋】渓間にある温泉宿に長期滞在している「私」は、窓から差し込む光で日光浴をしていると、部屋の天井から蠅が日向に降りて来るのを目撃し、以来、蠅を観察するのが日課となる。病が快癒せず鬱屈した日々が続く中、ある日、郵便局からの帰り道で疲れ果てた「私」は、乗合自動車に乗り込んだ結果、自動車は温泉地から3里離れた山の中で降りることとなり数日間放浪する。宿に戻ってきたその後、「私」は何日も寝込むが、そこで自分がいない間に部屋の中の蠅が全て死んでしまったことに気づき、ますます陰鬱な気持ちになる。

## 櫻の樹の下には

**【発表】**『詩と詩論』1928年12月5日発行・第二冊／『檸檬』（1931年　武蔵野書院）

**【解説】**同人誌『詩と詩論』に発表した短編小説で散文詩として見られることもある。「桜の樹の下には屍体が埋まっている！」という冒頭が印象的で、短いながらも広く知られた作品となっている。

**【粗筋】**生き生きとした美しい満開の桜の情景を前に、逆に不安と憂鬱に駆られた「俺」は、桜の花が美しいのは樹の下に屍体が埋まっていて、その腐乱した液を桜の根が吸っているからだと想像する。さらに薄羽かげろうの生死から、剃刀の刃に象徴される惨劇への期待を深める。花の美しい生の真っ盛りに、死のイメージを重ね合わせることで初めて心の均衡を得て、花見の酒を呑めそうな心地に至る。

## 闇の絵巻

**【発表】**『詩・現実』1930年9月22日発行・第二冊／『檸檬』（1931年　武蔵野書院）

**【解説】**湯ヶ島での療養中に基次郎は川端康成の宿に毎日のように通っており、その帰り道が作品の題材となっている。川端康成は読売新聞の文芸欄で本作を高く評価し、文壇に最初に知られた基次郎の作品としても知られている。

**【粗筋】**かつて山間の療養地で暮らしていた「私」は、夜の散歩が習慣となり、闇に対して深い安息を覚えるようになる。ある夜に、一人の男が提灯なしで歩いているのを見かける。やがて男が明るみを背にして前方の闇の中へ消えていく姿に「私」は異様な感情を覚える。今都会にいる「私」は、それらの闇の風景を思い浮かべるたびに、どこに行っても電燈の光だらけの都会の夜を薄汚く思わずにはいられなく感じる。

# 梶井基次郎　人物相関図

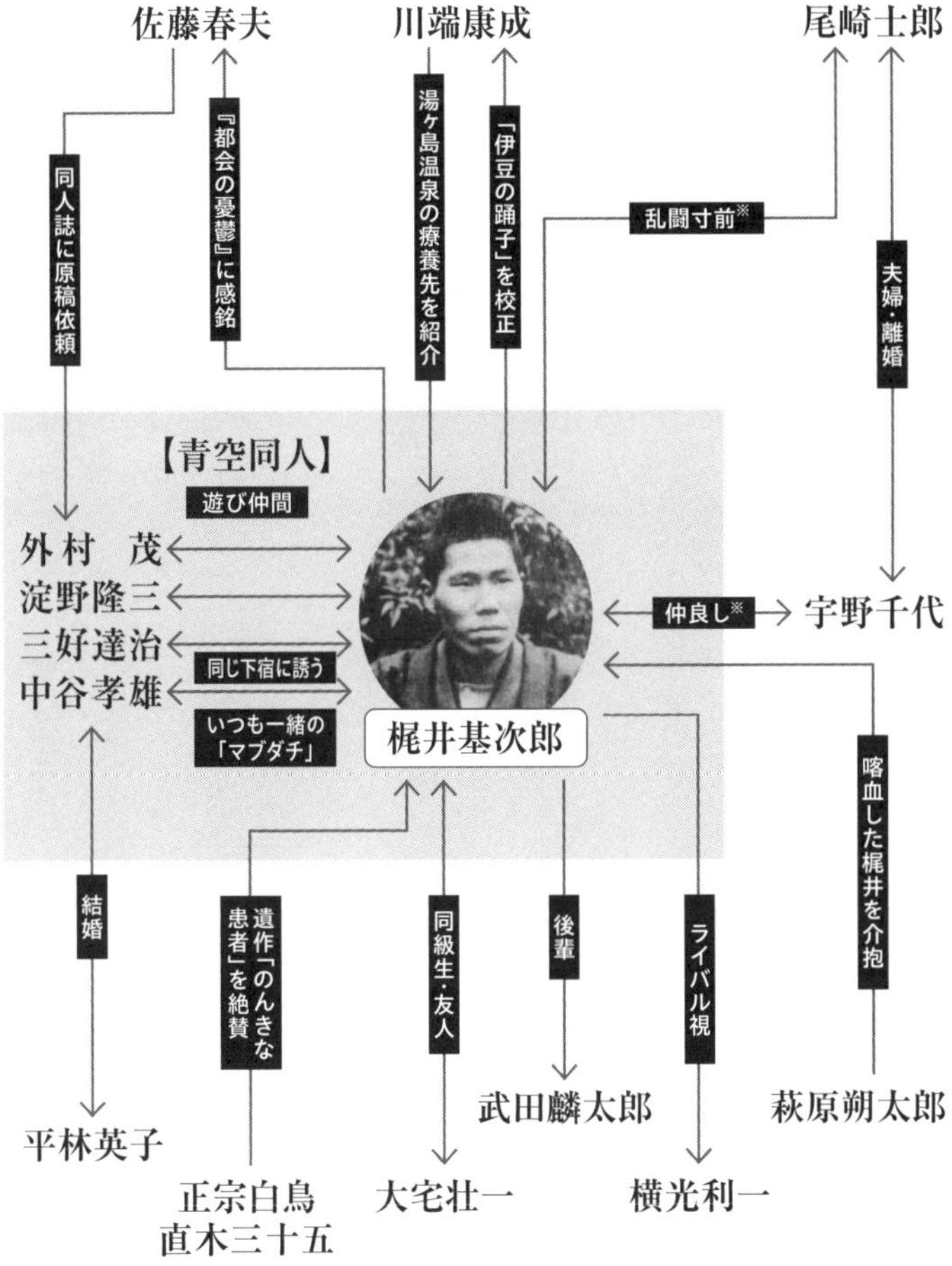


※梶井と宇野千代の仲が疑われ、尾崎士郎が梶井を罵倒し殴り合い寸前になる事件があった。
のちに宇野千代は梶井との肉体関係は否定。

写真提供：日本近代文学館

梶井基次郎

# ゆかりの地・行きつけの店

【伊豆·湯ヶ島温泉　湯川屋】梶井が病気療養のため昭和元年12月から1年半近く逗留した伊豆天城高原湯ケ島温泉の宿·湯川屋。当時、3軒しかない旅館の1軒。現在、旅館は廃業し会員制の保養所「天城ビレッジ」となっている。
〔URL〕http://yugawaya.com/　写真提供:天城ビレッジ

## 【川端康成との縁で療養先となった湯川屋】

川端康成が「伊豆の踊子」を書き、定宿としていた湯ヶ島温泉の湯本館は「川端の宿」として有名だが、梶井は湯川屋を療養先とした。学生の長逗留を許したのは湯川屋だけだったからだ。

湯ヶ島には川端と縁のある文学者が訪れ、梶井とも交流を結んだ。

梶井は昭和2年2月に友人に宛てた手紙にこう書いている。

——ここへ来たのは保養というよりもっとせっぱつまった亡命というふうな感じだったが、そのかいそめの宿もこの頃は少しは身についてきた——

湯川屋滞在の間、梶井は「伊豆の踊子」の校正を手伝った。

川端は「彼は静かに、注意深く、楽しげに校正に没頭してくれたようであった。しかも作品のごまかしはすっかり掴んでしまった。かれはそういう男であった」と書いている。

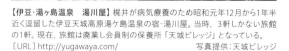

NAKAJIMA ATSUSHI

IV

# 中島敦

遺作▼李陵《りりょう》

――1942（昭和17）年

文豪死す

# 中島敦

（なかじま　あつし）

１９０９（明治42）年、東京生まれ。東京帝国大学卒。横浜高等女学校に教員として勤務しながら執筆をつづけ、１９４１（昭和16）年に「古潭」（「山月記」と「文字禍」）を『文學界』に発表し作家デビュー。作家スティーヴンソンの晩年を描いた「光と風の夢」が芥川賞候補に挙がる。他の代表作に「名人伝」など。１９４２（昭和17）年に病死するも、残した作品の完成度の高さから没後に評価を高める。満33歳没。

## 遺作「李陵」について

李陵は前漢時代、匈奴相手に善戦した軍人。司馬遷、蘇武の三者三様の生き方を描く。専業作家となった中島敦が書き上げた初の小説で遺作となった。死の翌年に『文學界』に発表された。

# 李陵

## 一

漢《かん》の武帝《ぶてい》※1の天漢《てんかん》二年秋九月、騎都尉《きとい》・李陵《りりょう》は歩卒五千を率い、辺塞遮虜鄣《へんさいしゃりょしょう》を発して北へ向かった。阿爾泰《アルタイ》山脈の東南端が戈壁《ゴビ》沙漠《さばく》に没せんとする辺の磽确《こうかく》たる丘陵地帯を縫って北行すること三十日。朔風《さくふう》［北風］は戎衣《じゅうい》を吹いて寒く、いかにも万里孤軍来たるの感が深い。漠北《ばくほく》・浚稽山《しゅんけいざん》の麓《ふもと》に至って軍はようやく止営した。すでに敵匈奴《きょうど》の勢力圏に深く進み入っているのである。秋とはいっても北地のこととて、苜蓿《うまごやし》も枯れ、楡《にれ》や檉柳《かわやなぎ》の葉ももはや落ちつくしている。木の葉どころか、木そのものさえ(宿営地の近傍《きんぼう》を除いては)、容易に見つからないほどの、ただ砂と岩と磧《かわら》と、水のない河床との荒涼たる風景であった。極目人煙を見ず、まれに訪れるものとては曠野《こうや》に水を求める羚羊《かもしか》ぐらいのものである。突兀《とっこつ》と秋空を劃《くぎ》る遠山の上を高く雁《かり》の列が南へ急ぐのを見ても、しかし、将卒一同誰《だれ》一人として甘い懐郷の情などに唆《そそ》られるものはない。それほどに、彼らの位置は危険極《きわ》まるものだったのである。

騎兵を主力とする匈奴に向かって、一隊の騎馬兵をも連れずに歩兵ばかり（馬に跨《また》がる者は、陵とその幕僚《ばくりょう》数人にすぎなかった。）で奥地深く侵入することからして、無謀の極《きわ》みというほかはない。その歩兵も僅《わず》か五千、絶えて後援はなく、しかもこの浚稽山《しゅんけいざん》は、最も近い漢塞《かんさい》の居延《きょえん》からでも優に一千五百里（支那里程）は離れている。統率者李陵への絶対的な信頼と心服とがなかったならとうてい続けられるような行軍ではなかった。

毎年秋風が立ちはじめると決《きま》って漢の北辺には、胡馬《こば》に鞭《むち》うった剽悍《ひょうかん》な侵略者の大部隊が現われる。辺吏が殺され、人民が掠《かす》められ、家畜が奪略される。五原《ごげん》・朔方《さくほう》・雲中《うんちゅう》・上谷《じょうこく》・雁門《がんもん》などが、その例年の被害地である。大将軍衛青《えいせい》・嫖騎《ひょうき》将軍霍去病《かくきょへい》の武略によって一時漠南《ばくなん》に王庭なしといわれた元狩《げんしゅ》以後元鼎《げんてい》へかけての数年を除いては、ここ三十年来欠かすことなくこうした北辺の災いがつづいていた。霍去病《かくきょへい》が死んでから十八年、衛青《えいせい》が歿《ぼっ》してから七年。浞野《さくや》侯趙《こうちょう》破奴《はど》は全軍を率いて虜《ろ》に降《くだ》り、光禄勲《こうろくくん》徐自為《じょじい》の朔北《さくほく》に築いた城障もたちまち破壊される。全軍の信頼を繋《つな》ぐに足る将帥《しょうすい》としては、わずかに先年大宛《だいえん》を遠征して武名を挙《あ》げた弐師《じし》将軍李広利《りこうり》があるにすぎない。

その年——天漢二年夏五月、——匈奴《きょうど》の侵略に先立って、弐師将軍が三万騎に将として酒泉《しゅせん》を出た。しきりに西辺を窺《うかが》う匈奴の右賢王《うけんおう》を天山に撃とうというのである。武帝は李陵に命じてこの軍旅の輜重《しちょう》のことに当たらせようとした。未央宮《びおうきゅう》の武台殿《ぶだいでん》に召見された李陵は、しかし、極力その役を免ぜられんことを請うた。陵は、飛将軍《ひしょうぐん》と呼ばれた名将李広《りこう》の孫。つとに祖父の風ありといわれた騎射《きしゃ》の名手で、数年前から騎都尉《きとい》として西辺の酒泉《しゅせん》・張掖《ちょうえき》に在《あ》って射《しゃ》を教え兵を練っていたのである。年齢もようやく四十に近い血気盛りとあっては、輜重《しちょう》の役はあまりに情けなかったに違いない。臣が辺境に養うところの兵は皆荊楚《けいそ》の一騎当千の勇士なれば、願わくは彼らの一隊を率いて討って出《い》で、側面から匈奴の軍を牽制《けんせい》したいという陵の嘆願には、武帝も頷《うなず》くところがあった。しかし、相つづく諸方への派兵のために、あいにく、陵の軍に割《さ》くべき騎馬の余力がないのである。李陵はそれでも構わぬといった。確かに無理とは思われたが、輜重《しちょう》の役などに当てられるよりは、むしろ己《おのれ》のために身命を惜しまぬ部下五千とともに危うきを冒《おか》すほうを選びたかったのである。臣願わくは少をもって衆を撃たんといった陵の言葉を、派手《はで》好きな武帝は大いに欣《よろこ》んで、その願いを容《い》れた。李陵は西、張掖《ちょうえき》に戻って部下の兵を勒《ろく》するとすぐに北へ向けて進発した。当時居延《きょえん》に屯《たむろ》していた彊弩都尉《きょうどとい》路博徳《ろはくとく》が詔を受けて、陵の軍を中道まで迎えに出る。そこまではよかったのだが、それから先がすこぶる拙《まず》いことになってきた。元来この路博徳《ろはくとく》という男は古くから霍去病《かくきょへい》の部下として軍に従い、邳《ふ》離侯《りこう》にまで封ぜられ、ことに十二年前には伏波《ふくは》将軍として十万の兵を率いて南越《なんえつ》を滅ぼした老将である。その後、法に坐《ざ》して侯を失い現在の地位に堕《おと》されて西辺を守っている。年齢からいっても、李陵とは父子ほどに違う。かつては封侯《ほうこう》をも得たその老将がいまさら若い李陵ごときの後塵《こうじん》を拝するのがなんとしても不愉快だったのである。彼は陵の軍を迎えると同時に、都へ使いをやって奏上させた。今まさに秋とて匈奴《きょうど》の馬は肥え、寡兵《かへい》をもってしては、騎馬戦を得意とする彼らの鋭鋒《えいほう》には些《いささ》か当たりがたい。それゆえ、李陵とともにここに越年し、春を待ってから、酒泉《しゅせん》・張掖《ちょうえき》の騎各五千をもって出撃したほうが得策と信ずるという上奏文である。もちろん、李陵はこのことをしらない。武帝はこれを見ると酷《ひど》く怒った。李陵が博徳と相談の上での上書と考えたのである。わが前ではあのとおり広言しておきながら、いまさら辺地に行って急に怯気《おじけ》づくとは何事ぞという。たちまち使いが都から博徳と陵の所に飛ぶ。李陵は少をもって衆を撃たんとわが前で広言したゆえ、汝《なんじ》はこれと協力する必要はない。今匈奴が西河《せいが》に侵入したとあれば、汝《なんじ》はさっそく陵を残して西河に馳《は》せつけ敵の道を遮《さえぎ》れ、というのが博徳への詔である。李陵への詔には、ただちに漠北《ばくほく》に至り東は浚稽山《しゅんけいざん》から南は竜勒水《りょうろくすい》の辺までを偵察観望し、もし異状なくんば、浞野侯《さくやこう》の故道に従って受降城《じゅこうじょう》に至って士を休めよとある。博徳と相談してのあの上書はいったいなんたることぞ、という烈《はげ》しい詰問《きつもん》のあったことは言うまでもない。寡兵《かへい》をもって敵地に徘徊《はいかい》することの危険を別としても、なお、指定されたこの数千里の行程は、騎馬を持たぬ軍隊にとってははなはだむずかしいものである。徒歩のみによる行軍の速度と、人力による車の牽引《けんいん》力と、冬へかけての胡地《こち》の気候とを考えれば、これは誰にも明らかであった。武帝はけっして庸王《ようおう》ではなかったが、同じく庸王ではなかった隋《ずい》の煬帝《ようだい》や始皇帝《しこうてい》などと共通した長所と短所とを有《も》っていた。愛寵《あいちょう》比なき李夫人の兄たる弐師《じし》将軍にしてからが兵力不足のためいったん、大宛《だいえん》から引揚げようとして帝の逆鱗《げきりん》にふれ、玉門関《ぎょくもんかん》をとじられてしまった。その大宛征討も、たかだか善馬がほしいからとて思い立たれたものであった。帝が一度言出《いいだ》したら、どんな我儘《わがまま》でも絶対に通されねばならぬ。まして、李陵の場合は、もともと自《みずか》ら乞《こ》うた役割でさえある。(ただ季節と距離とに相当に無理な注文があるだけで)躊躇《ちゅうちょ》すべき理由はどこにもない。彼は、かくて、「騎兵を伴わぬ北征」に出たのであった。

浚稽山《しゅんけいざん》の山間には十日余留《とど》まった。その間、日ごとに斥候《せっこう》を遠く派して敵状を探ったのはもちろん、附近の山川地形を剰《あま》すところなく図に写しとって都へ報告しなければならなかった。報告書は麾下《きか》の陳歩楽《ちんほらく》という者が身に帯びて、単身都へ馳《は》せるのである。選ばれた使者は、李陵《りりょう》に一揖《いちゆう》してから、十頭に足らぬ少数の馬の中の一匹に打跨《うちまたが》ると、一鞭《ひとむち》あてて丘を駈下《かけお》りた。灰色に乾いた漠々《ばくばく》たる風景の中に、その姿がしだいに小さくなっていくのを、一軍の将士は何か心細い気持で見送った。

十日の間、浚稽山《しゅんけいざん》の東西三十里の中には一人の胡兵《こへい》をも見なかった。

彼らに先だって夏のうちに天山へと出撃した弐師《じし》将軍はいったん右賢王《うけんおう》を破りながら、その帰途別の匈奴《きょうど》の大軍に囲まれて惨敗《ざんぱい》した。漢兵は十に六、七を討たれ、将軍の一身さえ危うかったという。その噂《うわさ》は彼らの耳にも届いている。李広利《りこうり》を破ったその敵の主力が今どのあたりにいるのか？　今、因杅《いんう》将軍公孫敖《こうそんごう》が西河《せいが》・朔方《さくほう》の辺で禦《ふせ》いでいる（陵《りょう》と手を分かった路博徳《ろはくとく》はその応援に馳《は》せつけて行ったのだが）という敵軍は、どうも、距離と時間とを計ってみるに、問題の敵の主力ではなさそうに思われる。天山から、そんなに早く、東方四千里の河南《かなん》（オルドス）の地まで行けるはずがないからである。どうしても匈奴《きょうど》の主力は現在、陵の軍の止営地から北方郅居水《しっきょすい》までの間あたりに屯《たむろ》していなければならない勘定になる。李陵自身毎日前山の頂に立って四方を眺《なが》めるのだが、東方から南へかけてはただ漠々《ばくばく》たる一面の平沙《へいさ》、西から北へかけては樹木に乏しい丘陵性の山々が連なっているばかり、秋雲の間にときとして鷹《たか》か隼《はやぶさ》かと思われる鳥の影を見ることはあっても、地上には一騎の胡兵《こへい》をも見ないのである。

山峡の疎林の外《はず》れに兵車を並べて囲い、その中に帷幕《いばく》を連ねた陣営である。夜になると、気温が急に下がった。士卒は乏しい木々を折取って焚《た》いては暖をとった。十日もいるうちに月はなくなった。空気の乾いているせいか、ひどく星が美しい。黒々とした山影とすれすれに、夜ごと、狼星《ろうせい》が、青白い光芒《こうぼう》を斜めに曳《ひ》いて輝いていた。十数日事なく過ごしたのち、明日はいよいよここを立退《たちの》いて、指定された進路を東南へ向かって取ろうと決したその晩である。一人の歩哨《ほしょう》が見るともなくこの爛々《らんらん》たる狼星《ろうせい》を見上げていると、突然、その星のすぐ下の所にすこぶる大きい赤黄色い星が現われた。オヤと思っているうちに、その見なれぬ巨《おお》きな星が赤く太い尾を引いて動いた。と続いて、二つ三つ四つ五つ、同じような光がその周囲に現われて、動いた。思わず歩哨《ほしょう》が声を立てようとしたとき、それらの遠くの灯《ひ》はフッと一時に消えた。まるで今見たことが夢だったかのように。

歩哨《ほしょう》の報告に接した李陵《りりょう》は、全軍に命じて、明朝天明とともにただちに戦闘に入るべき準備を整えさせた。外に出て一応各部署を点検し終わると、ふたたび幕営に入り、雷《らい》のごとき鼾声《かんせい》を立てて熟睡した。

翌朝李陵が目を醒《さ》まして外へ出て見ると、全軍はすでに昨夜の命令どおりの陣形をとり、静かに敵を待ち構えていた。全部が、兵車を並べた外側に出、戟《ほこ》と盾《たて》とを持った者が前列に、弓弩《きゅうど》を手にした者が後列にと配置されているのである。この谷を挾《はさ》んだ二つの山はまだ暁暗《ぎょうあん》の中に森閑《しんかん》とはしているが、そこここの巌蔭《いわかげ》に何かのひそんでいるらしい気配《けはい》がなんとなく感じられる。

朝日の影が谷合にさしこんでくると同時に、(匈奴《きょうど》は、単于《ぜんう》がまず朝日を拝したのちでなければ事を発しないのであろう。）今まで何一つ見えなかった両山の頂から斜面にかけて、無数の人影が一時に湧《わ》いた。天地を撼《ゆる》がす喊声《かんせい》とともに胡兵《こへい》は山下に殺到した。胡兵の先登《せんとう》が二十歩の距離に迫ったとき、それまで鳴りをしずめていた漢の陣営からはじめて鼓声《こせい》が響く。たちまち千弩《せんど》ともに発し、弦に応じて数百の胡兵《こへい》はいっせいに倒れた。間髪《かんはつ》を入れず、浮足立った残りの胡兵に向かって、漢軍前列の持戟者《じげきしゃ》らが襲いかかる。匈奴《きょうど》の軍は完全に潰《つい》えて、山上へ逃げ上った。漢軍これを追撃して虜首《りょしゅ》を挙げること数千。

　鮮《あざ》やかな勝ちっぷりではあったが、執念深い敵がこのままで退くことはけっしてない。今日の敵軍だけでも優に三万はあったろう。それに、山上に靡《なび》いていた旗印から見れば、紛れもなく単于《ぜんう》の親衛軍である。単于がいるものとすれば、八万や十万の後詰《ごづ》めの軍は当然繰出されるものと覚悟せねばならぬ。李陵は即刻この地を撤退して南へ移ることにした。それもここから東南二千里の受降城《じゅこうじょう》へという前日までの予定を変えて、半月前に辿《たど》って来たその同じ道を南へ取って一日も早くもとの居延塞《きょえんさい》（それとて千数百里離れているが）に入ろうとしたのである。

　南行三日めの午《ひる》、漢軍の後方はるか北の地平線に、雲のごとく黄塵《こうじん》の揚がるのが見られた。匈奴騎兵の追撃である。翌日はすでに八万の胡兵が騎馬の快速を利して、漢軍の前後左右を隙《すき》もなく取囲んでしまっていた。ただし、前日の失敗に懲《こ》りたとみえ、至近の距離にまでは近づいて来ない。南へ行進して行く漢軍を遠巻きにしながら、馬上から遠矢を射かけるのである。李陵が全軍を停《と》めて、戦闘の体形をとらせれば、敵は馬を駆って遠く退き、搏戦《はくせん》を避ける。ふたたび行軍をはじめれば、また近づいて来て矢を射かける。行進の速度が著しく減ずるのはもとより、死傷者も一日ずつ確実に殖《ふ》えていくのである。飢え疲れた旅人の後をつける曠野《こうや》の狼のように、匈奴の兵はこの戦法を続けつつ執念深く追って来る。少しずつ傷つけていった揚句《あげく》、いつかは最後の止《とど》めを刺そうとその機会を窺《うかが》っているのである。

かつ戦い、かつ退きつつ南行することさらに数日、ある山谷の中で漢軍は一日の休養をとった。負傷者もすでにかなりの数に上っている。李陵《りりょう》は全員を点呼して、被害状況を調べたのち、傷の一か所にすぎぬ者には平生どおり兵器を執《と》って闘わしめ、両創を蒙《こうむ》る者にもなお兵車を助け推《お》さしめ、三創にしてはじめて輦《れん》に乗せて扶《たす》け運ぶことに決めた。輸送力の欠乏から屍体《したい》はすべて曠野《こうや》に遺棄するほかはなかったのである。この夜、陣中視察のとき、李陵はたまたまある輜重《しちょうしゃ》車中に男の服を纏《まと》うた女を発見した。全軍の車輛《しゃりょう》について一々調べたところ、同様にしてひそんでいた十数人の女が捜し出された。往年関東の群盗が一時に戮《りく》に遇《あ》ったとき、その妻子等が逐《お》われて西辺に遷《うつ》り住んだ。それら寡婦《かふ》のうち衣食に窮するままに、辺境守備兵の妻となり、あるいは彼らを華客《とくい》とする娼婦《しょうふ》となり果てた者が少なくない。兵車中に隠れてはるばる漠北《ばくほく》まで従い来たったのは、そういう連中である。李陵は軍吏に女らを斬《き》るべくカンタンに命じた。彼女らを伴い来たった士卒については一言のふれるところもない。澗間《たにま》の凹地《おうち》に引出された女どもの疳高《かんだか》い号泣《ごうきゅう》がしばらくつづいた後、突然それが夜の沈黙に呑《の》まれたようにフッと消えていくのを、軍幕の中の将士一同は粛然《しゅくぜん》たる思いで聞いた。

翌朝、久しぶりで肉薄来襲した敵を迎えて漢の全軍は思いきり快戦した。敵の遺棄屍体《したい》三千余。連日の執拗《しつよう》なゲリラ戦術に久しくいらだち屈していた士気が俄《にわ》かに奮《ふる》い立った形である。次の日からまた、もとの竜城《りゅうじょう》の道に循《したが》って、南方への退行が始まる。匈奴《きょうど》はまたしても、元の遠巻き戦術に還《かえ》った。五日め、漢軍は、平沙《へいさ》の中にときに見出《みいだ》される沼沢地《しょうたくち》の一つに踏入った。水は半ば凍り、泥濘《でいねい》も脛《はぎ》を没する深さで、行けども行けども果てしない枯葦原《かれあしはら》が続く。風上《かざかみ》に廻《まわ》った匈奴の一隊が火を放った。朔風《さくふう》は焔《ほのお》を煽《あお》り、真昼の空の下に白っぽく輝きを失った火は、すさまじい速さで漢軍に迫る。李陵はすぐに附近の葦《あし》に迎え火を放たしめて、かろうじてこれを防いだ。火は防いだが、沮洳《そじょ》地の車行の困難は言語に絶した。休息の地のないままに一夜泥濘《でいねい》の中を歩き通したのち、翌朝ようやく丘陵地に辿《たど》りついたとたんに、先廻《さきまわ》りして待伏せていた敵の主力の襲撃に遭《あ》った。人馬入乱れての搏《はく》兵《へい》戦である。騎馬隊の烈《はげ》しい突撃を避けるため、李陵は車を棄《す》てて、山麓《さんろく》の疎林の中に戦闘の場所を移し入れた。林間からの猛射はすこぶる効を奏した。たまたま陣頭に姿を現わした単于《ぜんう》とその親衛隊とに向かって、一時に連弩《れんど》を発して乱射したとき、単于の白馬は前脚を高くあげて棒立ちとなり、青袍《せいほう》をまとった胡主《こしゅ》はたちまち地上に投出された。親衛隊の二騎が馬から下りもせず、左右からさっと単于を掬《すく》い上げると、全隊がたちまちこれを中に囲んですばやく退いて行った。乱闘数刻ののちようやく執拗《しつよう》な敵を撃退しえたが、確かに今までにない難戦であった。遺された敵の屍体《したい》はまたしても数千を算したが、漢軍も千に近い戦死者を出したのである。

この日捕えた胡虜《こりょ》の口から、敵軍の事情の一端を知ることができた。それによれば、単于《ぜんう》は漢兵の手強《てごわ》さに驚嘆し、己《おのれ》に二十倍する大軍をも怯《おそ》れず日に日に南下して我を誘うかに見えるのは、あるいはどこか近くに、伏兵があって、それを恃《たの》んでいるのではないかと疑っているらしい。前夜その疑いを単于が幹部の諸将に洩《も》らして事を計ったところ、結局、そういう疑いも確かにありうるが、ともかくも、単于自ら数万騎を率いて漢の寡勢《かぜい》を滅しえぬとあっては、我々の面目に係わるという主戦論が勝ちを制し、これより南四、五十里は山谷がつづくがその間力戦猛攻し、さて平地に出て一戦してもなお破りえないとなったそのときはじめて兵を北に還《かえ》そうということに決まったという。これを聞いて、校尉韓延年《こういかんえんねん》以下漢軍の幕僚《ばくりょう》たちの頭に、あるいは助かるかもしれぬぞという希望のようなものが微《かす》かに湧《わ》いた。

翌日からの胡軍《こぐん》の攻撃は猛烈を極めた。捕虜《ほりょ》の言の中にあった最後の猛攻というのを始めたのであろう。襲撃は一日に十数回繰返された。手厳《てきび》しい反撃を加えつつ漢軍は徐々に南に移って行く。三日経《た》つと平地に出た。平地戦になると倍加される騎馬隊の威力にものを言わせ匈奴《きょうど》らは遮二無二《しゃにむに》漢軍を圧倒しようとかかったが、結局また二千の屍体《したい》を遺《のこ》して退いた。捕虜の言が偽りでなければ、これで胡軍は追撃を打切るはずである。たかが一兵卒の言った言葉ゆえ、それほど信頼できるとは思わなかったが、それでも幕僚《ばくりょう》一同些《いささ》かホッとしたことは争えなかった。

その晩、漢の軍侯《ぐんこう》、管敢《かんかん》という者が陣を脱して匈奴の軍に亡《に》げ降《くだ》った。かつて長安《ちょうあん》都下の悪少年だった男だが、前夜斥候《せっこう》上の手抜かりについて校尉《こうい》・成安侯韓延年《せいあんこうかんえんねん》のために衆人の前で面罵《めんば》され、笞打《むちう》たれた。それを含んでこの挙に出たのである。先日渓間《たにま》で斬《ざん》に遭った女どもの一人が彼の妻だったとも言う。管敢は匈奴の捕虜の自供した言葉を知っていた。それゆえ、胡陣《こじん》に亡《に》げて単于《ぜんう》の前に引出されるや、伏兵を懼《おそ》れて引上げる必要のないことを力説した。言う、漢軍には後援がない。矢もほとんど尽きようとしている。負傷者も続出して行軍は難渋《なんじゅう》を極めている。漢軍の中心をなすものは、李《り》将軍および成安侯韓延年の率いる各八百人だが、それぞれ黄と白との幟《し》をもって印としているゆえ、明日胡騎《こき》の精鋭をしてそこに攻撃を集中せしめてこれを破ったなら、他は容易に潰滅《かいめつ》するであろう、云々《うんぬん》。単于《ぜんう》は大いに喜んで厚く敢を遇し、ただちに北方への引上げ命令を取消した。

翌日、李陵《りりょう》 韓延年《かんえんねん》速《すみや》かに降《くだ》れと疾呼《しっこ》しつつ、胡軍の最精鋭は、黄白の幟《し》を目ざして襲いかかった。その勢いに漢軍は、しだいに平地から西方の山地へと押されて行く。ついに本道から遙《はる》かに離れた山谷の間に追込まれてしまった。四方の山上から敵は矢を雨のごとくに注《そそ》いだ。それに応戦しようにも、今や矢が完全に尽きてしまった。遮虜鄣《しゃりょしょう》を出るとき各人が百本ずつ携えた五十万本の矢がことごとく射尽くされたのである。矢ばかりではない。全軍の刀槍矛戟《とうそうぼうげき》の類も半ばは折れ欠けてしまった。文字どおり刀折れ矢尽きたのである。それでも、戟《ほこ》を失ったものは車輻《しゃふく》を斬《き》ってこれを持ち、軍吏《ぐんり》は尺刀《せきとう》を手にして防戦した。谷は奥へ進むに従っていよいよ狭《せま》くなる。胡卒《こそつ》は諸所の崖《がけ》の上から大石を投下しはじめた。矢よりもこのほうが確実に漢軍の死傷者を増加させた。死屍《しし》と壘石《るいせき》とでもはや前進も不可能になった。

その夜、李陵は小袖《しょうしゅう》 短衣《たんい》の便衣《べんい》を着け、誰もついて来るなと禁じて独り幕営の外に出た。月が山の峡《かい》から覗《のぞ》いて谷間に堆《うずたか》い屍《しかばね》を照らした。浚稽山《しゅんけいざん》の陣を撤するときは夜が暗かったのに、またも月が明るくなりはじめたのである。月光と満地の霜とで片岡《かたおか》の斜面は水に濡《ぬ》れたように見えた。幕営の中に残った将士は、李陵の服装からして、彼が単身敵陣を窺《うかが》ってあわよくば単于と刺違える所存に違いないことを察した。李陵はなかなか戻って来なかった。彼らは息をひそめてしばらく外の様子を窺《うかが》った。遠く山上の敵塁から胡笳《※2こか》の声が響く。かなり久しくたってから、音もなく帷《とばり》をかかげて李陵が幕の内にはいって来た。だめだ。と一言吐き出すように言うと、踞牀《きょしょう》に腰を下《おろ》した。全軍斬死《ざんし》のほか、途《みち》はないようだなと、またしばらくしてから、誰に向かってともなく言った。満座口を開く者はない。ややあって軍吏《ぐんり》の一人が口を切り、先年浞野侯趙破奴《さくやこうちょうはど》が胡軍《こぐん》のために生擒《いけど》られ、数年後に漢に亡《に》げ帰ったときも、武帝はこれを罰しなかったことを語った。この例から考えても、寡兵《かへい》をもって、かくまで匈奴《きょうど》を震駭《しんがい》させた李陵《りりょう》であってみれば、たとえ都へのがれ帰っても、天子はこれを遇する途《みち》を知りたもうであろうというのである。李陵はそれを遮《さえぎ》って言う。陵一個のことはしばらく措《お》け、とにかく、今数十矢もあれば一応は囲みを脱出することもできようが、一本の矢もないこの有《あり》様《さま》では、明日の天明には全軍が坐《ざ》して縛《ばく》を受けるばかり。ただ、今夜のうちに囲みを突いて外に出、各自鳥獣と散じて走ったならば、その中にはあるいは辺塞《へんさい》に辿《たど》りついて、天子に軍状を報告しうる者もあるかもしれぬ。案ずるに現在の地点は鞮汗山《ていかんざん》北方の山地に違いなく、居延《きょえん》まではなお数日の行程ゆえ、成否のほどはおぼつかないが、ともかく今となっては、そのほかに残された途《みち》はないではないか。諸将僚もこれに頷《うなず》いた。全軍の将卒に各二升の糒《ほしいい》と一個の冰片《ひょうへん》とが頒《わか》たれ、遮二無二《しゃにむに》、遮虜《しゃりょ》鄣《しょう》に向かって走るべき旨がふくめられた。さて、一方、ことごとく漢陣の旌旗《せいき》を倒しこれを斬《き》って地中に埋めたのち、武器兵車等の敵に利用されうる惧《おそ》れのあるものも皆打毀《うちこわ》した。夜半、鼓《こ》して兵を起こした。軍鼓《ぐんこ》の音も惨《さん》として響かぬ。李陵は韓校尉《かんこうい》とともに馬に跨《また》がり壮士十余人を従えて先登《せんとう》に立った。この日追い込まれた峡谷《きょうこく》の東の口を破って平地に出、それから南へ向けて走ろうというのである。

早い月はすでに落ちた。胡虜《こりょ》の不意を衝《つ》いて、ともかくも全軍の三分の二は予定どおり峡谷の裏口を突破した。しかしすぐに敵の騎馬兵の追撃に遭《あ》った。徒歩の兵は大部分討たれあるいは捕えられたようだったが、混戦に乗じて敵の馬を奪った数十人は、その胡馬《こば》に鞭《むち》うって南方へ走った。敵の追撃をふり切って夜目にもぼっと白い平沙《へいさ》の上を、のがれ去った部下の数を数えて、確かに百に余ることを確かめうると、李陵《りりょう》はまた峡谷の入口の修羅場《しゅらば》にとって返した。身には数創を帯び、自《みずか》らの血と返り血とで、戎衣《じゅうい》は重く濡《ぬ》れていた。彼と並んでいた韓延年《かんえんねん》はすでに討たれて戦死していた。麾《き》下《か》を失い全軍を失って、もはや天子に見《まみ》ゆべき面目はない。彼は戟《ほこ》を取直すと、ふたたび乱軍の中に駈入《かけい》った。暗い中で敵味方も分らぬほどの乱闘のうちに、李陵の馬が流矢《ながれや》に当たったとみえてガックリ前にのめった。それとどちらが早かったか、前なる敵を突こうと戈《ほこ》を引いた李陵は、突然背後から重量のある打撃を後頭部に喰《くら》って失神した。馬から顛落《てんらく》した彼の上に、生擒《いけど》ろうと構えた胡兵《こへい》どもが十重二十重《とえはたえ》とおり重なって、とびかかった。

## 二

九月に北へ立った五千の漢軍《かんぐん》は、十一月にはいって、疲れ傷ついて将を失った四百足らずの敗兵となって辺塞《へんさい》に辿《たど》りついた。敗報はただちに駅伝《えきでん》をもって長安《ちょうあん》の都に達した。

武帝《ぶてい》は思いのほか腹を立てなかった。本軍たる李広利《りこうり》の大軍さえ惨敗《ざんぱい》しているのに、一支隊たる李陵の寡軍《かぐん》にたいした期待のもてよう道理がなかったから。それに彼は、李陵が必ずや戦死しているに違いないとも思っていたのである。ただ、先ごろ李陵の使いとして漠北《ばくほく》から「戦線異状なし、士気すこぶる旺盛《おうせい》」の報をもたらした陳歩楽《ちんほらく》だけは（彼は吉報の使者として嘉《よみ》せられ郎《ろう》となってそのまま都に留《とど》まっていた）成行上どうしても自殺しなければならなかった。哀れではあったが、これはやむを得ない。

翌、天漢《てんかん》三年の春になって、李陵《りりょう》は戦死したのではない。捕えられて虜《ろ》に降ったのだという確報が届いた。武帝ははじめて嚇怒《かくど》した。即位後四十余年。帝はすでに六十に近かったが、気象の烈《はげ》しさは壮時に超えている。神仙《しんせん》の説を好み方士《ほうし》巫覡《ふげき》の類を信じた彼は、それまでに己《おのれ》の絶対に尊信する方士どもに幾度か欺《あざむ》かれていた。漢の勢威の絶頂に当たって五十余年の間君臨したこの大皇帝は、その中年以後ずっと、霊魂の世界への不安な関心に執拗《しつよう》につきまとわれていた。それだけに、その方面での失望は彼にとって大きな打撃となった。こうした打撃は、生来闊達《かったつ》だった彼の心に、年とともに群臣への暗い猜疑《さいぎ》を植えつけていった。李蔡《りさい》・青霍《せいかく》・趙周《ちょうしゅう》と、丞相《じょうしょう》たる者は相ついで死罪に行なわれた。現在の丞相たる公孫賀《こうそんが》のごとき、命を拝したときに己《おの》が運命を恐れて帝の前で手離しで泣出したほどである。硬骨漢汲黯《こうこつかんきゅうあん》が退いた後は、帝を取巻くものは、佞臣《ねいしん》にあらずんば酷吏《こくり》であった。

さて、武帝は諸重臣を召して李陵の処置について計った。李陵の身体は都にはないが、その罪の決定によって、彼の妻子眷属《けんぞく》家財などの処分が行なわれるのである。酷吏として聞こえた一廷尉《ていい》が常に帝の顔色を窺《うかが》い合法的に法を枉《ま》げて帝の意を迎えることに巧みであった。ある人が法の権威を説いてこれを詰《なじ》ったところ、これに答えていう。前主の是《ぜ》とするところこれが律《りつ》となり、後主の是とするところこれが令《りょう》となる。当時の君主の意のほかになんの法があろうぞと。群臣皆この廷尉の類であった。丞相公孫賀《じょうしょうこうそんが》、御史大夫《ぎょしたいふ》杜周《としゅう》、太常《たいじょう》、趙弟《ちょうてい》以下、誰一人として、帝の震怒《しんど》を犯してまで陵のために弁じようとする者はない。口を極めて彼らは李陵の売国的行為を罵《ののし》る。陵のごとき変節漢《へんせつかん》と肩を比べて朝《ちょう》に仕えていたことを思うといまさらながら愧《は》ずかしいと言出した。平生の陵の行為の一つ一つがすべて疑わしかったことに意見が一致した。陵の従弟《いとこ》に当たる李敢《りかん》が太子の寵《ちょう》を頼んで驕《きょう》恣《し》であることまでが、陵への誹謗《ひぼう》の種子になった。口を緘《かん》して意見を洩《も》らさぬ者が、結局陵に対して最大の好意を有《も》つものだったが、それも数えるほどしかいない。

ただ一人、苦々しい顔をしてこれらを見守っている男がいた。今口を極めて李陵を讒誣《ざんぶ》しているのは、数か月前李陵が都を辞するときに盃《さかずき》をあげて、その行を壮《さか》んにした連中ではなかったか。漠北《ばくほく》からの使者が来て李陵の軍の健在を伝えたとき、さすがは名将李広《りこう》の孫と李陵の孤軍奮闘を讃《たた》えたのもまた同じ連中ではないのか。恬《てん》として既往を忘れたふりのできる顕官《けんかん》連や、彼らの諂諛《てんゆ》を見破るほどに聡明《そうめい》ではありながらなお真実に耳を傾けることを嫌《きら》う君主が、この男には不思議に思われた。いや、不思議ではない。人間がそういうものとは昔からいやになるほど知ってはいるのだが、それにしてもその不愉快さに変わりはないのである。下《か》大夫《たいふ》の一人として朝《ちょう》につらなっていたために彼もまた下問を受けた。そのとき、この男はハッキリと李陵を褒《ほ》め上げた。言う。陵の平生を見るに、親に事《つか》えて孝、士と交わって信、常に奮って身を顧みずもって国家の急に殉ずるは誠《まこと》に国士のふうありというべく、今不幸にして事一度《たび》破れたが、身を全うし妻子を保《やす》んずることをのみただ念願とする君側の佞人《ねいじん》ばらが、この陵の一失《いっしつ》を取上げてこれを誇大歪曲《わいきょく》しもって上《しょう》の聡明を蔽《おお》おうとしているのは、遺憾《いかん》この上もない。そもそも陵の今回の軍たる、五千にも満たぬ歩卒を率いて深く敵地に入り、匈奴《きょうど》数万の師を奔命《ほんめい》に疲れしめ、転戦千里、矢尽き道窮《きわ》まるに至るもなお全軍空弩《くうど》を張り、白刃《はくじん》を冒して死闘している。部下の心を得てこれに死力を尽くさしむること、古《いにしえ》の名将といえどもこれには過ぎまい。軍敗れたりとはいえ、その善戦のあとはまさに天下に顕彰するに足る。思うに、彼が死せずして虜《ろ》に降《くだ》ったというのも、ひそかにかの地にあって何事か漢に報いんと期してのことではあるまいか。……

並いる群臣は驚いた。こんなことのいえる男が世にいようとは考えなかったからである。彼らはこめかみを顫《ふる》わせた武帝の顔を恐る恐る見上げた。それから、自分らをあえて全軀保妻子《くをまっとうしさいしをたもつ》の臣と呼んだこの男を待つものが何であるかを考えて、ニヤリとするのである。

向こう見ずなその男——太史令《たいしれい》・司馬遷《しばせん》が君前を退くと、すぐに、「全躯保妻子《くをまっとうしさいしをたもつ》の臣」の一人が、遷《せん》と李陵《りりょう》との親しい関係について武帝の耳に入れた。太史令は故《ゆえ》あって弐師《じし》将軍と隙《げき》あり、遷が陵を褒《ほ》めるのは、それによって、今度、陵に先立って出塞《しゅっさい》して功のなかった弐師将軍を陥《おとしい》れんがためであると言う者も出てきた。ともかくも、たかが星暦卜祀《せいれきぼくし》を司《つかさど》るにすぎぬ太史令の身として、あまりにも不遜《ふそん》な態度だというのが、一同の一致した意見である。おかしなことに、李陵の家族よりも司馬遷のほうが先に罪せられることになった。翌日、彼は廷尉《ていい》に下された。刑は宮《きゅう》と決まった。

　支那《しな》で昔から行なわれた肉刑《にくけい》の主《おも》なるものとして、黥《けい》、劓《ぎ》（はなきる）、剕《ひ》（あしきる）、宮《きゅう》、の四つがある。武帝の祖父・文帝《ぶんてい》のとき、この四つのうち三つまでは廃せられたが、宮刑《きゅうけい》のみはそのまま残された。宮刑とはもちろん、男を男でなくする奇怪な刑罰である。これを一に腐刑《ふけい》ともいうのは、その創《きず》が腐臭を放つがゆえだともいい、あるいは、腐木《ふぼく》の実を生ぜざるがごとき男と成り果てるからだともいう。この刑を受けた者を閹人《えんじん》と称し、宮廷の宦官《かんがん》の大部分がこれであったことは言うまでもない。人もあろうに司馬遷《しばせん》がこの刑に遭《あ》ったのである。しかし、後代の我々が史記《しき》の作者として知っている司馬遷は大きな名前だが、当時の太史令《たいしれい》司馬遷は眇《びょう》たる一文筆の吏《り》にすぎない。頭脳の明《めい》晰《せき》なことは確かとしてもその頭脳に自信をもちすぎた、人づき合いの悪い男、議論においてけっして他人《ひと》に負けない男、たかだか強情我慢の偏窟人《へんくつじん》としてしか知られていなかった。彼が腐刑《ふけい》に遇《あ》ったからとて別に驚く者はない。

　司馬氏は元周《もとしゅう》の史官であった。後、晋《しん》に入り、秦《しん》に仕え、漢《かん》の代となってから四代目の司馬談《しばたん》が武帝に仕えて建元《けんげん》年間に太史令《たいしれい》をつとめた。この談が遷の父である。専門たる律《りつ》・暦《れき》・易《えき》のほかに道家《どうか》の教えに精《くわ》しくまた博《ひろ》く儒《じゅ》、墨《ぼく》、法《ほう》、名《めい》、諸家《しょか》の説にも通じていたが、それらをすべて一家の見《けん》をもって綜《す》べて自己のものとしていた。己《おのれ》の頭脳や精神力についての自信の強さはそっくりそのまま息子《むすこ》の遷に受嗣《うけつ》がれたところのものである。彼が、息子に施した最大の教育は、諸学の伝授を終えてのちに、海内《かいだい》の大旅行をさせたことであった。当時としては変わった教育法であったが、これが後年の歴史家司馬遷に資するところのすこぶる大であったことは、いうまでもない。

元封《げんぽう》元年に武帝が東、泰山《たいざん》に登って天を祭ったとき、たまたま周南《しゅうなん》で病床にあった熱血漢《ねっけつかん》司馬談《しばたん》は、天子始めて漢家の封《ほう》を建つるめでたきときに、己《おのれ》一人従ってゆくことのできぬのを慨《なげ》き、憤を発してそのために死んだ。古今を一貫せる通史《つうし》の編述こそは彼の一生の念願だったのだが、単に材料の蒐集《しゅうしゅう》のみで終わってしまったのである。その臨終《りんじゅう》の光景は息子・遷《せん》の筆によって詳しく史記《しき》の最後の章に描かれている。それによると司馬談は己のまた起《た》ちがたきを知るや遷を呼びその手を執《と》って、懇《ねんご》ろに修史《しゅうし》の必要を説き、己太史《おのれたいし》となりながらこのことに着手せず、賢君忠臣の事蹟《じせき》を空《むな》しく地下に埋もれしめる不甲斐《ふがい》なさを慨《なげ》いて泣いた。「予《よ》死せば汝《なんじ》必ず太史とならん。太史とならばわが論著せんと欲するところを忘るるなかれ」といい、これこそ己に対する孝の最大なものだとて、爾《なんじ》それ念《おも》えやと繰返したとき、遷は俯首流涕《ふしゅりゅうてい》してその命に背《そむ》かざるべきを誓ったのである。

父が死んでから二年ののち、はたして、司馬遷《しばせん》は太史令《たいしれい》の職を継いだ。父の蒐集《しゅうしゅう》した資料と、宮廷所蔵の秘冊とを用いて、すぐにも父子相伝《ふしそうでん》の天職にとりかかりたかったのだが、任官後の彼にまず課せられたのは暦の改正という事業であった。この仕事に没頭することちょうど満四年。太初《たいしょ》元年にようやくこれを仕上げると、すぐに彼は史記《しき》の編纂《へんさん》に着手した。遷、ときに年四十二。

腹案はとうにでき上がっていた。その腹案による史書の形式は従来の史書のどれにも似ていなかった。彼は道義的批判の規準を示すものとしては春秋《しゅんじゅう》を推したが、事実を伝える史書としてはなんとしてもあきたらなかった。もっと事実が欲しい。教訓よりも事実が。左伝《さでん》や国語《こくご》になると、なるほど事実はある。左伝の叙事の巧妙さに至っては感嘆のほかはない。しかし、その事実を作り上げる一人一人の人についての探求がない。事件の中における彼らの姿の描出は鮮《あざ》やかであっても、そうしたことをしでかすまでに至る彼ら一人一人の身許《みもと》調べの欠けているのが、司馬遷《しばせん》には不服だった。それに従来の史書はすべて、当代の者に既往をしらしめることが主眼となっていて、未来の者に当代を知らしめるためのものとしての用意があまりに欠けすぎているようである。要するに、司馬遷の欲するものは、在来の史には求めて得られなかった。どういう点で在来の史書があきたらぬかは、彼自身でも自ら欲するところを書上げてみてはじめて判然する底《てい》のものと思われた。彼の胸中にあるモヤモヤと鬱積《うっせき》したものを書き現わすことの要求のほうが、在来の史書に対する批判より先に立った。いや、彼の批判は、自ら新しいものを創《つく》るという形でしか現われないのである。自分が長い間頭の中で画《えが》いてきた構想が、史といえるものか、彼には自信はなかった。しかし、史といえてもいえなくても、とにかくそういうものが最も書かれなければならないものだ（世人にとって、後代にとって、なかんずく己自身にとって）という点については、自信があった。彼も孔子《こうし》に倣《なら》って、述べて作らぬ方針をとったが、しかし、孔子のそれとはたぶんに内容を異《こと》にした述而不作《のべてつくらず》である、司馬遷にとって、単なる編年体の事件列挙はいまだ「述べる」の中にはいらぬものだったし、また、後世人の事実そのものを知ることを妨げるような、あまりにも道義的な断案は、むしろ「作る」の部類にはいるように思われた。

漢が天下を定めてからすでに五代・百年、始皇帝《しこうてい》の反文化政策によって湮滅《いんめつ》しあるいは隠匿《いんとく》されていた書物がようやく世に行なわれはじめ、文の興《おこ》らんとする気運が鬱勃《うつぼつ》として感じられた。漢の朝廷ばかりでなく、時代が、史の出現を要求しているときであった。司馬遷《しばせん》個人としては、父の遺嘱《いしょく》による感激が学殖・観察眼・筆力の充実を伴ってようやく渾然《こんぜん》たるものを生み出すべく醱酵《はっこう》しかけてきていた。彼の仕事は実に気持よく進んだ。むしろ快調に行きすぎて困るくらいであった。というのは、初めの五帝本紀《ごていほんぎ》から夏《か》殷周《いんしゅう》　秦《しん》本紀あたりまでは、彼も、材料を按排《あんばい》して記述の正確厳密を期する一人の技師に過ぎなかったのだが、始皇帝を経て、項《こう》羽本紀にはいるころから、その技術家の冷静さが怪しくなってきた。ともすれば、項羽が彼に、あるいは彼が項羽にのり移りかねないのである。

項王則《すなわ》チ夜起キテ帳中ニ飲ス。美人有リ。名ハ虞《ぐ》。常ニ幸セラレテ従フ。駿馬《しゅんめ》名ハ騅《すい》、常ニ之《これ》ニ騎ス。是《ここ》ニ於《おい》テ項王乃《すなわ》チ悲歌慷慨《こうがい》シ自ラ詩ヲ為《つく》リテ曰《いわ》ク[※3]「力山ヲ抜キ気世ヲ蓋《おお》フ、時利アラズ騅逝《ゆ》カズ、騅逝カズ奈何《いかん》スベキ、虞ヤ虞ヤ若《なんじ》ヲ奈何《いか》ニセン」ト。歌フコト数闋《けつ》、美人之ニ和ス。項王泣《なみだ》数行下ル。左右皆泣キ、能《よ》ク仰ギ視《み》ルモノ莫《な》シ……。

これでいいのか？　と司馬遷は疑う。こんな熱に浮かされたような書きっぷりでいいものだろうか？　彼は「作ル」ことを極度に警戒した。自分の仕事は「述ベル」ことに尽きる。事実、彼は述べただけであった。しかしなんと生気溌剌《はつらつ》たる述べ方であったか？　異常な想像的視覚を有《も》った者でなければとうてい不能な記述であった。彼は、ときに「作ル」ことを恐れるのあまり、すでに書いた部分を読返してみて、それあるがために史上の人物が現実の人物のごとくに躍動すると思われる字句を削る。すると確かにその人物はハツラツたる呼吸を止《や》める。これで、「作ル」ことになる心配はないわけである。しかし、（と司馬遷が思うに）これでは項羽《こうう》が項羽でなくなるではないか。項羽も始《し》皇帝《こうてい》も楚《そ》の荘王《そうおう》もみな同じ人間になってしまう。違った人間を同じ人間として記述することが、何が「述べる」だ？　「述べる」とは、違った人間は違った人間として述べることではないか。そう考えてくると、やはり彼は削った字句をふたたび生かさないわけにはいかない。元どおりに直して、さて一読してみて、彼はやっと落ちつく。いや、彼ばかりではない。そこにかかれた史上の人物が、項羽や樊噲《はんかい》や范増《はんぞう》が、みんなようやく安心してそれぞれの場所に落ちつくように思われる。

　調子のよいときの武帝《ぶてい》は誠《まこと》に高邁闊達《こうまいかったつ》な・理解ある文教の保護者だったし、太史令《たいしれい》という職が地味な特殊な技能を要するものだったために、官界につきものの朋党比周《ほうとうひしゅう》の擠陥讒誣《せいかんざんぶ》による地位（あるいは生命）の不安定からも免れることができた。

　数年の間、司馬遷は充実した・幸福といっていい日々を送った。（当時の人間の考える幸福とは、現代人のそれと、ひどく内容の違うものだったが、それを求めることに変わりはない。）妥協性はなかったが、どこまでも陽性で、よく論じよく怒りよく笑いなかんずく論敵を完膚《かんぷ》なきまでに説破することを最も得意としていた。

さて、そうした数年ののち、突然、この禍《わざわい》が降《くだ》ったのである。

薄暗い蚕室《さんしつ》の中で——腐《ふ》刑《けい》施術後当分の間は風に当たることを避けねばならぬので、中に火を熾《おこ》して暖かに保った・密閉した暗室を作り、そこに施術後の受刑者を数日の間入れて、身体を養わせる。暖かく暗いところが蚕を飼う部屋に似ているとて、それを蚕室と名づけるのである。——言語を絶した混乱のあまり彼は茫然《ぼうぜん》と壁によりかかった。憤激よりも先に、驚きのようなものさえ感じていた。斬《ざん》に遭《あ》うこと、死を賜《たま》うことに対してなら、彼にはもとより平生から覚悟ができている。刑死《けいし》する己《おのれ》の姿なら想像してみることもできるし、武帝の気に逆らって李陵《りりょう》を褒《ほ》め上げたときもまかりまちがえば死を賜うようなことになるかもしれぬくらいの懸念《けねん》は自分にもあったのである。ところが、刑罰も数ある中で、よりによって最も醜陋《しゅうろう》な宮刑《きゅうけい》にあおうとは！　迂闊《うかつ》といえば迂闊だが、(というのは、死刑を予期するくらいなら当然、他のあらゆる刑罰も予期しなければならないわけだから）彼は自分の運命の中に、不測の死が待受けているかもしれぬとは考えていたけれども、このような醜いものが突然現われようとは、全然、頭から考えもしなかったのである。常々、彼は、人間にはそれぞれその人間にふさわしい事件しか起こらないのだという一種の確信のようなものを有《も》っていた。これは長い間史実を扱っているうちに自然に養われた考えであった。同じ逆境にしても、慷慨《こうがい》の士には激しい痛烈な苦しみが、軟弱の徒《と》には緩慢なじめじめした醜い苦しみが、というふうにである。たとえ始めは一見ふさわしくないように見えても、少なくともその後の対処のし方によってその運命はその人間にふさわしいことが判《わか》ってくるのだと。司馬遷《しばせん》は自分を男だと信じていた。文筆の吏《り》ではあっても当代のいかなる武人《ぶじん》よりも男であることを確信していた。自分でばかりではない。このことだけは、いかに彼に好意を寄せぬ者でも認めないわけにはいかないようであった。それゆえ、彼は自らの持論に従って、車裂《くるまざき》の刑なら自分の行く手に思い画《えが》くことができたのである。それが齢《よわい》五十に近い身で、この辱《はずか》しめにあおうとは！　彼は、今自分が蚕室《さんしつ》の中にいるということが夢のような気がした。夢だと思いたかった。しかし、壁によって閉じていた目を開くと、うす暗い中に、生気のない・魂までが抜けたような顔をした男が三、四人、だらしなく横たわったりすわったりしているのが目にはいった。あの姿が、つまり今の己なのだと思ったとき、嗚咽《おえつ》とも怒号《どごう》ともつかない叫びが彼の咽喉《のど》を破った。

痛憤と煩悶《はんもん》との数日のうちには、ときに、学者としての彼の習慣からくる思索が――反省が来た。いったい、今度の出来事の中で、何が――誰が――誰のどういうところが、悪かったのだという考えである。日本の君臣道とは根柢《こんてい》から異なった彼《か》の国のこととて、当然、彼はまず、武帝を怨《うら》んだ。一時はその怨懣《えんまん》だけで、いっさい他を顧みる余裕はなかったというのが実際であった。しかし、しばらくの狂乱の時期の過ぎたあとには、歴史家としての彼が、目覚めてきた。儒者《じゅしゃ》と違って、先王の価値にも歴史家的な割引をすることを知っていた彼は、後王たる武帝の評価の上にも、私怨《しえん》のために狂いを来たさせることはなかった。なんといっても武帝は大君主である。そのあらゆる欠点にもかかわらず、この君がある限り、漢の天下は微動だもしない。高祖はしばらく措《お》くとするも、仁君文帝《じんくんぶんてい》も名君景帝《けいてい》も、この君に比べれば、やはり小さい。ただ大きいものは、その欠点までが大きく写ってくるのは、これはやむを得ない。司馬遷《しばせん》は極度の憤怨《ふんえん》のうちにあってもこのことを忘れてはいない。今度のことは要するに天の作《な》せる疾風暴雨霹靂《へきれき》に見舞われたものと思うほかはないという考えが、彼をいっそう絶望的な憤《いきどお》りへと駆《か》ったが、また一方、逆に諦観《ていかん》へも向かわせようとする。怨恨《えんこん》が長く君主に向かい得ないとなると、勢い、君側の姦臣《かんしん》に向けられる。彼らが悪い。たしかにそうだ。しかし、この悪さは、すこぶる副次的な悪さである。それに、自矜心《じきょうしん》の高い彼にとって、彼ら小人輩《しょうじんはい》は、怨恨の対象としてさえ物足りない気がする。彼は、今度ほど好人物というものへの腹立ちを感じたことはない。これは姦臣《かんしん》や酷吏《こくり》よりも始末が悪い。少なくとも側《かたわら》から見ていて腹が立つ。良心的に安っぽく安心しており、他にも安心させるだけ、いっそう怪《け》しからぬのだ。弁護もしなければ反駁《はんばく》もせぬ。心中、反省もなければ自責もない。丞相公孫賀《じょうしょうこうそんが》のごとき、その代表的なものだ。同じ阿諛迎合《あゆげいごう》を事としても、杜周《としゅう》(最近この男は前任者王卿《おうけい》を陥れてまんまと御史大夫《ぎょしたいふ》となりおおせた)のような奴《やつ》は自らそれと知っているに違いないがこのお人好しの丞相ときた日には、その自覚さえない。自分に全躯保妻子《くをまっとうしさいしをたもつ》の臣といわれても、こういう手合いは、腹も立てないのだろう。こんな手合いは恨みを向けるだけの値打ちさえもない。

司馬遷は最後に忿懣《ふんまん》の持って行きどころを自分に求めようとする。実際、何ものかに対して腹を立てなければならぬとすれば、結局それは自分自身に対してのほかはなかったのである。だが、自分のどこが悪かったのか? 李陵《りりょう》のために弁じたこと、これはいかに考えてみてもまちがっていたとは思えない。方法的にも格別拙《まず》かったとは考えぬ。阿諛《あゆ》に堕《だ》するに甘んじないかぎり、あれはあれでどうしようもない。それでは、自ら顧みてやましくなければ、そのやましくない行為が、どのような結果を来たそうとも、士たる者はそれを甘受《かんじゅ》しなければならないはずだ。なるほどそれは一応そうに違いない。だから自分も肢解《しかい》されようと腰斬《ようざん》にあおうと、そういうものなら甘んじて受けるつもりなのだ。しかし、この宮刑《きゅうけい》は——その結果かく成り果てたわが身の有様というものは、——これはまた別だ。同じ不具でも足を切られたり鼻を切られたりするのとは全然違った種類のものだ。士たる者の加えられるべき刑ではない。こればかりは、身体のこういう状態というものは、どういう角度から見ても、完全な悪だ。飾言《しょくげん》の余地はない。そうして、心の傷だけならば時とともに癒《い》えることもあろうが、己《おの》が身体のこの醜悪な現実は死に至るまでつづくのだ。動機がどうあろうと、このような結果を招くものは、結局「悪かった」といわなければならぬ。しかし、どこが悪かった？　己《おのれ》のどこが？　どこも悪くなかった。己は正しいことしかしなかった。強《し》いていえば、ただ、「我あり」という事実だけが悪かったのである。

茫然《ぼうぜん》とした虚脱《きょだつ》の状態ですわっていたかと思うと、突然飛上り、傷ついた獣のごとくうめきながら暗く暖かい室の中を歩き廻《まわ》る。そうしたしぐさを無意識に繰返しつつ、彼の考えもまた、いつも同じ所をぐるぐる廻ってばかりいて帰結するところを知らないのである。

我を忘れ壁に頭を打ちつけて血を流したその数回を除けば、彼は自らを殺そうと試みなかった。死にたかった。死ねたらどんなによかろう。それよりも数等恐ろしい恥辱が追立てるのだから死をおそれる気持は全然なかった。なぜ死ねなかったのか？　獄舎の中に、自らを殺すべき道具のなかったことにもよろう。しかし、それ以外に何かが内から彼をとめる。はじめ、彼はそれがなんであるかに気づかなかった。ただ狂乱と憤懣《ふんまん》との中で、たえず発作《ほっさ》的に死への誘惑を感じたにもかかわらず、一方彼の気持を自殺のほうへ向けさせたがらないものがあるのを漠然《ばくぜん》と感じていた。何を忘れたのかはハッキリしないながら、とにかく何か忘れものをしたような気のすることがある。ちょうどそんなぐあいであった。

許されて自宅に帰り、そこで謹慎《きんしん》するようになってから、はじめて、彼は、自分がこの一《ひと》月狂乱にとり紛《まぎ》れて己《おの》が畢生《ひっせい》の事業たる修史《しゅうし》のことを忘れ果てていたこと、しかし、表面は忘れていたにもかかわらず、その仕事への無意識の関心が彼を自殺から阻《はば》む役目を隠々《いんいん》のうちにつとめていたことに気がついた。

十年前臨終《りんじゅう》の床《とこ》で自分の手をとり泣いて遺命《いめい》した父の惻々《そくそく》たる言葉は、今なお耳底《じてい》にある。しかし、今疾痛惨怛《しっつうさんたん》を極《きわ》めた彼の心の中に在《あ》ってなお修史の仕事を思い絶たしめないものは、その父の言葉ばかりではなかった。それは何よりも、その仕事そのものであった。仕事の魅力とか仕事への情熱とかいう怡《たの》しい態《てい》のものではない。修史という使命の自覚には違いないとしてもさらに昂然《こうぜん》として自らを恃《じ》する自覚ではない。恐ろしく我《が》の強い男だったが、今度のことで、己《おのれ》のいかにとるに足らぬものだったかをしみじみと考えさせられた。理想の抱負のと威張《いば》ってみたところで、所詮《しょせん》己は牛にふみつぶされる道傍《みちばた》の虫けらのごときものにすぎなかったのだ。「我」はみじめに踏みつぶされたが、修史という仕事の意義は疑えなかった。このような浅ましい身と成り果て、自信も自持《じじ》も失いつくしたのち、それでもなお世にながらえてこの仕事に従うということは、どう考えても怡《たの》しいわけはなかった。それはほとんど、いかにいとわしくとも最後までその関係を絶つことの許されない人間同士のような宿命的な因縁《いんねん》に近いものと、彼自身には感じられた。とにかくこの仕事のために自分は自らを殺すことができぬのだ（それも義務感からではなく、もっと肉体的な、この仕事との繋《つな》がりによってである）ということだけはハッキリしてきた。

当座の盲目的な獣の呻《うめ》き苦しみに代わって、より意識的な・人間の苦しみが始まった。困ったことに、自殺できないことが明らかになるにつれ、自殺によってのほかに苦悩と恥辱とから逃れる途《みち》のないことがますます明らかになってきた。一個の丈夫《じょうふ》たる太史令《たいしれい》司馬遷《しばせん》は天漢《てんかん》三年の春に死んだ。そして、そののちに、彼の書残した史をつづける者は、知覚も意識もない一つの書写機械にすぎぬ、――自らそう思い込む以外に途《みち》はなかった。無理でも、彼はそう思おうとした。修史の仕事は必ず続けられねばならぬ。これは彼にとって絶対であった。修史の仕事のつづけられるためには、いかにたえがたくとも生きながらえねばならぬ。生きながらえるためには、どうしても、完全に身を亡《な》きものと思い込む必要があったのである。

五《いつ》月ののち、司馬遷はふたたび筆を執《と》った。歓《よろこ》びも昂奮《こうふん》もない・ただ仕事の完成への意志だけに鞭《むち》打《う》たれて、傷ついた脚を引摺《ひきず》りながら目的地へ向かう旅人のように、とぼとぼと稿を継いでいく。もはや太史令の役は免ぜられていた。些《いささ》か後悔した武帝が、しばらく後に彼を中書令《ちゅうしょれい》に取立てたが、官職の黜陟《※4ちゅっちょく》のごときは、彼にとってもうなんの意味もない。以前の論客司馬遷は、一切口を開かずなった。笑うことも怒ることもない。しかし、けっして悄然《しょうぜん》たる姿ではなかった。むしろ、何か悪霊《あくりょう》にでも取り憑《つ》かれているようなすさまじさを、人々は緘黙《かんもく》せる彼の風貌《ふうぼう》の中に見て取った。夜眠る時間をも惜しんで彼は仕事をつづけた。一刻も早く仕事を完成し、そのうえで早く自殺の自由を得たいとあせっているもののように、家人らには思われた。

凄惨《せいさん》な努力を一年ばかり続けたのち、ようやく、生きることの歓《よろこ》びを失いつくしたのちもなお表現することの歓びだけは生残りうるものだということを、彼は発見した。しかし、そのころになってもまだ、彼の完全な沈黙は破られなかったし、風貌《ふうぼう》の中のすさまじさも全然和《やわ》らげられはしない。稿をつづけていくうちに、宦者《かんじゃ》とか閹奴《※5えんど》とかいう文字を書かなければならぬところに来ると、彼は覚えず呻《うめ》き声を発した。独り居室にいるときでも、夜、牀上《しょうじょう》に横になったときでも、ふとこの屈辱の思いが萌《きざ》してくると、たちまちカーッと、焼鏝《やきごて》をあてられるような熱い疼《うず》くものが全身を駈《か》けめぐる。彼は思わず飛上り、奇声を発し、呻きつつ四辺《あたり》を歩きまわり、さてしばらくしてから歯をくいしばって己《おのれ》を落ちつけようと努めるのである。

## 三

乱軍の中に気を失った李陵《りりょう》が獣脂《じゅうし》を灯《とも》し獣糞《じゅうふん》を焚《た》いた単于《ぜんう》の帳房《ちょうぼう》の中で目を覚ましたとき、咄嗟《とっさ》に彼は心を決めた。自ら《みずか》首刎《は》ねて辱《はずか》しめを免れるか、それとも今一応は敵に従っておいてそのうちに機を見て脱走する——敗軍の責を償《つぐな》うに足る手柄を土産《みやげ》として——か、この二つのほかに途《みち》はないのだが、李陵は、後者を選ぶことに心を決めたのである。

単于《ぜんう》は手ずから李陵の縄《なわ》を解いた。その後の待遇も鄭重《ていちょう》を極めた。且鞮侯《そていこう》単于とて先代の呴犁湖《くりこ》単于の弟だが、骨骼《こっかく》の逞《たくま》しい巨眼赭髯《きょがんしゃぜん》の中年の偉丈夫《いじょうふ》である。数代の単于に従って漢《かん》と戦ってはきたが、まだ李陵ほどの手強《てごわ》い敵に遭《あ》ったことはないと正直に語り、陵の祖父李広《りこう》の名を引合いに出して陵の善戦を讃《ほ》めた。虎《とら》を格殺《かくさつ》したり岩に矢を立てたりした飛将軍《ひしょうぐん》李広の驍名《ぎょうめい》は今もなお胡地《こち》にまで語り伝えられている。陵が厚遇を受けるのは、彼が強き者の子孫でありまた彼自身も強かったからである。食を頒《わ》けるときも強壮者が美味をとり老弱者に余り物を与えるのが匈奴《きょうど》のふうであった。ここでは、強き者が辱《はずか》しめられることはけっしてない。降将李陵は一つの穹盧《きゅうろ》と数十人の侍者《じしゃ》とを与えられ賓客《ひんきゃく》の礼をもって遇《ぐう》せられた。

李陵にとって奇異な生活が始まった。家は絨帳穹盧《じゅうちょうきゅうろ》、食物は羶肉《せんにく》、飲物は酪漿《らくしょう》と獣乳と乳醋酒《にゅうさくしゅ》。着物は狼《おおかみ》や羊や熊《くま》の皮を綴《つづ》り合わせた旃裘《せんきゅう》。牧畜と狩猟と寇掠《こうりゃく》と、このほかに彼らの生活はない。一《いち》望際涯《ほうさいがい》のない高原にも、しかし、河や湖や山々による境界があって、単于直轄地《ぜんうちょっかつち》のほかは左賢王《さけんおう》右賢王左谷蠡王《さろくりおう》右谷蠡王以下の諸王侯の領地に分けられており、牧民の移住はおのおのその境界の中に限られているのである。城郭もなければ田畑もない国。村落はあっても、それが季節に従い水草を逐《お》って土地を変える。

李陵には土地は与えられない。単于麾下《きか》の諸将とともにいつも単于に従っていた。隙《すき》があったら単于の首でも、と李陵は狙《ねら》っていたが、容易に機会が来ない。たとい、単于を討果たしたとしても、その首を持って脱出することは、非常な機会に恵まれないかぎり、まず不可能であった。胡地《こち》にあって単于と刺違えたのでは、匈奴《きょうど》は己《おのれ》の不名誉を有耶無耶《うやむや》のうちに葬ってしまうこと必定《ひつじょう》ゆえ、おそらく漢に聞こえることはあるまい。李陵は辛抱強《しんぼうづよ》く、その不可能とも思われる機会の到来を待った。

単于《ぜんう》の幕下《ばっか》には、李陵《りりょう》のほかにも漢の降人《こうじん》が幾人かいた。その中の一人、衛律《えいりつ》という男は軍人ではなかったが、丁霊王《ていれいおう》の位を貰《もら》って最も重く単于に用いられている。その父は胡人《こじん》だが、故《ゆえ》あって衛律は漢の都で生まれ成長した。武帝に仕えていたのだが、先年協律都尉《きょうりつといい》李延年《りえんねん》の事に坐《ざ》するのを懼《おそ》れて、亡《に》げて匈奴《きょうど》に帰《き》したのである。血が血だけに胡風《こふう》になじむことも速く、相当の才物でもあり、常に且鞮侯単于《そていこうぜんう》の帷幄《いあく》に参じてすべての画策に与《あず》かっていた。李陵はこの衛律を始め、漢人《かんじん》の降《くだ》って匈奴の中にあるものと、ほとんど口をきかなかった。彼の頭の中にある計画について事をともにすべき人物がいないと思われたのである。そういえば、他の漢人同士の間でもまた、互いに妙に気まずいものを感じるらしく、相互に親しく交わることがないようであった。

一度単于は李陵を呼んで軍略上の示教を乞《こ》うたことがある。それは東胡《とうこ》に対しての戦いだったので、陵は快く己《おの》が意見を述べた。次に単于が同じような相談を持ちかけたとき、それは漢軍に対する策戦についてであった。李陵はハッキリと嫌《いや》な表情をしたまま口を開こうとしなかった。単于も強《し》いて返答を求めようとしなかった。それからだいぶ久しくたったころ、代・上郡を寇掠《こうりゃく》する軍隊の一将として南行することを求められた。このときは、漢に対する戦いには出られない旨を言ってキッパリ断わった。爾後《じご》、単于は陵にふたたびこうした要求をしなくなった。待遇は依然として変わらない。他に利用する目的はなく、ただ士を遇するために士を遇しているのだとしか思われない。とにかくこの単于は男だと李陵は感じた。

単于の長子・左賢王《さけんおう》が妙に李陵に好意を示しはじめた。好意というより尊敬といったほうが近い。二十歳を越したばかりの・粗野《そや》ではあるが勇気のある真面目《まじめ》な青年である。強き者への讃美《さんび》が、実に純粋で強烈なのだ。初め李陵のところへ来て騎射《きしゃ》を教えてくれという。騎射といっても騎のほうは陵に劣らぬほど巧《うま》い。ことに、裸馬《らば》を駆る技術に至っては遙《はる》かに陵を凌《しの》いでいるので、李陵はただ射《しゃ》だけを教えることにした。左賢王《さけんおう》は、熱心な弟子となった。陵の祖父李広《りこう》の射における入神《にゅうしん》の技などを語るとき、蕃族《ばんぞく》の青年は眸《ひとみ》をかがやかせて熱心に聞入るのである。よく二人して狩猟に出かけた。ほんの僅《わず》かの供廻《ともまわ》りを連れただけで二人は縦横に曠野《こうや》を疾駆《しっく》しては狐《きつね》や狼《おおかみ》や羚羊《かもしか》や鵰《おおとり》や雉子《きじ》などを射た。あるときなど夕暮れ近くなって矢も尽きかけた二人が——二人の馬は供の者を遙《はる》かに駈抜《かけぬ》いていたので——一群の狼に囲まれたことがある。馬に鞭《むち》うち全速力で狼群の中を駈け抜けて逃れたが、そのとき、李陵の馬の尻《しり》に飛びかかった一匹を、後ろに駈けていた青年左賢王が彎刀《わんとう》をもって見《み》事《ごと》に胴斬《どうぎ》りにした。あとで調べると二人の馬は狼どもに噛《か》み裂かれて血だらけになっていた。そういう一日ののち、夜、天幕《てんまく》の中で今日の獲物を羹《あつもの》の中にぶちこんでフウフウ吹きながら啜《すす》るとき、李陵は火影《ほかげ》に顔を火照《ほて》らせた若い蕃王《ばんおう》の息子に、ふと友情のようなものをさえ感じることがあった。

天漢三年の秋に匈奴《きょうど》がまたもや雁門《がんもん》を犯した。これに酬《むく》いるとて、翌四年、漢は弐師《じし》将軍李広利《りこうり》に騎六万歩七万の大軍を授《さず》けて朔方《さくほう》を出でしめ、歩卒一万を率いた強弩都尉《きょうどとい》路博徳《ろはくとく》にこれを援《たす》けしめた。ひいて因杅《いんう》将軍公孫敖《こうそんごう》は騎一万歩三万をもって雁門を、游撃《ゆうげき》将軍韓説《かんせつ》は歩三万をもって五原《ごげん》を、それぞれ進発する。近来にない大北伐《ほくばつ》である。単于《ぜんう》はこの報に接するや、ただちに婦女、老幼、畜群、資財の類をことごとく余吾水《しょごすい》（ケルレン河）北方の地に移し、自《みずか》ら十万の精騎を率いて李広利《りこうり》・路博《ろはく》徳《とく》の軍を水南《すいなん》の大草原に邀《むか》え撃った。連戦十余日。漢軍はついに退くのやむなきに至った。李陵《りりょう》に師事する若き左賢王《さけんおう》は、別に一隊を率いて東方に向かい因杅《いんう》将軍を迎えてさんざんにこれを破った。漢軍の左翼たる韓説《かんせつ》の軍もまた得るところなくして兵を引いた。北征は完全な失敗である。李陵は例によって漢との戦いには陣頭に現われず、水北に退いていたが、左賢王の戦績をひそかに気遣《きづか》っている己《おのれ》を発見して愕然《がくぜん》とした。もちろん、全体としては漢軍の成功と匈奴《きょうど》の敗戦とを望んでいたには違いないが、どうやら左賢王だけは何か負けさせたくないと感じていたらしい。李陵はこれに気がついて激しく己を責めた。

その左賢王に打破られた公孫敖《こうそんごう》が都に帰り、士卒を多く失って功がなかったとの廉《かど》で牢《ろう》に繋《つな》がれたとき、妙な弁解をした。敵の捕虜《ほりょ》が、匈奴軍の強いのは、漢から降《くだ》った李《り》将軍が常々兵を練り軍略を授けてもって漢軍に備えさせているからだと言ったというのである。だからといって自軍が敗《ま》けたことの弁解にはならないから、もちろん、因杅《いんう》将軍の罪は許されなかったが、これを聞いた武帝が、李陵に対し激怒したことは言うまでもない。一度許されて家に戻っていた陵の一族はふたたび獄《ごく》に収められ、今度は、陵の老母から妻・子・弟に至るまでことごとく殺された。軽薄なる世人の常とて、当時隴西《ろうせい》(李陵の家は隴西の出である)の士大夫《したいふ》ら皆李家を出したことを恥としたと記されている。

この知らせが李陵の耳に入ったのは半年ほど後のこと、辺境から拉致《らち》された一漢卒《かんそつ》の口からである。それを聞いたとき、李陵は立上がってその男の胸倉《むなぐら》をつかみ、荒々しくゆすぶりながら、事の真偽を今一度たしかめた。たしかにまちがいのないことを知ると、彼は歯をくい縛《しば》り、思わず力を両手にこめた。男は身をもがいて、苦悶《くもん》の呻《うめ》きを洩《も》らした。陵《りょう》の手が無意識のうちにその男の咽喉《いんこう》を扼《やく》していたのである。陵が手を離すと、男はバッタリ地に倒れた。その姿に目もやらず、陵は帳房《ちょうぼう》の外へ飛出した。

めちゃくちゃに彼は野を歩いた。激しい憤りが頭の中で渦《うず》を巻いた。老母や幼児のことを考えると心は灼《や》けるようであったが、涙は一滴も出ない。あまりに強い怒りは涙を涸渇《こかつ》させてしまうのであろう。

今度の場合には限らぬ。今まで我が一家はそもそも漢から、どのような扱いを受けてきたか? 彼は祖父の李広《りこう》の最期《さいご》を思った。(陵の父、当戸《とうこ》は、彼が生まれる数か月前に死んだ。陵はいわゆる、遺腹の児である。だから、少年時代までの彼を教育し鍛えあげたのは、有名なこの祖父であった。)名将李広は数次の北征に大功を樹《た》てながら、君側の姦佞《かんねい》に妨げられて何一つ恩賞にあずからなかった。部下の諸将がつぎつぎに爵位《しゃくい》封侯《ほうこう》を得て行くのに、廉潔《れんけつ》な将軍だけは封侯はおろか、終始変わらぬ清貧《せいひん》に甘んじなければならなかった。最後に彼は大将軍衛青《えいせい》と衝突した。さすがに衛青にはこの老将をいたわる気持はあったのだが、その幕下《ばっか》の一軍吏《ぐんり》が虎《とら》の威《い》を借りて李広を辱《はずか》しめた。憤激した老名将はすぐその場で——陣営の中で自《みずか》ら首刎《は》ねたのである。祖父の死を聞いて声をあげてないた少年の日の自分を、陵はいまだにハッキリと憶《おぼ》えている。……

陵の叔父（李広の次男）李敢《りかん》の最後はどうか。彼は父将軍の惨《みじ》めな死について衛青を怨《うら》み、自ら大将軍の邸に赴《おもむ》いてこれを辱《はずか》しめた。大将軍の甥《おい》にあたる嫖騎《ひょうき》将軍霍去病《かくきょへい》がそれを憤って、甘泉宮《かんせんきゅう》の猟のときに李敢を射殺した。武帝はそれを知りながら、嫖騎将軍をかばわんがために、李敢は鹿《しか》の角に触れて死んだと発表させたのだ。……。

司馬遷《しばせん》の場合と違って、李陵のほうは簡単であった。憤怒《ふんぬ》がすべてであった。（無理でも、もう少し早くかねての計画——単于《ぜんう》の首でも持って胡地《こち》を脱するという——を実行すればよかったという悔いを除いては）ただそれをいかにして現わすかが問題であるにすぎない。彼は先刻の男の言葉「胡《こ》地《ち》にあって李将軍が兵を教え漢に備えていると聞いて陛下が激怒され云々《うんぬん》」を思出した。ようやく思い当たったのである。もちろん彼自身にはそんな覚えはないが、同じ漢の降将に李緒《りしょ》という者がある。元、塞外都尉《さいがいとい》として奚侯城《けいこうじょう》を守っていた男だが、これが匈奴《きょうど》に降《くだ》ってから常に胡軍《こぐん》に軍略を授け兵を練っている。現に半年前の軍にも、単于に従って、（問題の公孫敖《こうそんごう》の軍とではないが）漢軍と戦っている。これだと李陵《りりょう》は思った。同じ李将軍で、李緒《りしょ》とまちがえられたに違いないのである。

その晩、彼は単身、李緒の帳幕《ちょうばく》へと赴《おもむ》いた。一言も言わぬ、一言も言わせぬ。ただの一刺しで李緒は斃《たお》れた。

翌朝李陵は単于の前に出て事情を打明けた。心配は要《い》らぬと単于は言う。だが母の大閼氏《たいえん》が少々うるさいから——というのは、相当の老齢でありながら、単于の母は李緒と醜関係があったらしい。単于はそれを承知していたのである。匈奴《きょうど》の風習によれば、父が死ぬと、長子たる者が、亡父の妻妾《さいしょう》のすべてをそのまま引きついで己《おの》が妻妾とするのだが、さすがに生母だけはこの中にはいらない。生みの母に対する尊敬だけは極端に男尊女卑の彼らでも有《も》っているのである——今しばらく北方へ隠れていてもらいたい、ほとぼりがさめたころに迎えを遣《や》るから、とつけ加えた。その言葉に従って、李陵は一時従者どもをつれ、西北の兜銜山《とうかんざん》（額林達班嶺《がくりんたっぱんれい》）の麓《ふもと》に身を避けた。

まもなく問題の大閼氏《たいえん》が病死し、単于の庭《てい》に呼戻されたとき、李《り》陵《りょう》は人間が変わったように見えた。というのは、今まで漢に対する軍略にだけは絶対に与《あずか》らなかった彼が、自《みずか》ら進んでその相談に乗ろうと言出したからである。単于はこの変化を見て大いに喜んだ。彼は陵を右校王《うこうおう》に任じ、己《おの》が娘の一人をめあわせた。娘を妻にという話は以前にもあったのだが、今まで断わりつづけてきた。それを今度は躊躇《ちゅうちょ》なく妻としたのである。ちょうど酒泉張掖《しゅせんちょうえき》の辺を寇掠《こうりゃく》すべく南に出て行く一軍があり、陵は自ら請うてその軍に従った。しかし、西南へと取った進路がたまたま浚稽山《しゅんけいざん》の麓《ふもと》を過《よぎ》ったとき、さすがに陵の心は曇った。かつてこの地で己《おのれ》に従って死戦した部下どものことを考え、彼らの骨が埋められ彼らの血の染《し》み込んだその砂の上を歩きながら、今の己が身の上を思うと、彼はもはや南行して漢兵と闘う勇気を失った。病と称して彼は独り北方へ馬を返した。

翌、太始《たいし》元年、且鞮侯単于《そていこうぜんう》が死んで、陵と親しかった左賢王《さけんおう》が後を嗣《つ》いだ。狐鹿姑単于《ころくこ》というのがこれである。

匈奴《きょうど》の右校王《うこうおう》たる李陵《りりょう》の心はいまだにハッキリしない。母妻子を族滅《ぞくめつ》された怨《うら》みは骨髄《こつずい》に徹しているものの、自《みずか》ら兵を率いて漢と戦うことができないのは、先ごろの経験で明らかである。ふたたび漢の地を踏むまいとは誓ったが、この匈奴の俗に化して終生安んじていられるかどうかは、新単于への友情をもってしても、まださすがに自信がない。考えることの嫌《きら》いな彼は、イライラしてくると、いつも独り駿馬《しゅんめ》を駆って曠野《こうや》に飛び出す。秋天一碧《しゅうてんいっぺき》の下、嘎々《かつかつ》と蹄《ひづめ》の音を響かせて草原となく丘陵となく狂気のように馬を駆けさせる。何十里かぶっとばした後、馬も人もようやく疲れてくると、高原の中の小川を求めてその滸《ほとり》に下り、馬に飲《みず》かう。それから己《おのれ》は草の上に仰向《あおむ》けにねころんで快い疲労感にウットリと見上げる碧落《へきらく》の潔《きよ》さ、高さ、広さ。ああ我もと天地間の一粒子《いちりゅうし》のみ、なんぞまた漢と胡《こ》とあらんやとふとそんな気のすることもある。一しきり休むとまた馬に跨《また》がり、がむしゃらに駈《か》け出す。終日乗り疲れ黄雲《こううん》が落暉《らっき》に曛《くん》ずるころになってようやく彼は幕営《ばくえい》に戻る。疲労だけが彼のただ一つの救いなのである。

司馬遷《しばせん》が陵《りょう》のために弁じて罪をえたことを伝える者があった。李陵は別にありがたいとも気の毒だとも思わなかった。司馬遷とは互いに顔は知っているし挨拶《あいさつ》をしたことはあっても、特に交を結んだというほどの間柄ではなかった。むしろ、厭《いや》に議論ばかりしてうるさいやつだくらいにしか感じていなかったのである。それに現在の李陵は、他人の不幸を実感するには、あまりに自分一個の苦しみと闘《たたか》うのに懸命であった。よけいな世話とまでは感じなかったにしても、特に済まないと感じることがなかったのは事実である。

初め一概に野卑《やひ》滑稽《こっけい》としか映《うつ》らなかった胡地《こち》の風俗が、しかし、その地の実際の風土・気候等を背景として考えてみるとけっして野卑でも不合理でもないことが、しだいに李陵にのみこめてきた。厚い皮革製の胡服《こふく》でなければ朔北《さくほく》の冬は凌《しの》げないし、肉食でなければ胡地の寒冷に堪《た》えるだけの精力を貯《たくわ》えることができない。固定した家屋を築かないのも彼らの生活形態から来た必然で、頭から低級と貶《けな》し去るのは当たらない。漢人のふうをあくまで保《たも》とうとするなら、胡地の自然の中での生活は一日といえども続けられないのである。

かつて先代の且鞮侯単于《そていこうぜんう》の言った言葉を李陵《りりょう》は憶《おぼ》えている。漢の人間が二言めには、己《おの》が国を礼儀の国といい、匈奴《きょうど》の行ないをもって禽獣《きんじゅう》に近いと看做《みな》すことを難じて、単于は言った。漢人のいう礼儀とは何ぞ？　醜いことを表面だけ美しく飾り立てる虚飾の謂《いい》ではないか。利を好み人を嫉《ねた》むこと、漢人と胡人《こじん》といずれかはなはだしき？　色に耽《ふけ》り財を貪《むさぼ》ること、またいずれかはなはだしき？　表《うわ》べを剥《は》ぎ去れば畢竟《ひっきょう》なんらの違いはないはず。ただ漢人はこれをごまかし飾ることを知り、我々はそれを知らぬだけだ、と。漢初以来の骨肉相喰《こつにくあいは》む内乱や功臣連の排斥擠陥《はいせきせいかん》の跡を例に引いてこう言われたとき、李陵はほとんど返す言葉に窮した。実際、武人《ぶじん》たる彼は今までにも、煩瑣《はんさ》な礼のための礼に対して疑問を感じたことが一再ならずあったからである。たしかに、胡俗《こぞく》の粗野《そや》な正直さのほうが、美名の影に隠れた漢人の陰険さより遙《はる》かに好ましい場合がしばしばあると思った。諸夏《しょか》の俗を正しきもの、胡俗《こぞく》を卑しきものと頭から決めてかかるのは、あまりにも漢人的な偏見ではないかと、しだいに李陵にはそんな気がしてくる。たとえば今まで人間には名のほかに字《あざな》がなければならぬものと、ゆえもなく信じ切っていたが、考えてみれば字が絶対に必要だという理由はどこにもないのであった。

彼の妻はすこぶる大人《おとな》しい女だった。いまだに主人の前に出るとおずおずしてろくに口も利《き》けない。しかし、彼らの間にできた男の児は、少しも父親を恐れないで、ヨチヨチと李陵の膝《ひざ》に匍上《はいあ》がって来る。その児の顔に見入りながら、数年前長安《ちょうあん》に残してきた——そして結局母や祖母とともに殺されてしまった——子供の俤《おもかげ》をふと思いうかべて李陵は我しらず憮然《ぶぜん》とするのであった。

陵が匈奴《きょうど》に降《くだ》るよりも早く、ちょうどその一年前から、漢の中郎将《ちゅうろうしょう》蘇武《そぶ》が胡地《こち》に引留められていた。

元来蘇武は平和の使節として捕虜《ほりょ》交換のために遣《つか》わされたのである。ところが、その副使某がたまたま匈奴の内紛《ないふん》に関係したために、使節団全員が囚《とら》えられることになってしまった。単于《ぜんう》は彼らを殺そうとはしないで、死をもって脅《おびや》かしてこれを降《くだ》らしめた。ただ蘇武一人は降服を肯《がえ》んじないばかりか、辱《はずか》しめを避けようと自《みずか》ら剣を取って己《おの》が胸を貫いた。昏倒《こんとう》した蘇武に対する胡毉《こい》の手当てというのがすこぶる変わっていた。地を掘って坎《あな》をつくり熅火《うんか》を入れて、その上に傷者を寝かせその背中を蹈《ふ》んで血を出させたと漢書《かんじょ》には誌《しる》されている。この荒療治のおかげで、不幸にも蘇武は半日昏絶《こんぜつ》したのちにまた息を吹返した。且鞮侯《そていこう》単于はすっかり彼に惚《ほ》れ込んだ。数旬ののちようやく蘇武の身体が恢復《かいふく》すると、例の近臣衛律《えいりつ》をやってまた熱心に降をすすめさせた。衛律は蘇武が鉄火の罵詈《ばり》に遭《あ》い、すっかり恥をかいて手を引いた。その後蘇武が窖《あなぐら》の中に幽閉《ゆうへい》されたとき旃毛《せんもう》を雪に和して喰《くら》いもって飢えを凌《しの》いだ話や、ついに北海《ほっかい》（バイカル湖）のほとり人なき所に徙《うつ》されて牡《お》羊《ひつじ》が乳を出さば帰るを許さんと言われた話は、持節《じせつ》十九年の彼の名とともに、あまりにも有名だから、ここには述べない。とにかく、李陵《りりょう》が悶々《もんもん》の余生を胡地《こち》に埋めようとようやく決心せざるを得なくなったころ、蘇武は、すでに久しく北海のほとりで独り羊を牧していたのである。

李陵《りりょう》にとって蘇武《そぶ》は二十年来の友であった。かつて時を同じゅうして侍中《じちゅう》を勤めていたこともある。片意地でさばけないところはあるにせよ、確かにまれに見る硬骨の士であることは疑いないと陵は思っていた。天漢元年に蘇武が北へ立ってからまもなく、武の老母が病死したときも、陵は陽《よう》陵《りょう》までその葬を送った。蘇武の妻が良人《おっと》のふたたび帰る見込みなしと知って、去って他家に嫁《か》した噂《うわさ》を聞いたのは、陵の北征出発直前のことであった。そのとき、陵は友のためにその妻の浮薄をいたく憤った。

しかし、はからずも自分が匈奴《きょうど》に降《くだ》るようになってからのちは、もはや蘇武に会いたいとは思わなかった。武が遥《はる》か北方に遷《うつ》されていて顔を合わせずに済むことをむしろ助かったと感じていた。ことに、己《おのれ》の家族が戮《りく》せられてふたたび漢に戻る気持を失ってからは、いっそうこの「漢節を持した牧羊者」との面接を避けたかった。

狐鹿姑《ころくこ》単于《ぜんう》が父の後《あと》を嗣《つ》いでから数年後、一時蘇武が生死不明との噂《うわさ》が伝わった。父単于がついに降服させることのできなかったこの不屈の漢使の存在を思出した狐鹿姑単于は、蘇武の安否を確かめるとともに、もし健在ならば今一度降服を勧告するよう、李陵に頼んだ。陵が武の友人であることを聞いていたのである。やむを得ず陵は北へ向かった。

姑且水《こじょすい》を北に溯《さかのぼ》り郅居水《しっきょすい》との合流点からさらに西北に森林地帯を突切る。まだ所々に雪の残っている川岸を進むこと数日、ようやく北海《ほっかい》の碧《あお》い水が森と野との向こうに見え出したころ、この地方の住民なる丁霊族《ていれいぞく》の案内人は李陵の一行を一軒の哀れな丸太小舎《ごや》へと導いた。小舎の住人が珍しい人声に驚かされて、弓矢を手に表へ出て来た、頭から毛皮を被《かぶ》った鬚《ひげ》ぼうぼうの熊《くま》のような山男の顔の中に、李陵がかつての移中廐監蘇子卿《いちゅうきゅうかんそしけい》の俤《おもかげ》を見出してからも、先方がこの胡服《こふく》の大官を前《さき》の騎都尉李少卿《きといりしょうけい》と認めるまでにはなおしばらくの時間が必要であった。蘇武《そぶ》のほうでは陵が匈奴《きょうど》に事《つか》えていることも全然聞いていなかったのである。

感動が、陵の内に在《あ》って今まで武との会見を避けさせていたものを一瞬圧倒し去った。二人とも初めほとんどものが言えなかった。

陵の供廻《ともまわ》りどもの穹廬《きゅうろ》がいくつか、あたりに組立てられ、無人の境が急に賑《にぎ》やかになった。用意してきた酒食がさっそく小舎《こや》に運び入れられ、夜は珍しい歓笑の声が森の鳥獣を驚かせた。滞在は数日に亙《わた》った。

己《おの》が胡服を纏《まと》うに至った事情を話すことは、さすがに辛《つら》かった。しかし、李陵は少しも弁解の調子を交えずに事実だけを語った。蘇武がさりげなく語るその数年間の生活はまったく惨憺《さんたん》たるものであったらしい。何年か以前に匈奴の於軒王《おけんおう》が猟をするとてたまたまここを過ぎ蘇武に同情して、三年間つづけて衣服食糧等を給してくれたが、その於軒王の死後は、凍《い》てついた大地から野鼠《のねずみ》を掘出して、飢えを凌《しの》がなければならない始末だと言う。彼の生死不明の噂《うわさ》は彼の養っていた畜群が剽盗《ひょうとう》どものために一匹残らずさらわれてしまったことの訛伝《かでん》らしい。陵は蘇武の母の死んだことだけは告げたが、妻が子を棄《す》てて他家へ行ったことはさすがに言えなかった。

この男は何を目あてに生きているのかと李陵は怪しんだ。いまだに漢に帰れる日を待ち望んでいるのだろうか。蘇武の口うらから察すれば、いまさらそんな期待は少しももっていないようである。それではなんのためにこうした惨憺《さんたん》たる日々をたえ忍んでいるのか？　単于《ぜんう》に降服を申出れば重く用いられることは請合《うけあ》いだが、それをする蘇武《そぶ》でないことは初めから分り切っている。陵の怪しむのは、なぜ早く自《みずか》ら生命を絶たないのかという意味であった。李陵《りりょう》自身が希望のない生活を自らの手で断ち切りえないのは、いつのまにかこの地に根を下《おろ》して了《しま》った数々の恩愛や義理のためであり、またいまさら死んでも格別漢のために義を立てることにもならないからである。蘇武の場合は違う。彼にはこの地での係累《けいるい》もない。漢朝に対する忠信という点から考えるなら、いつまでも節旄《せつぼう》を持して曠野《こうや》に飢えるのと、ただちに節旄を焼いてのち自ら首刎《は》ねるのとの間に、別に差異はなさそうに思われる。はじめ捕えられたとき、いきなり自分の胸を刺した蘇武に、今となって急に死を恐れる心が萌《きざ》したとは考えられない。李陵は、若いころの蘇武の片意地を——滑稽《こっけい》なくらい強情な痩我慢《やせがまん》を思出した。単于《ぜんう》は栄華を餌《え》に極度の困窮《こんきゅう》の中から蘇武を釣《つ》ろうと試みる。餌につられるのはもとより、苦難に堪《た》ええずして自ら殺すこともまた、単于に(あるいはそれによって象徴される運命に)負けることになる。蘇武はそう考えているのではなかろうか。運命と意地の張合いをしているような蘇武の姿が、しかし、李陵には滑稽や笑止《しょうし》には見えなかった。想像を絶した困苦・欠乏・酷寒・孤独を、(しかもこれから死に至るまでの長い間を)平然と笑殺していかせるものが、意地だとすれば、この意地こそは誠《まこと》に凄《すさま》じくも壮大なものと言わねばならぬ。昔の多少は大人《おとな》げなく見えた蘇武の痩我慢《やせがまん》が、かかる大我慢にまで成長しているのを見て李陵は驚嘆した。しかもこの男は自分の行ないが漢にまで知られることを予期していない。自分がふたたび漢に迎えられることはもとより、自分がかかる無人の地で困苦と戦いつつあることを漢はおろか匈奴《きょうど》の単于にさえ伝えてくれる人間の出て来ることをも期待していなかった。誰にもみとられずに独り死んでいくに違いないその最後の日に、自ら《みずか》顧みて最後まで運命を笑殺しえたことに満足して死んでいこうというのだ。誰一人己《おの》が事蹟《じせき》を知ってくれなくともさしつかえないというのである。李陵《りりょう》は、かつて先代単于《ぜんう》の首を狙《ねら》いながら、その目的を果たすとも、自分がそれをもって匈土《きょうど》の地を脱走しえなければ、せっかくの行為が空《むな》しく、漢にまで聞こえないであろうことを恐れて、ついに決行の機を見出しえなかった。人に知られざることを憂えぬ蘇武《そぶ》を前にして、彼はひそかに冷汗の出る思いであった。

最初の感動が過ぎ、二日三日とたつうちに、李陵の中にやはり一種のこだわりができてくるのをどうすることもできなかった。何を語るにつけても、己《おのれ》の過去と蘇武のそれとの対比がいちいちひっかかってくる。蘇武は義人《ぎじん》、自分は売国奴《ばいこくど》と、それほどハッキリ考えはしないけれども、森と野と水との沈黙によって多年の間鍛え上げられた蘇武の厳《きび》しさの前には己の行為に対する唯一の弁明であった今までのわが苦悩のごときは一溜《ひとたま》りもなく圧倒されるのを感じないわけにいかない。それに、気のせいか、日《ひ》にちが立つにつれ、蘇武の己に対する態度の中に、何か富者が貧者に対するときのような——己の優越を知ったうえで相手に寛大であろうとする者の態度を感じはじめた。どことハッキリはいえないが、どうかした拍子《ひょうし》にひょいとそういうものの感じられることがある。繿褸《ぼろ》をまとうた蘇武の目の中に、ときとして浮かぶかすかな憐愍《れんびん》の色を、豪奢《ごうしゃ》な貂裘《ちょうきゅう》をまとうた右校王《うこうおう》李陵《りりょう》はなによりも恐れた。

十日ばかり滞在したのち、李陵は旧友に別れて、悄然《しょうぜん》と南へ去った。食糧衣服の類は充分に森の丸木小舎《ごや》に残してきた。

李陵は単于《ぜんう》からの依嘱《いしょく》たる降服勧告についてはとうとう口を切らなかった。蘇武《そぶ》の答えは問うまでもなく明らかであるものを、何もいまさらそんな勧告によって蘇武をも自分をも辱《はずかし》めるには当たらないと思ったからである。

南に帰ってからも、蘇武の存在は一日も彼の頭から去らなかった。離れて考えるとき、蘇武の姿はかえっていっそうきびしく彼の前に聳《そび》えているように思われる。

李陵自身、匈奴《きょうど》への降服という己《おのれ》の行為をよしとしているわけではないが、自分の故国につくした跡と、それに対して故国の己に酬《むく》いたところとを考えるなら、いかに無情な批判者といえども、なお、その「やむを得なかった」ことを認めるだろうとは信じていた。ところが、ここに一人の男があって、いかに「やむを得ない」と思われる事情を前にしても、断じて、自らにそれは「やむを得ぬのだ」という考えかたを許そうとしないのである。

飢餓も寒苦も孤独の苦しみも、祖国の冷淡も、己の苦節がついに何人《なんぴと》にも知られないだろうというほとんど確定的な事実も、この男にとって、平生の節義を改めなければならぬほどのやむを得ぬ事情ではないのだ。

蘇武の存在は彼にとって、崇高な訓誡《くんかい》でもあり、いらだたしい悪夢でもあった。ときどき彼は人を遣《つか》わして蘇武の安否を問わせ、食品、牛羊、絨氈《じゅうせん》を贈った。蘇武をみたい気持と避けたい気持とが彼の中で常に闘っていた。

数年後、今一度李陵は北海《ほっかい》のほとりの丸木小舎《ごや》を訪《たず》ねた。そのとき途中で雲中《うんちゅう》の北方を戍《まも》る衛兵《えいへい》らに会い、彼らの口から、近ごろ漢の辺境では太守《たいしゅ》以下吏民《りみん》が皆白服をつけていることを聞いた。人民がことごとく服を白くしているとあれば天子の喪《も》に相違ない。李陵は武帝《ぶてい》の崩《ほう》じたのを知った。

北海の滸《ほとり》に到《いた》ってこのことを告げたとき、蘇武《そぶ》は南に向かって号哭《ごうこく》した。慟哭《どうこく》数日、ついに血を嘔《は》くに至った。その有様を見ながら、李陵はしだいに暗く沈んだ気持になっていった。彼はもちろん蘇武の慟哭の真摯《しんし》さを疑うものではない。その純粋な烈《はげ》しい悲嘆には心を動かされずにはいられない。だが、自分には今一滴の涙も泛《うか》んでこないのである。蘇武は、李陵のように一族を戮《りく》せられることこそなかったが、それでも彼の兄は天子の行列にさいしてちょっとした交通事故を起こしたために、また、彼の弟はある犯罪者を捕ええなかったことのために、ともに責を負うて自殺させられている。どう考えても漢の朝《ちょう》から厚遇されていたとは称しがたいのである。それを知ってのうえで、今目の前に蘇武の純粋な痛哭《つうこく》を見ているうちに、以前にはただ蘇武の強烈な意地とのみ見えたものの底に、実は、譬《たと》えようもなく清冽《せいれつ》な純粋な漢の国土への愛情（それは義とか節とかいう外から押しつけられたものではなく、抑《おさ》えようとして抑えられぬ、こんこんと常に湧出《わきで》る最も親身な自然な愛情）が湛《たた》えられていることを、李陵ははじめて発見した。

李陵は己《おのれ》と友とを隔てる根本的なものにぶつかっていやでも己《おのれ》自身に対する暗い懐疑に追いやられざるをえないのである。

蘇武《そぶ》の所から南へ帰って来ると、ちょうど、漢からの使者が到着したところであった。武帝《ぶてい》の死と昭帝《しょうてい》の即位とを報じてかたがた当分の友好関係を――常に一年とは続いたことのない友好関係だったが――結ぶための平和の使節である。その使いとしてやって来たのが、はからずも李陵《りりょう》の故人《とも》・

隴西《ろうせい》の任立政《じんりっせい》ら三人であった。

その年の二月武帝が崩じて、僅《わず》か八歳の太子弗陵《ふつりょう》が位を嗣《つ》ぐや、遺詔《いじょう》によって侍中《じちゅう》奉車都尉《ほうしゃとい》霍光《かくこう》が大司馬《だいしば》大将軍として政《まつりごと》を輔《たす》けることになった。霍光はもと、李陵と親しかったし、左将軍となった上官桀《じょうかんけつ》もまた陵の故人であった。この二人の間に陵を呼返そうとの相談ができ上がったのである。今度の使いにわざわざ陵の昔の友人が選ばれたのはそのためであった。

単于《ぜんう》の前で使者の表向きの用が済むと、盛んな酒宴が張られる。いつもは衛律《えいりつ》がそうした場合の接待役を引受けるのだが、今度は李陵の友人が来た場合とて彼も引張り出されて宴につらなった。任立政は陵を見たが、匈奴《きょうど》の大官連の並んでいる前で、漢に帰れとは言えない。席を隔てて李陵を見ては目配せをし、しばしば己《おのれ》の刀環《とうかん》を撫《な》でて暗にその意を伝えようとした。陵はそれを見た。先方の伝えんとするところもほぼ察した。しかし、いかなるしぐさをもって応《こた》えるべきかを知らない。

公式の宴が終わった後で、李陵・衛律らばかりが残って牛酒と博戯《ばくぎ》とをもって漢使をもてなした。そのとき任立政が陵に向かって言う。漢ではいまや大赦令《たいしゃれい》が降り万民は太平の仁政《じんせい》を楽しんでいる。新帝はいまだ幼少のこととて君が故旧たる霍子孟《かくしもう》・上官少叔《じょうかんしょうしゅく》が主上を輔《たす》けて天下の事を用いることとなったと。立政は、衛律《えいりつ》をもって完全に胡人《こじん》になり切ったものと見做《みな》して――事実それに違いなかったが――その前では明らさまに陵に説くのを憚《はばか》った。ただ霍光《かくこう》と上官桀《じょうかんけつ》との名を挙《あ》げて陵の心を惹《ひ》こうとしたのである。陵は黙《もく》して答えない。しばらく立政《りっせい》を熟視してから、己《おの》が髪を撫《な》でた。その髪も椎結《ついけい》とてすでに中国のふうではない。ややあって衛律が服を更《か》えるために座を退いた。初めて隔てのない調子で立政が陵の字《あざな》を呼んだ。少卿《しょうけい》よ、多年の苦しみはいかばかりだったか。霍子孟《かくしもう》と上官少叔《じょうかんしょうしゅく》からよろしくとのことであったと。その二人の安否を問返す陵のよそよそしい言葉におっかぶせるようにして立政がふたたび言った。少卿よ、帰ってくれ。富貴《ふうき》などは言うに足りぬではないか。どうか何もいわずに帰ってくれ。蘇武《そぶ》の所から戻ったばかりのことと李陵も友の切なる言葉に心が動かぬではない。しかし、考えてみるまでもなく、それはもはやどうにもならぬことであった。「帰るのは易《やす》い。だが、また辱《はずか》しめを見るだけのことではないか? 如何《いかん》?」言葉半ばにして衛律が座に還《かえ》ってきた。二人は口を噤《つぐ》んだ。

会が散じて別れ去るとき、任立政はさりげなく陵のそばに寄ると、低声で、ついに帰るに意なきやを今一度尋ねた。陵は頭を横にふった。丈夫《じょうふ》ふたたび辱めらるるあたわずと答えた。その言葉がひどく元気のなかったのは、衛律に聞こえることを惧《おそ》れたためではない。

後五年、昭帝の始元《しげん》六年の夏、このまま人に知られず北方に窮死《きゅうし》すると思われた蘇武《そぶ》が偶然にも漢に帰れることになった。漢の天子が上林苑《じょうりんえん》中で得た雁《かり》の足に蘇武の帛書《はくしょ》[手紙]がついていた云々《うんぬん》というあの有名な話は、もちろん、蘇武《そぶ》の死を主張する単于《ぜんう》を説破するためのでたらめである。十九年前蘇武に従って胡地《こち》に来た常恵《じょうけい》という者が漢使に遭《あ》って蘇武の生存を知らせ、この嘘《うそ》をもって武《ぶ》を救出《すくいだ》すように教えたのであった。さっそく北海《ほっかい》の上に使いが飛び、蘇武は単于の庭《てい》につれ出された。李陵《りりょう》の心はさすがに動揺した。ふたたび漢に戻れようと戻れまいと蘇武の偉大さに変わりはなく、したがって陵の心の笞《しもと》たるに変わりはないに違いないが、しかし、天はやっぱり見ていたのだという考えが李陵をいたく打った。見ていないようでいて、やっぱり天は見ている。彼は粛然《しゅくぜん》として懼《おそ》れた。今でも、己《おのれ》の過去をけっして非なりとは思わないけれども、なおここに蘇武という男があって、無理ではなかったはずの己の過去をも恥ずかしく思わせることを堂々とやってのけ、しかも、その跡が今や天下に顕彰《けんしょう》されることになったという事実は、なんとしても李陵にはこたえた。胸をかきむしられるような女々《めめ》しい己の気持が羨望《せんぼう》ではないかと、李陵は極度に惧《おそ》れた。

別れに臨んで李陵は友のために宴を張った。いいたいことは山ほどあった。しかし結局それは、胡《こ》に降《くだ》ったときの己《おのれ》の志が那辺《なへん》にあったかということ。その志を行なう前に故国の一族が戮《りく》せられて、もはや帰るに由なくなった事情とに尽きる。それを言えば愚痴《ぐち》になってしまう。彼は一言もそれについてはいわなかった。ただ、宴酣《たけなわ》にして堪えかねて立上がり、舞いかつ歌うた。

径万里兮度沙幕《ばんりをゆきすぎさばくをわたる》
為君将兮奮匈奴《きみのためしょうとなってきょうどにふるう》
路窮絶兮矢刃摧《みちきゅうぜつしじんくだけ》
士衆滅兮名已隤《ししゅうほろびなすでにおつ》
老母已死雖欲報恩将安帰《ろうぼすでにしすおんにむくいんとほっするもまたいずくにかかえらん》

歌っているうちに、声が顫《ふる》え涙が頬《ほお》を伝わった。女々《めめ》しいぞと自《みずか》ら叱《しか》りながら、どうしようもなかった。

蘇武《そぶ》は十九年ぶりで祖国に帰って行った。

司馬遷《しばせん》はその後も孜々《しし》として書き続けた。

この世に生きることをやめた彼は書中の人物としてのみ活《い》きていた。現実の生活ではふたたび開かれることのなくなった彼の口が、魯仲連《ろちゅうれん》の舌端《ぜったん》を借りてはじめて烈々《れつれつ》と火を噴くのである。あるいは伍子胥《ごししょ》となって己《おの》が眼を抉《えぐ》らしめ、あるいは藺相如《りんしょうじょ》となって秦王《しんおう》を叱《しっ》し、あるいは太子丹《たいしたん》となって泣いて荊軻《けいか》を送った。楚《そ》の屈原《くつげん》の憂憤《うっぷん》を叙して、そのまさに汨羅《べきら》に身を投ぜんとして作るところの懐沙之賦《かいさのふ》を長々と引用したとき、司馬遷にはその賦がどうしても己《おのれ》自身の作品のごとき気がしてしかたがなかった。

稿を起こしてから十四年、腐刑《ふけい》の禍《わざわい》に遭《あ》ってから八年。都では巫蠱《ふこ》の獄が起こり戻太子《れいたいし》の悲劇が行なわれていたころ、父子相伝《ふしそうでん》のこの著述がだいたい最初の構想どおりの通史《つうし》がひととおりでき上がった。これに増補改刪推敲《かいさんすいこう》を加えているうちにまた数年がたった。史記《しき》百三十巻、五十二万六千五百字が完成したのは、すでに武帝《ぶてい》の崩御《ほうぎょ》に近いころであった。

列伝《れつでん》第七十太史公《たいしこう》自序の最後の筆を擱《お》いたとき、司馬遷は几《き》に凭《よ》ったまま惘然《ぼうぜん》とした。深い溜息《ためいき》が腹の底から出た。目は庭前の槐樹《えんじゅ》の茂みに向かってしばらくはいたが、実は何ものをも見ていなかった。うつろな耳で、それでも彼は庭のどこからか聞こえてくる一匹の蝉《せみ》の声に耳をすましているようにみえた。歓《よろこ》びがあるはずなのに気の抜けた漠然《ばくぜん》とした寂しさ、不安のほうが先に来た。

完成した著作を官に納め、父の墓前にその報告をするまではそれでもまだ気が張っていたが、それらが終わると急に酷《ひど》い虚脱の状態が来た。憑依《ひょうい》の去った巫者《ふしゃ》のように、身も心もぐったりとくずおれ、まだ六十を出たばかりの彼が急に十年も年をとったように耄《ふ》けた。武帝の崩御《ほうぎょ》も昭帝の即位もかつてのさきの太史令《たいしれい》司馬遷《しばせん》の脱殻《ぬけがら》にとってはもはやなんの意味ももたないように見えた。

前に述べた任立政《じんりっせい》らが胡地《こち》に李陵《りりょう》を訪《たず》ねて、ふたたび都に戻って来たころは、司馬遷はすでにこの世に亡《な》かった。

蘇武《そぶ》と別れた後の李陵については、何一つ正確な記録は残されていない。元平《げんぺい》元年に胡地《こち》で死んだということのほかは。

すでに早く、彼と親しかった狐鹿姑単于《ころくこぜんう》は死に、その子壺衍鞮単于《こえんていぜんう》の代となっていたが、その即位にからんで左賢王《さけんおう》、右谷蠡王《うろくりおう》の内紛があり、閼氏《えんし》や衛律《えいりつ》らと対抗して李陵も心ならずも、その紛争にまきこまれたろうことは想像に難《かた》くない。

漢書《かんじょ》の匈奴伝《きょうどでん》には、その後、李陵の胡地で儲《もう》けた子が烏籍都尉《うせきとい》を立てて単于とし、呼韓邪単于《こかんやぜんう》に対抗してついに失敗した旨が記されている。宣帝《せんてい》の五鳳《ごほう》二年のことだから、李陵が死んでからちょうど十八年めにあたる。李陵の子とあるだけで、名前は記されていない。

※1 前漢の第7代皇帝(紀元前159年―前87年)。 ※2 芦の葉を巻いた北方民の笛。 ※3 (大意)「私の力は山をも引き抜き、気力は天下を覆う。しかし今の利は私になく敗れて、愛馬も前に進もうとしない。愛馬が進まないのはどうしようもないのか。それにもまして愛する虞姫や、虞姫や、そなたをどうしたらいいのだろう……」 ※4 功による位の上下。 ※5 去勢された人。宦官、宦者と同義。

# 年表で読み解く中島敦の生涯

| 西暦 | 和暦 | 年齢 | 中島敦関連の出来事 | 世相・事件 |
|---|---|---|---|---|
| 1909 | 明治42 | 0 | 5月5日、東京市で、中島田人、千代の長男として生まれる。父・田人は儒学者・中島撫山の六男で、旧制中学校の漢学教員として働き、母・チヨも東京女子師範学校出身の元小学校教員だった。 | 伊藤博文暗殺。 |
| 1910 | 明治43 | 1 | 両親の離婚により、母の元で養育される。 | 文芸誌「白樺」創刊。 |
| 1911 | 明治44 | 2 | 父方の祖母のもとに引き取られる。 | 日米通商航海条約調印。 |
| 1915 | 大正4 | 6 | 前年再婚した父の元に引き取られる。 | 中華民国の袁世凱政権に対華21ヶ条を要求。 |
| 1916 | 大正5 | 7 | 奈良県郡山男子尋常小学校に入学する。 | 夏目漱石死去。 |
| 1920 | 大正9 | 11 | 父の転勤により朝鮮京城に移り、京城府龍山公立尋常小学校に転入する。 | 国際連盟成立。 |
| 1922 | 大正11 | 13 | 朝鮮京城府公立京城中学校に入学する。 | 森鷗外が死去。 |
| 1926 | 昭和元 | 17 | 京城中学校を卒業後、東京に移り第一高等学校に入学する。寮生活を始める。 | 大正天皇崩御。 |

| | | | | |
|---|---|---|---|---|
| 1927 | 昭和2 | 18 | 春に別の寮に移り氷上英廣と知り合う。肋膜炎に罹り満鉄病院に入院。一年間休学する。『校友会雑誌』に「下田の女」を発表する。 | 芥川龍之介死去。 |
| 1928 | 昭和3 | 19 | 寮を出て叔父の知り合いの岡本武尚邸に寄宿する。そこの息子・武夫を通じ田中西二郎と知り合う。『校友会雑誌』に「ある生活」、「喧嘩」を発表する。 | 張作霖爆殺事件が起きる。 |
| 1929 | 昭和4 | 20 | 文芸部委員となり『校友会雑誌』編集に参加。秋に、氷上英廣、吉田精一、釘本久春らとともに季刊同人誌『しむぽしおん』を創刊。 | 浜口雄幸内閣成立。 |
| 1930 | 昭和5 | 21 | 東京帝国大学国文学科に入学。 | ロンドン海軍軍縮条約可決。 |
| 1931 | 昭和6 | 22 | 雀荘で働いていた橋本タカと初めて出会う。 | 満洲事変が起きる。 |
| 1932 | 昭和7 | 23 | 橋本タカとの結婚話が固まるも父に正式な結婚は大学卒業後にしろと言われ、籍は入れず。 | 五・一五事件が起きる。 |
| 1933 | 昭和8 | 24 | 大学院に進学しつつ、横浜高等女学校の教職に就き一人暮らしを始める。教員時代の生徒の中には後に女優となる原節子もいた。4月に長男・桓が生まれる。12月に橋本タカと正式に入籍する。 | 上海事件が起きる。 |
| 1934 | 昭和9 | 25 | 大学院を中退する。激しい喘息発作を起こし、生命の危機に。 | ドイツでヒトラーが総統になる。 |

| | | | | |
|---|---|---|---|---|
| 1935 | 昭和10 | 26 | 横浜市に家を借りて妻子との同居を始める。 | ナチス・ドイツが国際連盟を脱退。 |
| 1937 | 昭和12 | 28 | 長女・正子が誕生するも夭逝。 | 二・二六事件が起きる。 |
| 1940 | 昭和15 | 31 | 次男・格が誕生する。 | 大政翼賛会発足。 |
| 1941 | 昭和16 | 32 | 転地療養と文学に専念するため横浜高女を辞職。釘本久春の斡旋で5月末に南洋庁に就職し、パラオ勤務に。赤痢やデング熱に罹る。 | 太平洋戦争勃発。 |
| 1942 | 昭和17 | 33 | 『文學界』に「古譚」の名で「山月記」と「文字禍」の二篇が掲載される。日本に帰国し療養するも気候の変化により喘息と気管支カタルを発する。『文學界』に「光と風と夢——五河荘日記抄」を発表。第15回芥川賞候補となる。筑摩書房から第一創作集『光と風と夢』を刊行。「李陵」「名人伝」を執筆。12月4日気管支喘息により逝去。満33歳歳没。 | ミッドウェー海戦開戦。 |

# 中島敦　代表作品ガイド

## 山月記

【発表】『文學界』1942年2月号／『光と風と夢』（1942年　筑摩書房）所収

【解説】清朝の説話集『唐人説薈』中の「人虎伝」を基にした作品。1941年にパラオへ赴任するにあたり敦は書き溜めていた原稿を深田久弥に預けており、それを読んだ深田が『文學界』へ推薦した結果、「山月記」と「文字禍」が『文學界』に掲載される運びとなったが、掲載時パラオにいた敦はそのことを知らなかった。

【粗筋】唐の時代、若くして科挙試験に合格した李徴は官吏の身分に満足できず詩人として名声を得ようとした。しかし官職を退いたために経済的に困窮し、妻子を養う金のため地方の下級官吏になることに。その身分に耐えられなくなった李徴は、そのまま山へ消えて行方知れずとなる。翌年、李徴の旧友だった袁傪は、旅の途上で虎に襲われかけるが、その正体は消息不明となった李徴だった。李徴は自分が虎になった経緯を袁傪に語ると、自分の詩を記録することと、妻子の生活の面倒をみることを依頼すると、その場を去っていった。

## 文字禍

【発表】『文學界』1942年2月号／『光と風と夢』（1942年　筑摩書房）所収

【解説】古代メソポタミア文明の時代のアッシリア王国が舞台の、ナブ・アヘ・エリバ博士を主人公にした作品。「山月記」と同時に『文學界』で発表された作品で、『光と風と夢』に収録された際には「山月記」「狐憑」「木乃伊」の三作と併せた連作短編「古譚」というタイトルで発表された。

【粗筋】アッシリア王国を治めるアシュル・バニ・アパル大王は、誰もいない図書館で毎夜囁かれる声が精霊の仕業ではないかと考え、その調査をナブ・アヘ・エリバ博士に命じた。博士は毎日文字と向かい合う内に、文字に宿る精霊の存在を見出す。博士はさらに市井の文字を学んだ人からの話を聞き、文字の精霊は人間を操り蝕んでいるという報告を献じたが、王はその報告に怒り博士に謹慎を命じる。数日後、国を大地震が襲い、博士は数百枚の粘土板に押しつぶされて亡くなる。

## 名人伝

【発表】『文庫』1942年12月号／『中島敦全集』（1948年　筑摩書房）所収
【解説】中国の諸子百家の一人『列子』の逸話を題材にしており、登場する紀昌、飛衛、甘蠅は『列子』湯問第五篇に弓の名手として名前が出ている。生前の最後の発表作となった。
【粗筋】邯鄲に住む紀昌は、天下第一の弓の名人になろうと名手・飛衛に入門し、五年余の修行を経て、奥義秘伝を習得し、それによって飛衛を殺そうとするが失敗する。飛衛は紀昌の実力を認めながらも、このような企みを抱いては危いと考え、さらなる名人である西の霍山に隠棲する老師・甘蠅を紹介する。甘蠅は矢を放たずに鳥を射落とす不射の射を披露し、紀昌は甘蠅に弟子入りをする。霍山で九年の修行を経て、紀昌は邯鄲に戻ってくる。人々は紀昌を天下一の弓の名人と認めて絶賛するが、紀昌は「至射は射ることなし」と言って名人芸を誰にも披露せず、晩年には弓の名前すら忘れ去った。

## 弟子

【発表】『中央公論』1943年2月号／『李陵』（1946年　小山書店）所収
【解説】中島敦の没後、『中央公論』に掲載された作品。孔子とその愛弟子の子路の交流が描かれている。軽率ながら質実剛健な子路は、弟子の中でも『論語』に出てくる回数が最も多く、本作に出てくる直情的な性格の子路は伯父である中島斗南をモデルにしたのではないかと言われている。また敦は学生時代に斗南を主役にした短編『斗南先生』を書いている。

【粗筋】遊侠の子路は孔子を辱めようと、孔子に口論を挑むが逆にあっさり論破され孔子の門下に入る。

---

孔子に弟子入りしたものの子路はその直情径行な性格でたびたび問題を起こし、孔子はその度に彼を柔らかく諫める。やがて成長した孔子に推挙され子路は一つの邑《むら》を収めるまでになるが、魯の政変に巻き込まれて亡くなり、死体を塩漬けにされてしまう。その知らせを聞いた孔子は家中の塩漬けをすべて捨てさせ、以後の人生で塩を断ったという。

# 中島敦　人物相関図

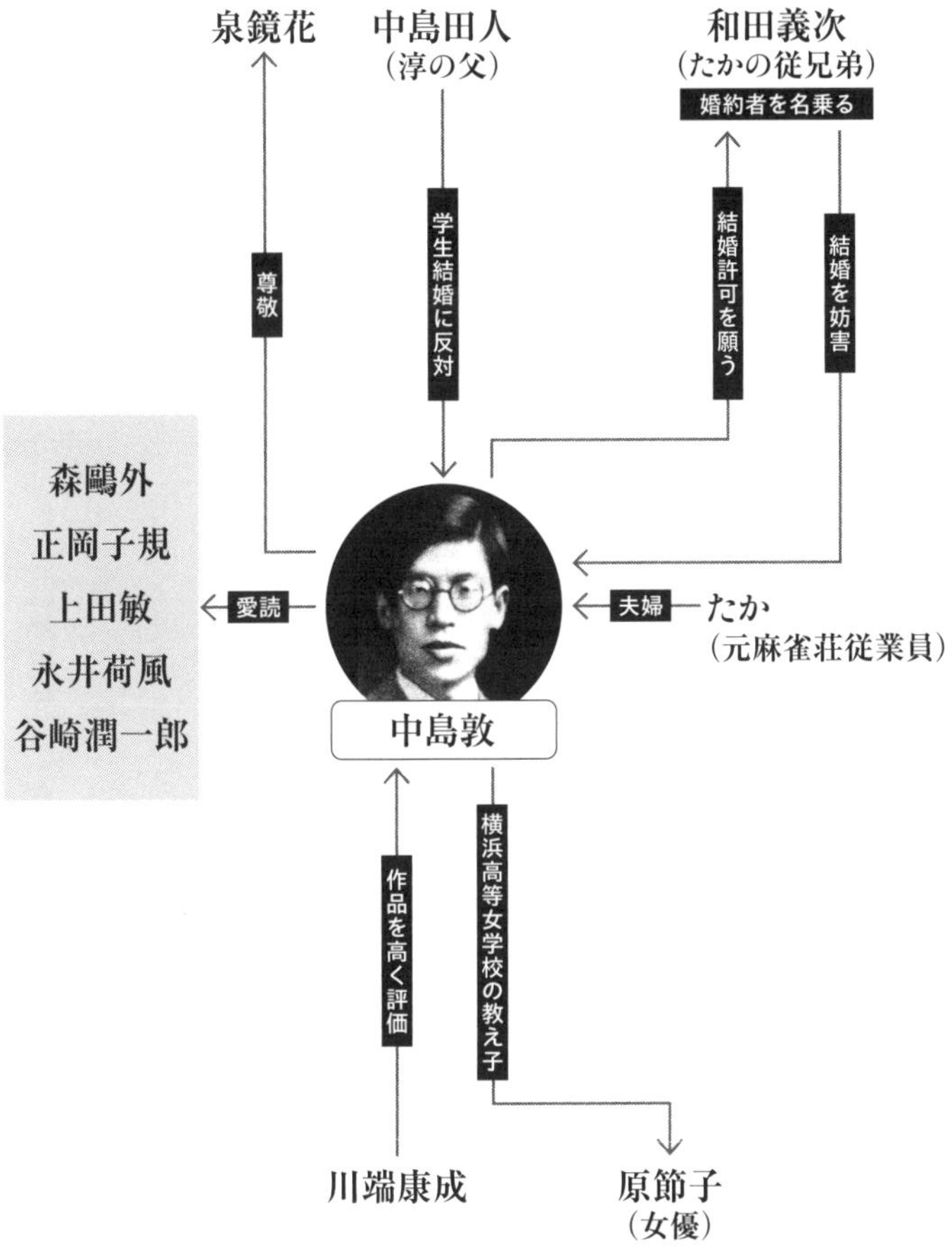


写真提供：日本近代文学館

# 中島敦
# ゆかりの地・行きつけの店

**【横浜元町・喜久家洋菓子舗】** 1924（大正13）年創業。当時の元町は、外国人居留地と彼らの勤務する商館との通勤路だった。スイス人女性が持ち込んだレシピで作ったケーキが評判になり、ヨーロッパ風洋菓子の名店として知られる。
［URL］http://kiku-ya.jp/

## 【横浜元町・喜久家洋菓子舗／中華街・聘珍樓】

1933（昭和8）年4月に私立横浜高等女学校（現・横浜学園高等学校）の教員となり、8年間を横浜で過ごした。勤務先の学校周辺の山手一帯はお気に入りの散歩道で、喜久家洋菓子舗には以下の歌を詠んでいる。

あさもよし喜久屋《ママ》のネオンともりけり山手は霧とけぶれるらしも

棕梠竹の影に凭《もた》れて秋の朝のショコラを啜《すす》る佛《ふ》蘭西《らんす》びとあはれ

また中華街の聘珍樓（本店、現在は廃業。各支店は別資本で存続）も行きつけで、やはり歌を詠んでいる。

冬の夜の聘珍と聞けば大丈夫《ますらお》と思へる我も心動きつ

家鴨《いえがも》の若鳥の腿の肉ならむ舌にとけ行くやはらかさはも

肉白き蟹の巻揚《まきあげ》味軽《かろ》くうましうましとわが食しにけり

YUMENO KYUUSAKU

V

# 夢野久作

遺作▼女抗主《おんなこうしゅ》——1936（昭和11）年

文豪死す

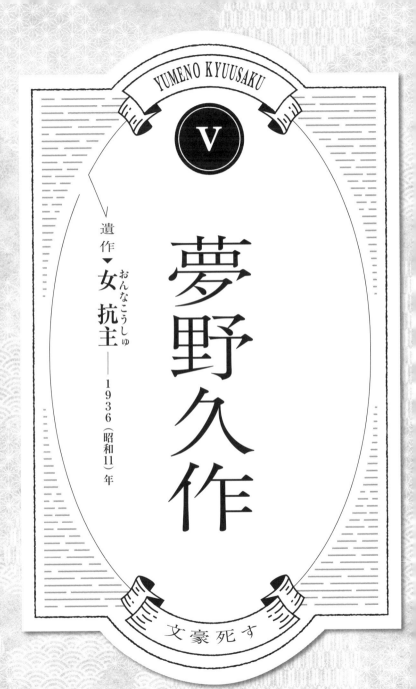

# 夢野久作

（ゆめの　きゅうさく）

1889（明治22）年、福岡県生まれ。新聞記者や童話の執筆などを経て、『新青年』に「あやかしの鼓」を応募して入選、文壇デビューを果たす。書簡体で書いた『瓶詰の地獄』『少女地獄』、一人の人物の独白で話が進む『犬神博士』『氷の涯』などを手掛けた末に、10年以上の歳月をかけて執筆した大作『ドグラ・マグラ』を発表。翌年の1936年（昭和11年）自宅にて逝去。満46歳没。

## 遺作「女抗主」について

1936（昭和11）年、夢野久作の死後、遺作として「週刊朝日」に発表された作品で、晩年の小説の多くと同じく、国粋主義・反共主義色の強い作品。時局的要素の濃いことが指摘されている。

# 女抗主

「ホホホ。つまりエチオピアへお出でになりたいからダイナマイトをくれって仰言《おっしゃ》るんですね。お易《やす》い御用ですわ。ホホホ」

新張《にいばり》炭坑の女坑主《おんなこうしゅ》、新張眉香子《みかこ》は、軽く朗らかに笑った。

初期の銀幕スターから一躍、筑豊の炭坑王と呼ばれた新張琢磨《たくま》の第二号に出世し、間もなく一号を見倒して本妻に直ると、今度は主人琢磨の急死に遭い、そのまま前科者二千余人の元締ともいうべき炭坑王の荒稼ぎを引き継いで、ガッタリとも言わせずにいるというしたたか者の新張眉香子は、さすがに顔色一つかえないまま、こうした無鉄砲な要求を即座に引き受けたのであった。

四十とはトテモ見えない襟化粧、引眉、口紅、パッチリと女だてらのお召の丹前に櫛巻頭。白い素足と真紅のスリッパにゴチック式の豪華を極めた応接間をモノともせぬ勝気さを見せて、これも炭坑王の奢《おご》りを見せた真綿入緞子《どんす》の肘掛椅子に、白い豊満な肉体を深々と埋めている。その睫《まつげ》の長い二重瞼の蔭から、黒い大きな瞳をジイッと据えて微笑された相手の青年は、その素晴らしい度胸と妖気に呑まれて恍惚《こうこつ》となってしまったらしい。

みすぼらしい茶の背広に、間に合わせらしい不調和な赤ネクタイを締めていながらも、それこそ新劇の二枚目かと思われる、生白い貴公子然たる眼鼻立の青年であったが、それが今更のようにビックリして純真らしい、茶色の瞳《め》を大きく見開き、薄い、小さな唇をポカンと開いた姿は、一層ういういしい子供らしい恰好に見えた。

「御承知して下さる」

と半ば言いさして、青年は唇を戦《おのの》かした。

「まあ……エチオピアへでも行こうと仰言るのに度胸が御座んせんねえ。失礼ですけど……ホホホホ」

青年は忽《たちま》ち颯《さつ》と赤くなった。そうしてまた急に青白くなって、房々した頭髪の下に隠れている白い額にニジンダ生汗《あせ》を、平手でジックリと拭い上げた。

「ホントニ……下さる……」

「ええ、ええ。差し上げると申しましたら、必ず差し上げますわ。わたくしも新張眉香子です……ですけど、貴方《あなた》ホントにエチオピアへいらっしゃるおつもり?」

「エッ……何故ですか」

「何故ってホントにいらっしゃるおつもりなら差し上げますわ。何でもない事ですから……イクラでも……わたくしモトからエチオピア贔屓《びいき》ですから。私が男子《おとこ》なら自分で行きたいくらいに思っているんですからね」

「……ホ……ホントに……行くのです」

青年の瞳が熱意に輝いた。

眉香子の眼も同じ程度の熱意を輝き返した。青んじた襟足でしなやかに一つうなずいて見せながら、椅子の中から乗り出した。

「お尋ねさして下さいましね。どうしてソンナ事をお思い立ちになったんですの？　貴方お一人？……お仲間は？……」

青年はギクンとしたらしいが、やがてまた、冷やかに笑ってみせた。やっと度胸がきまったらしく、ソッと溜息をした。

「むろん僕一人じゃありません。十二人ばかりの同志があります」

「まあ十二人……大変ですわねえ。そんなに大勢でエチオピアまでお出でが出来ますかしら。第一危険な爆薬《マイト》なんかお持ちになって、内地を脱け出すようなことがお出来になりまして？……万一のことがありますと、わたくしの方でも困りますがねえ。何処から出た爆薬《ハコ》だってことは直ぐに番号でわかるんですからねえ」

青年は深々と念入りにうなずいた。それくらいの事は百々心得ているという風に……それから眼の前の冷たくなった紅茶に、角砂糖を二つとも沈めた。

「その点は決して御心配に及びません。こうなれば隠す必要がありませんから白状致しますが、実を申しますと吾々同志の中でも五人だけは政府の役人が混っているんです」

「まあ政府のお役人が……どうして……」

「こうなんです。お聞き下さい。吾々十二人は皆、東京の政治結社、東亜会から学費を貰って学校を卒業させて貰った者ばかりですが、その中で五人は皆、政府嘱託の軍事探偵になって、主としてアフガニスタン、ベルジスタン、ペルシア、アラビア方面からスエズ、東アフリカ方面の状態を探っていたものです。もっとも私はこの二、三年、ポートサイドの雑貨店で働きまして連絡係をやっていたものですが」

「まあ。そんな処まで日本政府の手が行き届いておりますかねえ」

「ええ。そりゃあもう……そんな風に先へ先へと手を廻して計画をたてて行かなくちゃ、帝国主義の政府はやって行けません。

……ですからこの五人のほかの七人の同志は皆、トルコ人や、アラビア人……思い切った奴は黒ん坊に化けて、かの方面の有利な天産と、その天産物に涎《よだれ》を流して働きかけている白人連中の勢力を探っていたんです。今に日本の勢力が新疆《しんきょう》から四川、雲南、西蔵《チベット》方面の英、仏、ロシアの勢力を駆逐して中央アジアからアフリカへ手を伸ばす時の準備を今から遣っているんですが……」

「まあ。お勇ましい。ゾクゾクしますわ。そんなお話……」

「そこへ今度のエチオピアの戦争なんです。今度のイタリーとエチオピアの戦争ってものは、元来イギリスの資本家筋が欧州の勢力の平衡を破り、エチオピアの利権を掴みたいばっかりに巧みに双方を煽動して始めさせたものですが、そいつがマンマと首尾よくイギリスの都合の宜《よ》い解決しちゃたまりません。是非とも英、伊戦争にまで展開させて、欧州を今一度大混乱に陥れ、ロシアの極東政策をお留守にさせちゃって、その間に支那奥地の英、仏の勢力と、共産軍の根拠をタタキ潰《つぶ》さなくちゃならんというのが、日本の当局者の意向なんです」

「そう都合よくまいりましょうか」

「行きますとも。何よりも先にイギリスとイタリーとが戦端を開きさえすればいいのですから……」

「そんなに訳なく戦争を始めさせることが出来ますかしら」

「なんでもないことです。イタリーの空軍はズッと以前からイギリスを目標にして作戦を練って、イギリスをタタキつけさえすれば、イタリーはヨーロッパ一の強国になれると思っておりますし、イギリスの海軍はまた、背後の武器製造会社の大資本と一緒に張切って、国際連盟のイタリー制裁問題を中に挟んで睨み合っている最中ですから、トテモ都合がいいのです。この際スエズにいるイギリスの軍艦のドレでもいいから一艘、爆破さえすれば、直ぐにイタリーのせいだと思って戦争を始めます。西洋人は非常に激昂し易くて狼狽《ろうばい》し易いんですからね。米西戦争だってそうでしょう。アメリカの豚の罐詰会社が、戦争で一儲けしたさに、キューバにいるイスパニアの軍艦を爆破させたのがキッカケなんですからね」

「それじゃ貴方がたはスエズにいらっしゃるんですね」

「ええ……実はそうなんです。便宜上エチオピアと申しましたが、実はスエズなんです。私たち十二人は皆、ドイツへ行く留学生に化けてスエズで降りまして、ポートサイドを見物するふりをして港内の様子を探ります。一方に手を分けた五、六人の者が途中で浮標《ブイ》を付けて海に投げ込んで置いた自分自分の荷物を拾い集めて来て、それぞれに材料を出し合って一つの触発水雷を作ります。……がしかし……仕事のむずかしいのはここまでで、アトは何でもありません」

「そんなものですかねえ」

「その水雷の外側をランチのバスケットか何かに見えるように籠で包んで、籤《くじ》取りできめた五、六人がボートに乗って、舟遊びみたいな恰好でズット沖に出てしまいます。そうして日が暮れてから漕ぎ戻るふりをしてイギリスの軍艦にぶっつけて、その五、六人が軍艦と一緒に粉微塵になってしまおうという計画なんです」

「まあなんて恐ろしい……」

「もちろん東京を発《た》つ前までの計画では、時計仕掛の水雷を作って、そいつをイギリスの軍艦の横にソッと沈めて来る手筈だったのです。そうしないと当局の方が許してくれませんので……」

「まったくですわ。そうなさいませよ……」

「ところが万が一つでも間違わないようにするためには、時計仕掛ではあぶない。途中で怪しまれてイギリスの軍艦に引き上げられでもしたら日本製の火薬だということがジキにわかってしまう……とても危ない……何にもならないというので吾々が勝手に計画を立て換えたのです」

「わたくしみたいな女風情が、横から何と申しても仕様のない事かも知れませんけど、それではアンマリ……生命をお粗末に……」

「まあお聞き下さい。そんな訳ですから日本を出る時には外務省の保証を持っているんですから、何を持って行ったって鞄を検査される心配はないんですが、ただスエズに着いてからアトに生き残る五、六人の奴が、それだけじゃ詰まらないと、東京に出る間際になっていい出したんです。序《ついで》のことにスエズ運河の堰堤《えんてい》を毀《や》ってしまおうじゃないか。そうしたら何ぼ英国だって堪忍袋《かんにんぶくろ》の緒を切るに違いないだろうということになったんですが、生憎《あいにく》、その爆薬だけが足りないので、こうして汽車で先まわりをして御無理をお願いに伺ったんです」

青年はいつの間にか雄弁になっていた。その言葉つきは青年らしい意気込に満たされ、その眼は少年のように輝き、その頬は少女のように赤らみ膨らんでいた。

緞子の椅子の肱《ひじ》に白い、ふくよかな両腕を投げかけて、そういう青年の顔を真正面から見上げていた眉香子は、非常に感動したらしく真青になっていた。何度も何度もうなずきながら、大きく眼をしばたたいているうちに、大粒の涙を惜気もなくホロリホロリと両頬に落しかけていたが、説明を終った青年がヒョッコリと頭を下げると一緒に、深く頭を下げて両手を顔に当てた。咽《むせ》ぶようにいった。

「わたしの僅かばかりの爆薬が、それほどのお役に立ちますとは……何という……」

というちに応接台の片隅に載っていた旧式の電話器へ手を伸ばして、ベルを廻転させ始めた。涙に濡れた左右の頬に、なおも新しい感激の涙を流しかけながら……。

……リンリン、リリリン……リンリン、リリリン……リンリン、リリリリリリリ……

そんな風に繰り返して断続するベルの音《ね》を、青年は何となく緊張した態度で見守っていた。そのベルの継続のし方が、ちょうど鉄道か警察の呼出信号に似ていたからであったろう。

間もなく返事が来た。

……リンリン、リンリンリンリンリンリンリン……

眉香子はその音の切れるのを待ちかねて受話機を取り上げた。

「ええ、ええ。そうよ。あたし眉香です。アンタ倉庫の紙塚さん……そう。アノネ。御苦労さんですがね。明日の朝までに着くように原田さんの処へ……ええ。門司の原田さんの処へ爆薬《ハッパ》を二箱お送りするようにお約束したんですがね。ええ。ごく内々で……ですからね。今夜の直方発の終列車の上りの客車便に……そう……十時五十分に間に合うように大急ぎで荷造りしてちょうだい。まだ四時間ぐらいあるでしょ。……そうね。どちらも茣蓙《ござ》で包んで上箱に入れて、貴重品扱いにして門司の山九運送店宛に出して下さいな。そう。中味は仏像とか、骨董品《こっとうひん》とか、何とかしといて頂戴。そうしてチエッキが出来たらアンタ自身にソレを持って駅で待っていて頂戴ね。用心しなくちゃ駄目ですよ。十分に荷造りしてね。このごろ、こっちへ共産主義《アカ》が入り込んだってね。とても取り締りが八釜《やかま》しいんですからね……ええ。そうそう。あたしの名前にしときゃあ大丈夫よ。……あの。それからね。荷造りする時には倉庫の明りが外に洩れないようにしとかなくちゃ駄目よ。ええ、ええ。どうかそうして頂戴。それがいいわ。ええ。全部そうして頂戴。一つ二つぐらいだと却って疑われるから。ええ。どうぞ願います。こっちは大丈夫よ。ホホホ」

眉香子は平然として受話機を掛けながら青年をかえりみた。

「二箱でいいんですね」

青年は返事の代りにピョコンと勢いよく立ち上った。卓子《テーブル》を一廻りして眉香子の真正面から接近《ちかづ》くと、眉香子の両手を自分の両手でシッカリ握り締めた。感激の涙をハラハラと流した。

「……ありがとう……御座います。感謝に……堪えません」

「まあ。あんなこと……わたくしこそ感謝に堪えませんわ。わたくしみたいな女を見込んで下すって……」

というううちに立ち上って青年の両手をシッカリと握り返した。青年は肩をすぼめて身震いした。眉香子の魅力に包まれたように……けれども間もなく静かに、その手を振りほどいた。二、三歩後に下って恭《うやうや》しく一礼した。

「それでは……これで……お暇《いとま》を……この御恩は死んでも……」

「アラマア……」

眉香子は追いかけるように二、三歩進み出た。強《し》いて青年の手を取って、今まで自分が坐っていた椅子に、青年の身体《からだ》を深々と押し込んだ。

「まだ、荷物とチェッキが出来ないじゃ御座いませんか。それまで、どうぞ御ゆっくりなすって下さいませよ」

「……でも……それはアンマリ……それに私は今夜のうちに門司に出て、明朝早く荷物を受け取って、明後日、神戸の……」

「それでも荷物と一緒の汽車なら宜しいじゃ御座んせん」

「……そ……それは……そうですが……実は……」

「何か御差支えが御座いまして……」

「実はその……友人が四名ほど……福岡の東亜会員が四名ほど、私を門司まで見送ると申しまして、私と同じ汽車で発《た》つ予定で、直方の日吉旅館に来ておりますので……是非とも……」

「もうお会いになりまして……」

「九時ごろの汽車で来ると申しておりましたが……」

「それでもまだ二時間近く御座いますわ。そんなお友達の御親切も何で御座いましょうけれども、今夜、御一緒の汽車で門司にお着きになってからでも御ゆっくりとお話が出来ましょう」

「そ……それは……そうですが……」

「わたくしもホンノ仮染《かりそめ》の御識り合いでは御座いましょうが、心ばかりの御名残惜しみが致したいので御座いますからね。それくらいのおつき合いは、なすっても宜《い》いじゃ御座んせん。爆薬《ダイナマイト》のお礼に……ホホ……」

「でも……」

「……でもって何です。妾《あたし》のいうことをお聴きになれなければ、一箱も差し上げませんよ。ホホホ……」

青年は眩《ま》ぶしそうに眉香子を見上げた。眉香子の魅力に負けたように深々と緞子の椅子に沈み込んだ。そうした自分自身を淋しくアザミ笑いながらパチパチと眼をしばたたいた。

「……でも、勿体ないことだわねえ。アンタがたみたいな立派な若い人が十何人も、お国のためとはいいながら、今から半年も経たないうちに粉ミジンになってこの地上から消えてしまうなんて……あたしシンから惜しい気がするわ」

新張家の豪華を極めた応接室の中央と四隅のシャンデリアには、数知れない切子球に屈折された、蒼白な電光が煌々《こうこう》と輝き満ちている。その中央の大卓子の上にはトテモ炭坑地方とは思えない立派な洋食の皿と、高価な酒瓶が並んでいる。その傍の緋繻子張りの長椅子の中に凭《よ》りかかり合うようにしてグラスを持っている眉香子と青年……。

青年は上衣と胴衣《チョッキ》を脱いでワイシャツ一つのネクタイを緩めているし、眉香子も丹前を床の上に脱ぎ棄てて、派手な空色地の長襦袢《じゅばん》に、五色ダンダラの博多織の伊達巻を無造作に巻きつけている。どちらももう相当に酔いがまわっているらしく、眼尻が釣り上がって異様に光っている。

「惜しい気がするわ。ねえ。そうじゃない」

今一度シンミリとそういううちに眉香子は、その肉つきのいい白い腕を長々と青年の肩に投げかけた。青年もそれをキッカケに左手を眉香子の膝の上にダラリと置いた。グラグラと頭をシャンデリアの方向に仰向けて、健康そうな、キラキラ光る白い歯を見せた。

「ナアニ。ハハハ。どうせ僕等は、めいめい勝手なゼンマイ仕掛けの人形みたいなもんですからね。

そのゼンマイのネジが解けちゃってヨボヨボになって死んじゃうだけの一生なら、まったく詰まらない一生ですからね……ですからまだピンピンしているうちに、そのゼンマイ仕掛けを自分でブチ毀してみなくちゃ、自分で生きてる気持が解《わか》らないみたいな気持に、みんななっているんです。僕等はモウ、早く自分の生命を片づけたい片づけたいって、イライラした気持になっているんですよ。まったくこのまんまじゃ詰まらないですからね」

「とてもモノスゴイのね」

「ええ。自分ながらモノスゴクて仕様がないんです。なんでもいいから思い切って自分をぶっつけてガチャガチャになってしまいたいんです」

「アンタみたいな方は恋愛もなにも出来ないのね」

「恋愛……恋愛なんて……ハハハハ」

「マア。恋愛なんて……て仰言るの……あたしこれでもチャント貞操を守っている未亡人なのよ。まだネジが切れちまわないうちに相手をなくしちゃって、イヤでもこんな淋しい後家《ごけ》を守っていなくちゃならなくなった女なのよ」

「恋愛なんて……恋愛なんて……ハハハハ。恋愛なんて何でもないじゃないですか。ほんの一時の欲望じゃないですか。永遠の愛なんてものは男と女とが都合によって……お互いに許し合いましょうね……といった口約束みたいなもんじゃないですか。お金のかからない遊蕩《ゆうとう》じゃないですか」

「まあ。ヒドイことをいうのね」

「当り前ですよ。この世の中はソンナ様な神秘めかした嘘言《うそ》ばっかりでみちみちているんですよ。だから何もかもブチ壊してみたくなるのです。何もない空《から》っぽの真実の世界に返してみたくなるのです」

「アンタ……それじゃ虚無主義者ね」

「そうですよ。虚無主義者でなくちゃ僕等みたいな思い切った仕事は出来ないんです。ゾラか誰か言ったことがありますね。——科学者の最上の仕事は、強力な爆薬を発明して、この地球と名づくる石ころを粉砕するにあり。真実というものがドンナものかということを人類に知らしむるに在り——とか何とか……」

「まあ大変ね。ゾラはきっとインポテントだったのでしょう」

「ハハハハ。こいつは痛快だ。さすがは昔の銀幕スター、眉香子さんだけある。そういって来ると虚無主義者や共産主義者はみんなインポテントになるじゃないですか」

「そうよ。この世に興味を喪失《なく》してしまった人間の粕《かす》みたいな人間が、みんな主義者になるのよ」

「そんなことはない……」

「あるわ。論より証拠、貴方に死ぬのをイヤにならせて見せましょうか」

「ええ。どうぞ……」

「きっと……よござんすか」

「しかし……しかしそれは一時のことでしょうよ。明日になったら僕はまたキット死にたくなるんですよ。今までに何度も何度も体験しているんですからね。ハハハハ」

「ホホホホ。それは相手によりけりだわ。妾がお眼にかける夢は、そんな浅墓《あさはか》なもんじゃないわ。アトで怨んだって追つかない事よ」

「ワア。大変な自信ですね。しかしイクラ何でも僕に限って駄目ですよ。世界中のありとあらゆる夢よりも、僕の心に巣喰っている虚無の方がズット深くて強いんですからね……明日になったらキット醒めちゃうんですから……」

「理屈を言ったって駄目よ。明日になって見なくちゃわからないじゃないの。醒めようたって醒め切れない強い印象を貴方の脳髄の歯車の間に残して上げるわ……あたしの力で英、伊戦争を喰い止めてお眼にかけるわ」

「アハハハ。これは愉快だ。一つ乾杯しましょう」

乾杯がすむと眉香子は立ち上って、正面中央のマントルピースの下のスイッチをひねって五つのシャンデリアの光を一時に消してしまった。それから部屋の隅の紐を引くと、部屋の三方の眼界を遮っていたゴブラン織の窓掛がスルスルと開《あ》いた。二人の腰かけている長椅子の真正面の左手の窓硝子越しに遙かに見える新張炭坑の選炭場の弧光灯がタッタ一つと、その下でメラメラと燃え燻《くすぶ》っている紅黒いガラ焼の焔が、ロシヤ絨氈のように重なり合って見える。アトは一面に星一つない寂莫たる暗黒の山々らしい。

部屋の中がシインとなってしまった。時々軽い衣擦《きぬず》れの音が聞こえるほかは何の物音もない。窓の外の暗黒と一続きのままシンシンと夜半に近づいて行った。

……突然……部屋の隅の思いがけない方向で……コロロン、コロロン、コロリン……トロロロンンン……という優雅なオルゴールのような音がした。それは十時半を報ずる黄金製の置時計の音であった。

すると、ちょうどそれを合図のように、部屋の中へ、眼も眩《くら》むほど明るい光線がパッとさし込んで来たように思われたので、今まであるかないかに呼吸《いき》を凝らしていた二人は、思わず小さな叫び声をあげてパッと左右に飛び退いた。二人とも申し合わせたように頭の上のシャンデリアを仰いだが、シャンデリアは依然として消えたままで、ただ数限りもない硝子の切子玉が、遠い遠い窓の外をキラキラと反射しているキリであった。

二人はまたもヒッシと抱きあったまま、屹《きっ》となって窓の外を見た。

見よ!!

窓の外のポプラ並木の間から、遙か向うの暗黒の中に重なり合っていた選炭場、積込場、廃物の大クレーン、機械場、ポンプ場、捲上場《まきとば》、トロ置場、ボタ捨場、燃滓《かす》捨場に至るまで、新張炭坑構内に何千何百となく並んでいた電灯と弧光灯が、一時にイルミネーションのように輝き出して、広い涯てしもない構内を、羽虫の羽影までも見逃がさぬように、隅から隅まで煌々と照し出しているではないか。その光の群れがサーチライトのように一団の大光明となって二人の真正面の窓から流れ込んで来て、金ピカずくめの応接間の内部を白昼のようにアリアリと照し出しているではないか。

青年は今一度眼をこすった。顔面をこわばらせたままその光の大集団を凝視した。

それは一本の木も草もない、荒涼たる硬炭焼滓《ボタかす》だらけの起伏と、煙墨《スス》だらけの煉瓦や、石塊や、廃材等々が作る、陰惨な投影の大集団であった。人間の影一つ、犬コロ一匹通っていない真の寂莫無人の厳粛な地獄絵図としか見えなかった。その片隅に、もう消えかかったガラ焼の焔と煙が、ヌラヌラメラメラと古綿のように、または腐った花びらのように捩《よじ》れ合っているのであった。

青年は眉香子の中でガタガタと震え出した。恐怖の眼をマン丸く、真白くなるほど見開いて、窓の外の光明を凝視したまま、顎をガタガタと鳴らし始めた。わななく指先で眉香子の腕を押し除けて、棒のようにスッポリと立ち上った。

それはさながらに地獄に堕ちた死人の形相であった。髪が乱れ、ズボン釣がはずれ、ネクタイがブラ下ったまま、白い唇をガックリと開き、舌をダラリと垂らし、膝頭をワナワナと戦《おのの》かせながら、夢遊病者のように両手を伸ばしてヒョロヒョロと部屋を出て行こうとした。唇を噛んだまま見送っていた眉香子が、長襦袢の裾を掻き合わせながら呼び止めた。

「アラ。あんた、ダシヌケにどうしたの……」

「…………」

「恐いの……」

「…………」

「マア、何がソンナに怖いの……まあ落ちついてここにいらっしゃいよ。何も怖がることないじゃないの……」

「…………」

「アレはね……あの電灯《あかり》はね。何か事故が起った時に事務所の宿直がアンナことするのよ。大したことじゃないのよ、チットモ……」

「…………」

青年は一言も返事をしなかった。青鬼に呼び止められた亡者のような悲し気な顔でチラリと、恐ろしそうに眉香子の顔を振り返っただけで……それでもイクラか落ちついたらしく、長椅子の上に引っかけた上衣を横筋違いに引被りながら、ヨロヨロと応接間を出て行った。眉香子も声ばかりで追っかけて、椅子から立ち上ろうともしなかった。

「まあ、変な人ねえ、アンタは……何をソンナに怖がるの……何処へ行くのイッタイ……おかアしな人ねえ……ホホホホホホホホ……」

しかし部屋を出て行った青年が、応接間の重たい扉を、向側からバタンと大きな音を立てて閉めると、眉香子の笑い顔が、急にスイッチを切り換えたように冷笑に変化した。

「オホホホホホホ、ハハハハハハハ。お馬鹿さんねえ、アンタは……出て行ったってモウ駄目よ。今夜のうちにお陀仏よ。ホホホ。でも……お蔭で今夜は面白かったわ……」

しかし新張家の内玄関を一歩出ると、青年の態度が急に、別人のように緊張した。

厳《いか》めしい鉄門の鉄柵越しに門前の様子を見定めると、電光の様に小潜りを出た。鼬《いたち》のように一直線に門前の茅原の暗《やみ》に消え込んだ。それから新張家の外郭を包む煉瓦塀にヘバリついてグルリと半まわりすると、裏手の小山のコンモリした杉木立の中に辷《すべ》り込んだ。

青年はこの辺の案内をよほど詳しく調べていたらしい。それから二十分ほどしてから選炭場裏の六十度を描く赤土の絶壁の上に来ると、その絶壁の襞《ひだ》の間の暗《くら》がりを、猿のように身軽に辷り降りた。それから炭坑のトロ道が作る黒い投影の中を一散に走って、直方駅構内の貨物車の間を影のようにスリ抜けて、ほど近い日吉町の日吉旅館の裏手に来た青年は、素早く前後を見まわして、警戒のないのを見定めてから蔦蔓《つたかずら》の一パイに茂り絡んだ煉瓦塀をヒラリと飛越えた。やはり案内を知っているらしい裏庭伝いに、湯殿の出入口からコッソリと忍び込むと、直ぐに上衣を脱いで、まだ落してない垢《あか》臭い湯の中に頭と顔を突っ込んでジャブジャブと洗い上げ、水槽の水面に口を近づけてさも美味そうにしてゴクゴクと飲み終ると、鏡台の前のポマードを手探りにコテコテ頭を塗りつけて在り合う櫛《くし》で念入りに二つに分けた。それから大急ぎで洋服を脱いで、衣桁《いこう》に引っかけてあった浴衣《ゆかた》に手早く袖を通し、泥だらけの洋服とワイシャツとズボンを丸めて、番号札のついた脱衣戸棚と天井裏との間に出来ている暗がりに突込んだ。それから湯殿のタイルの上に落ちていた赤い古タオルを拾い上げてシッカリと絞り切ったのを片手に提げて、普通のお客のように落ちつきはらいながら廊下に出ると、ちょうど向うから来かかった新米らしい若い女中にニッコリして見せた。

「君……僕の部屋はドコだったけね」

女は両腕に抱えた十余枚の洗い立ての浴衣の向うから愛想よく一礼した。

「ホホ。何番さんでいらっしゃいますか」

「それが何番だったか……あんまり家が広いもんだから降りて来た階段を忘れちゃったんだ。八時五十四分の汽車で着いた四人連れの部屋だがね」

「ホホ。あの東京のお客様でしょ。ツイ今さっき……十時頃お出でになった。お一人はヘルメットを召した……」

「ウン。それだそれだ……」

「あ……それなら向うの突当りの梯子段《はしごだん》をお上りになると、直ぐ左側のお部屋で御座います。十二番と十三番のお二間になっております」

「……ありがとう……」

教えられた通りに青年は二階へ上った。部屋の番号をチョット見上げながら静かに障子を開いた。

「アレ。寝てやがる。暢気《のんき》な奴等だ」

電灯を消した八畳と十畳の二間をブッ通して寝床が五つ、一列に取ってある。その中央の一つだけがまだ寝具をたたんだままで、アトは四人の人間が皆、頭から布団を引冠ってスースーと眠っている様子である。廊下から映して来る薄明りに、向うの枕元の火鉢から立ち昇る吸殻《すいがら》の烟《けむり》が見える。

八畳の間の違棚の下にならんでいる四人分の洋服と、違棚の上に二つ三つ並んだ鞄と、その右手の壁に架け並べてある四ツの帽子を見まわした青年は、ヤッと安心したらしくホットタメ息をした。

何の気もなく中央の自分の寝床の上に近づいて枕の前にドカリと音を立てて坐った。一時に疲れが出たらしく、両手をベッタリとシーツの上に突くと、声をひそめて力強く呼んだ。

「オイ。皆起きろ。ズキがまわったぞ……」

左右の寝床の中の寝息がピタリと止まったようであった。同時にクスクスと笑うような声が何処からか聞こえてきた。

その声を聞くと同時に青年はハッと膝を立てて身構えた。稲妻のように飛び上って頭の上の電灯のスイッチをひねった。今一度左右の寝姿を見まわした。

トタンに……それをキッカケにしたように四つの夜具が一斉に跳ね返された。……アッ……という間もなく立ち上りかけた青年の上に八ツの逞《たくま》しい手が折重なって、グルグル巻に縛り上げられた……と思う間もなく夜具の上にコロコロコロと蹴返された。

「ウーム」

縛られたまま敷布団の上に起き直った青年は、ポマードだらけの毛髪を振り乱したまま真青になって自分の周囲を見まわした。自分を見下している四ツの顔が皆、白い歯を現わして冷笑しているのを見ると、たちまち眼を釣り上げ、歯を喰い締めて今一度、心の底から唸った。

「ウウムムム。しまったッ……」

「ハハハハ。△産党の九州執行委員長、維倉《いくら》門太郎。やっと気づいたか。馬鹿野郎……アッ、新張の奥さん……どうもありがとう御座いました」

そういってペコペコ頭を下げながら前に進み出たのは、四人の中でも一番年層《としかさ》らしい、色の黒い、逞《たくま》しい鬚男であった。

「キット貴女《あなた》の処に行くだろうと思ったのが図に当りましたね」

「ホホホ。お蔭様で助かりましたわ」

媚めかしい声でそういいながら眉香子未亡人が静々と這《はい》って来た。僅かの間に櫛巻髪を束髪に直して、素晴らしい金紗の訪問着の孔雀《くじゃく》の裾模様を引ずりながら、丸々と縛られた維倉青年の前に突っ立った。眩しい刺繍の丸帯の前に束ねた、肉づきのいい両手の間から、巨大なダイヤの指環がギラギラと虹を吐いた。

「野郎……貴様らが上海《シャンハイ》の本部へ逃げ込む序《ついで》に門司から此地方《こちら》へ道草を喰いに入り込んだのを聞くと、直ぐに手配していたんだぞ。貴様らの同志四人はモウ先刻《さっき》、停車場で挙げられている。だからジタバタしたって駄目だぞ。貴様が門司から直方へ乗りつけたタクシーの番号までわかっているとは知らなかったろう」

「どうもありがとう御座いましたわねえ。ホホホ。ちょうど御通知の番号の車で、この青年《ひと》が見えましたから気をつけてお話を聞いておりますと、ポートサイドあたりへいらっしした方にしては、すこし色が白過ぎるんですものねえ。ホホ。さもなければ、妾は見事に一パイ引っかかっていたかも知れませんわ。トテモそんな方とは見えなかったんですからねえ」

「ハイ。恐れ入ります。それから間もなく倉庫主任宛のお電話が警察《こちら》にかかって参りましたのでスッカリ安心して手配してしまったのです。手配がすんだ証拠に、お山全体の電灯にスイッチを入れると申し上げて置きましたが、おわかりになりましたか」

「ええ。今消させて直ぐ自動車でコチラへ参りましたのよ。ちょっとこの青年へいって置きたいことが御座いましたもんですから……」

「……あ……そうですか。それじゃ。……只今なら構いませんから……何なりと……」

四人の刑事は眼くばせをし合ってゾロゾロと廊下の方へ出て行った。あとを見送った眉香子未亡人は、今一度、維倉青年を見下してニッコリと笑った。

「ホホ。お気の毒でしたわね」

「…………」

維倉青年はギリギリと歯を噛んで、眼の前の訪問着を見上げた。しかし何もいわなかった。否、いい得なかったのであろう。

「モウ。何も仰言らないで頂戴ね。仰言ったって警察では何一つホントにしませんからね。貴方《かた》が妾をお呪咀《のろ》いになるためにドンナ作りごとを仰言っても取り上げる人はおりませんからね。よござんすか……」

「…………」

「ねえ。女だと思ってタカを括《くく》っておいでになったのがイケなかったんですわ。ねえ」

「…………」

「ホホ。死にたくても死ねないようにして差し上げるって申しましたこと……おわかりになりまして?……」

「……ド……毒婦ッ……」

青年はいつの間にか上唇を噛み破っていた。その滴る血を吹きつけるように叫んだ。

「ホホホ。そうよ。アナタはプロの闘士よ。あたしはブルジョアの闘士……人間を棄ててしまった女優上りですからね。嘘言《うそ》も不人情もお互い様よ。それでいいじゃないの」

「チ……畜生……覚えておれッ」

「忘れませんわ……今夜のこと……ホホ。貴方も一生涯、忘れないで頂戴ね。楽しみが出来ていいわ」

「……殺してくれる……」

「どうぞ……貴方みたいな可愛いお人形さんに殺されるのは本望よ。妾はサンザしたい放題のことをして来た虚無主義のブルジョア……惜しい浮世じゃ御座んせんからね。チャントお待ちしておりますわ、ホホホホホ……では左様なら……ホホホホホ……」

誇らかに笑いながら彼女は、見返りもせずに静々と廊下に出て行った。向うの隅に固まって煙草を吸っている刑事連に嫣然《えんぜん》と一礼した。

「ありがとう御座いました。お手数かけました。アノ……どうぞお連れなすって……ホホホホホ」

# 年表で読み解く夢野久作の生涯

| 西暦 | 和暦 | 年齢 | 夢野久作関連の出来事 | 世相・事件 |
|---|---|---|---|---|
| 1889 | 明治22 | 0 | 1月4日、福岡県に杉山茂丸、ホトリの長男として生まれる。父の杉山茂丸は政治運動家で政界の黒幕とも呼ばれていた。両親が離婚し祖父三郎平、継祖母友子に育てられる。 | 大日本帝国憲法公布。 |
| 1892 | 明治25 | 2 | 能楽修業に入門 | 第二次伊藤内閣成立。 |
| 1899 | 明治32 | 11 | 大名尋常小学校卒業、福岡尋常高等小学校入学。 | 日本がベルヌ条約に加盟。 |
| 1902 | 明治35 | 14 | 祖父三郎平死去。 | 八甲田山雪中行軍遭難事件。 |
| 1903 | 明治36 | 15 | 福岡県立中学修猷館（現福岡県立修猷館高等学校）入学。 | 幸徳秋水らが平民社を設立。「平民新聞」を創刊。 |
| 1908 | 明治41 | 20 | 修猷館卒業。近衛歩兵第一連隊に一年志願兵として入営。 | 第一次西園寺内閣総辞職。 |
| 1909 | 明治42 | 21 | 一年志願兵の訓練を終え除隊。杉山農園創立。 | 伊藤博文暗殺。 |
| 1911 | 明治44 | 23 | 文学と絵画・美術への興味から、慶應義塾大学予科文学科に入学し歴史を専攻。 | 日米通商航海条約調印。 |
| 1912 | 明治45 | 24 | 在学中に見習士官としての将校教育を受け、陸軍歩兵少尉に任官。 | 明治天皇崩御。 |

| | | | | |
|---|---|---|---|---|
| 1913 | 大正2 | 25 | 父茂丸の命により慶應義塾大学を中退し、杉山農園を営むことになる。 | 大正政変が起きる。 |
| 1915 | 大正4 | 27 | 出家（禅宗）し、杉山泰道と改名する。 | 中華民国の袁世凱政権に対華21ヶ条を要求。 |
| 1916 | 大正5 | 28 | 奈良・京都などで修行。 | 夏目漱石死去。 |
| 1917 | 大正6 | 29 | 還俗し杉山農園に復帰。父の門下生が発行する雑誌『黒白』にエッセイを書き始める。 | 金本位制が停止。 |
| 1918 | 大正7 | 30 | 鎌田クラと結婚。能楽・喜多流の教授になる。 | 富山で米騒動が起きる。 |
| 1919 | 大正8 | 31 | 九州日報に入社し、ルポや童話を執筆。長男龍丸誕生。 | 鈴木三重吉が児童雑誌「赤い鳥」創刊。 |
| 1921 | 大正10 | 33 | 次男鉄児誕生。 | 原敬暗殺事件。 |
| 1922 | 大正11 | 34 | 杉山萠圓の筆名で、童話『白髪小僧』を自費で刊行。 | 森鷗外が死去。 |
| 1924 | 大正13 | 36 | 九州日報退社。 | 阪神甲子園球場・明治神宮外苑競技場竣工。 |
| 1926 | 大正15 | 38 | 『ドグラ・マグラ』の原型と思われる小説の執筆開始。日本で初めて切絵を使った童話『ルルとミミ』を九州日報夕刊に発表する。『新青年』の懸賞に「あやかしの鼓」を夢野久作名義で応募し二等に入選し（江戸川乱歩には酷評されるが）、作家活動を開始。三男参緑誕生。 | 大正天皇崩御。 |

| | | | | |
|---|---|---|---|---|
| 1928 | 昭和3 | 40 | 「瓶詰めの地獄」を発表。 | 張作霖爆殺事件が起きる。 |
| 1629 | 昭和4 | 41 | 「押絵の奇蹟」を発表。江戸川乱歩は「感銘を受けた」と激賞。 | 浜口雄幸内閣成立。 |
| 1930 | 昭和5 | 42 | 福岡市黒門三等郵便局長を拝命。 | ロンドン海軍軍縮条約可決。 |
| 1933 | 昭和8 | 45 | 「氷の涯」を発表。 | 上海事件が起きる。 |
| 1935 | 昭和10 | 47 | 松柏館書店から『ドグラ・マグラ』を刊行。江戸川乱歩は「わけのわからぬ小説」と評した。父茂丸が脳溢血で死亡。 | ナチス・ドイツが国際連盟を脱退。 |
| 1936 | 昭和11 | 48 | 3月11日、自宅にて逝去。満48歳没。 | 二・二六事件。 |

## 夢野久作　代表作品ガイド

### 瓶詰の地獄

**【発表】**『猟奇』1928年10月号／『日本探偵小説全集 第十一篇 夢野久作』（1929年　改造社）所収

**【解説】**3通の手紙からなる書簡体形式となっており、発表後にも幾度も改稿がなされており、初出時は『瓶詰の地獄』というタイトルだったが、底本によっては『瓶詰地獄』というタイトルになっているものもある。

**【粗筋】**ある島の岸に、樹脂で封をした三本のビール瓶が漂着しているのが発見され、村役場を通じて海洋研究所に送られた。いずれのビール瓶の中にも、近くの無人島に漂着した兄妹が書いた手紙が入っていた。一つ目の瓶には兄妹の父母に対する謝罪を込めた遺書が入っており、二つ目の瓶には無人島に漂着してからしばらくして、二人がどのように生活したかが書かれた手紙が入っており、三つ目の瓶からは漂着直後に書かれた素朴な内容の手紙が発見される。

## 押絵の奇蹟

**【発表】**『新青年』1929年1月号／『日本探偵小説全集 第十一篇 夢野久作』(1929年　改造社)所収

**【解説】** 書簡体形式で書かれた作品で、肺を病んだ美貌の女流ピアニスト・井ノ口トシ子が、母親によく似た歌舞伎役者・中村半次郎に向けて書いた手紙という体裁の作品で、江戸川乱歩は本作に対して「探偵小説壇においては珍しい名文と云うことができる」と高い評価を下している。

**【粗筋】** 演奏中、喀血して倒れ、自身の命が長くないと知ったピアニストの井ノ口トシ子は歌舞伎役者の中村半次郎に手紙を送る。そこにはトシ子の半生が書かれていた。トシ子が子供の頃、トシ子の顔が歌舞伎役者の中村半太夫にそっくりだったため、父は母の不義を疑い、母とトシ子を斬って切腹したこと。かろうじて生き延びたトシ子が真実を知るために半太夫に会おうとするが、会える機会ができたときに半太夫は既に亡くなっていたこと。代わりにその息子である半次郎の舞台を見たトシ子は半次郎が自分の母とうり二つだったことに驚いたこと。自分と半次郎が双子の兄妹であることを確信するが、ある医学書を読んで、思い人の顔を強く思う事で、子供がその思い人そっくりになるという例を知る。果たして自分と半次郎は本当に兄妹なのか、それともトシ子の母と半太夫が互いに強い精神的な結びつきがあっただけなのか、答えが出ないまま、トシ子の手紙は終わる。

「妻と中村半太夫の不義密通」を疑った父は、帰り着くやいなや妻子を一刀の下に切り捨て、自身は切腹して果てる。辛くも一命を取り留めたトシ子は富豪の柴忠に育てられ、後に彼の援助で上京する。そしてある日、歌舞伎の雑誌に載っていた17歳の名優・中村半次郎の写真を目にして驚愕する。半次郎の顔立ちは、トシ子の母親にうり二つだったのだ。

自身と半次郎は「男女の双生児」だと確信するトシ子。同時にそれは「母親と半太夫の不義密通」のあまりに残酷な証拠であり、自身の運命を想って泣き伏す。

しかしトシ子は、図書館で資料を漁るうちに、奇妙な学説を発見する。それは、「母親が配偶者以外の者を始終想っていれば、肉体関係を持たずとも、その者に似た容貌の子供が生まれる」という奇怪なものだった。

はたして母親と半太夫は、不義密通を犯していたのか？　それとも、互いを想うだけの純愛だったのか？

## 氷の涯

**【発表】**『新青年』1933年2月号／『氷の涯』（1933年　春陽堂）所収

**【解説】**シベリア出兵中に大事件に巻き込まれた上村作次郎が書き残した手記という体裁を取った小説で、前半では探偵趣味の作次郎が軍の内部で起きる様々な事件を解決するが、後半では軍から嫌疑をかけられた作次郎がロシア人のニーナと共に逃亡する様子を描く。

**【粗筋】**シベリア出兵中のハルビンで、何者かによって軍司令部から十五万円が盗まれる。当番卒だった上村作次郎は、退屈を紛らわすため探偵趣味を発揮し、軍の中で起きた事件を解決しようとするが、やがて、殺人、窃盗など軍の中で起きた罪をすべて着せられロシア人女性ニーナとともに逃亡することに。日本軍や赤軍から追われ、逃避行の果てにウラジオストクに辿り着いた二人は、トナカイの橇《そり》に乗って、氷の張った海へと旅立っていく。

## ドグラ・マグラ

【発表】『ドグラ・マグラ』（1935年　松柏館書店）

【解説】構想・執筆に10年以上の歳月をかけて書かれた作品で、小栗虫太郎『黒死館殺人事件』、中井英夫『虚無への供物』と並んで、日本探偵小説三大奇書に数えられている。タイトルの『ドグラ・マグラ』の意味について作中では、バテレンの呪術を意味する長崎の方言や、「戸惑う、面食らう」がなまったものとも説明されているが、正式な意味は明らかになっていない。

【粗筋】九州帝国大学の精神病科で「私」は蜜蜂の唸るような音で目覚めるが、それまでの記憶がまったくない。その場に居合わせた若林教授によれば、ひと月前に自殺した正木博士という精神医学者が、「私」を生まれた時から自身の研究の実験台にしていたらしい。若林教授から正木博士が遺した文書を読む私はその中に呉一郎と呼ばれる青年の記録を見つける。従妹であり婚約者である呉モヨ子を殺したという呉一郎こそが「私」なのだろうか？　そもそも今自分に起きていることは現実なのか？　全てがわからないまま、再び蜜蜂の唸るような音が聞こえ始め、物語は幕を閉じる。

# 夢野久作 人物相関図

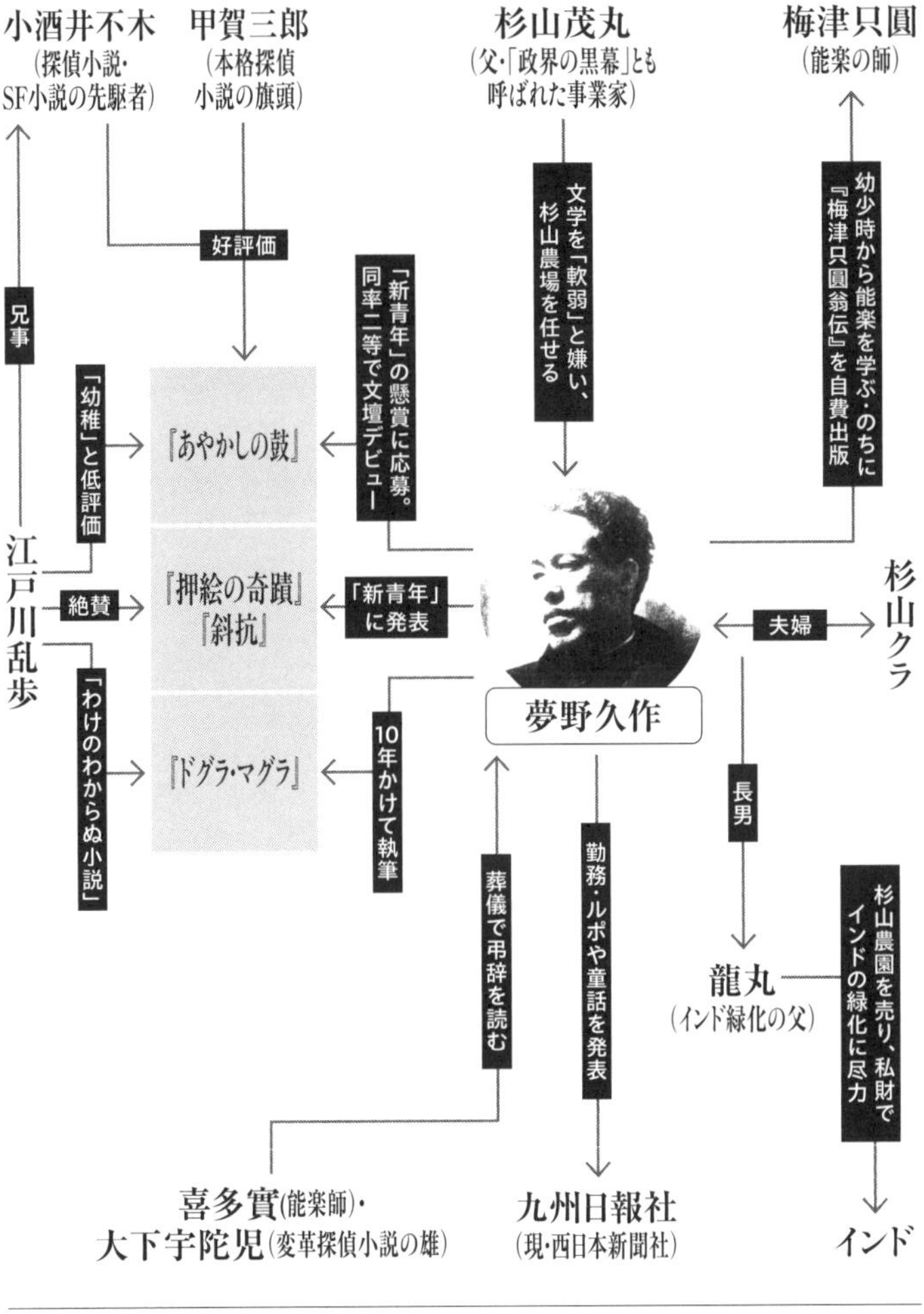

小酒井不木
（探偵小説・SF小説の先駆者）
甲賀三郎
（本格探偵小説の旗頭）
杉山茂丸
（父・「政界の黒幕」とも呼ばれた事業家）
梅津只圓
（能楽の師）
好評価
兄事
「幼稚」と低評価
『あやかしの鼓』
「新青年」の懸賞に応募。同率二等で文壇デビュー
文学を「軟弱」と嫌い、杉山農場を任せる
幼少時から能楽を学ぶ・のちに『梅津只圓翁伝』を自費出版
江戸川乱歩
絶賛
『押絵の奇蹟』『斜抗』
「新青年」に発表
杉山クラ
夫婦
夢野久作
「わけのわからぬ小説」
『ドグラ・マグラ』
10年かけて執筆
長男
葬儀で弔辞を読む
勤務・ルポや童話を発表
杉山農園を売り、私財でインドの緑化に尽力
龍丸
（インド緑化の父）
喜多實（能楽師）・
大下宇陀児（変革探偵小説の雄）
九州日報社
（現・西日本新聞社）
インド

写真提供：日本近代文学館

夢野久作
# ゆかりの地・行きつけの店

**【博多中洲・大阪屋】**1926（大正15）年創業の和食居酒屋。当時の店名は「味の大阪屋食堂」。「すき焼きの殿堂」をキャッチフレーズに人気店に。現在の店名は「博多石焼　大阪屋」。すき焼き「久作鍋」と新鮮な具材の「石焼き」が名物。
［URL］https://www.osakaya-15.com/　写真提供：大阪屋

## 【久作が愛したすき焼きを「久作鍋」と命名】

「筆者はだんだんと東京が恐ろしくなって来た。（中略）人間離れ、神様離れした物凄いインチキ競争の世界にまで進化して来ているようである。」と東京を嫌い、故郷博多を愛した夢野久作はまた博多「大阪屋」のすき焼きをこよなく愛した。

創業者が大阪からアイスクリン（アイスクリーム）製造機販売を目的に博多に来て開いたのが「大阪屋食堂」。

夢野久作は「山羊《やぎ》鬚《ひげ》編輯《へんしゅう》長《ちょう》」で「ポケットに残っていた五十銭玉を、東中洲の盛り場で投出して、飯《めし》付《つき》十五銭の鋤焼《すきやき》を二人前詰込《つめこ》んだ吾輩は、悠々とステッキを振り振り停車場へ引返した」と書いたのが大阪屋のすき焼きだった。ニラやニンニクがたっぷりのスタミナすき焼きだが、大阪屋はこのすき焼きをのちに「久作鍋」と命名し現在に至る。

故郷の好物に自分の名が残るとは、なんともうらやましい限り。

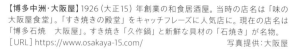

IZUMI KYOUKA

VI

# 泉鏡花

遺作▼縷紅新草《るこうしんそう》——1939（昭和14）年

文豪死す

# 泉鏡花

（いずみ　きょうか）

1873（明治6）年、石川県生まれ。小説家。尾崎紅葉に弟子入りし、書生生活を続けた後、京都日出新聞に『冠弥左衛門』を連載しデビュー。20代前半で発表した「夜行巡査」や「外科室」が「観念小説」という新たなジャンルとして文壇で頭角を現し、豊かな語彙と美しい文体で構成された『高野聖』で人気作家となった。1939年（昭和14）年、癌性肺腫瘍のため逝去。満65歳没

## 遺作「縷紅新草」について

縷紅《るこう》草は細い糸という意の「縷」に花の色の紅（赤）を表し「細い糸のような葉で、紅色の花をつける」ことから命名。鏡花が逝去する2か月前に発表された本作品を、三島由紀夫は「『縷紅新草』は神仙の作品だと感じてもいいくらいの傑作だと思う」と絶賛した。

# 縷紅新草

一

あれあれ見たか、
　あれ見たか。
二つ蜻蛉《とんぼ》が草の葉に、
かやつり草に宿をかり、
人目しのぶと思えども、
羽はうすものかくされぬ、
すきや明石《あかし》に緋《ひ》ぢりめん、
肌のしろさも浅ましや、
白い絹地の赤蜻蛉。
雪にもみじとあざむけど、

世間稲妻、目が光る。
　あれあれ見たか、
　　あれ見たか。

「おじさん――その提灯《ちょうちん》……」

「ああ、提灯……」

唯今《ただいま》、午後二時半ごろ。

「私が持ちましょう、磴《いしだん》に打撞《ぶつか》りますわ」

一肩上に立った、その肩も裳《すそ》も、嫋《しなやか》な三十ばかりの女房が、白い手を差向けた。

お米といって、これはそのおじさん、辻町糸七――の従姉《いとこ》で、一昨年《おととし》世を去ったお京の娘で、土地に老舗《しにせ》の塗師屋《ぬしや》なにがしの妻女である。

撫《な》でつけの水々しく利いた、おとなしい、静《しずか》な円髷《まるまげ》で、頸脚《えりあし》がすっきりしている。雪国の冬だけれども、天気は好《よ》し、小春日和だから、コオトも着ないで、着衣《きもの》のお召《めし》で包むも惜しい、色の清く白いのが、片手に、お京――その母の墓へ手向ける、小菊の黄菊と白菊と、あれは侘《わび》しくて、こちこちと寂しいが、土地がら、今時はお定《さだま》りの俗に称《とな》うる坊さん花、薊《あざみ》の軟《やわらか》いような樺紫《かばむらさき》の小鶏頭《こげいとう》を、一束にして添えたのと、ちょっと色紙の二本たばねの線香、一銭蝋燭《いちもんろうそく》を添えて持った、片手を伸べて、「その提灯を」といったのである。

山門を仰いで見る、処々、壊《く》え崩れて、草も尾花もむら生えの高い磴を登りかかった、お米の実家の檀那寺《だんなでら》――仙晶寺というのである。が、燈籠寺《とうろうでら》といった方がこの大城下によく通る。

去《さん》ぬる……いやいや、いつの年も、盂蘭盆《うらぼん》に墓地へ燈籠を供えて、心ばかり小さな燈《あかり》を灯《とも》すのは、このあたりすべてかわりなく、親類一門、それぞれ知己《ちかづき》の新仏へ志のやりとりをするから、十三日、迎火を焚《た》く夜《よ》からは、寺々の卵塔は申すまでもない、野に山に、標石《しめいし》、奥津城《おくつき》のある処、昔を今に思い出したような無縁墓、古塚までも、かすかなしめっぽい苔《こけ》の花が、ちらちらと切燈籠《きりこ》に咲いて、地《つち》の下の、仄白《ほのじろ》い寂しい亡霊《もうれい》の道が、草がくれ木《こ》の葉がくれに、暗夜《やみ》には著《しる》く、月には幽《かす》けく、冥々《めいめい》として顕《あら》われる。中でも裏山の峰に近い、この寺の墓場の丘の頂に、一樹、榎《えのき》の大木が聳《そび》えて、その梢《こずえ》に掛ける高燈籠が、市街の広場、辻、小路。池、沼のほとり、大川縁《べり》。一里西に遠い荒海の上からも、望めば、仰げば、佇《たたず》めば、みな空に、面影に立って見えるので、名に呼んで知られている。

この燈籠寺に対して、辻町糸七の外套《がいとう》の袖から半間《はんま》な面《つら》を出した昼間の提灯は、松風に颯《さっ》と誘われて、いま二葉三葉散りかかる、折からの緋葉《もみじ》も灯《とも》れず、ぽかぽかと暖い磴の小草《こぐさ》の日だまりに、あだ白けて、のびれば欠伸《あくび》、縮むと、嚔《くしゃみ》をしそうで可笑《おか》しい。

辻町は、欠伸と嚔を綯《な》えたような掛声で、

「ああ、提灯。いや、どっこい」

と一段踏む。

「いや、どっこい」

お米が莞爾《にっこり》、

「ほほほ、そんな掛声が出るようでは、おじさん」

「何、くたびれやしない。くたびれたといったって、こんな、提灯の一つぐらい。……もっとも持重りがしたり、邪魔になるようなら、ちょっと、ここいらの薄《すすき》の穂へ引掛《ひっか》けて置いても差支えはないんだがね」

「それはね、誰も居ない、人通りの少い処だし、お寺ですもの。そこに置いといたって、人がどうもしはしませんけれど。……持ちましょうというのに持たさないで、おじさん、自分の手で…」

「自分の手で」

「あんな、知らない顔をして、自分の手からお手向けなさりたいのでしょう。ここへ置いて行っては、お志が通らないではありませんか、悪いわ」

「お叱言《こごと》で恐入《おそれい》るがね、自分から手向けるって、一体誰だい」

「それは誰方《どなた》だか、ほほほ」

また莞爾《にっこり》。

「せいせい、そんな息をして……ここがいい、ちょっとお休みなさいよ、さあ」

ちょうど段々中継《なかつぎ》の一土間、向《む》桟敷《こうさじき》と云った処、さかりに緋葉した樹の根に寄った方で、うつむき態《なり》に片袖をさしむけたのは、縋《すが》れ、手を取ろう身構えで、腰を靡娜《なよやか》に振向いた。踏掛けて塗下駄に、模様の雪輪が冷くかかって、淡紅《とき》の長襦袢《ながじゅばん》がはらりとこぼれる。

媚《なまめか》しさ、というといえども、お米はおじさんの介添のみ、心にも留めなそうだが、人妻なれば憚《はばか》られる。そこで、件《くだん》の昼提灯を持直すと、柄の方を向うへ出した。黒塗の柄を引取ったお米の手は、なお白くて優しい。

憚られもしようもの。磴たるや、山賊の構えた巖《いわお》の砦《とりで》の火見《ひのみ》の階子《はしご》と云ってもいい、縦横町条《たてよこまちすじ》の家《や》ごとの屋根、辻の柳、遠近《おちこち》の森に隠顕しても、十町三方、城下を往来の人々が目を欹《そばだ》てれば皆見える、見たその容子《ようす》は、中空の手摺《てすり》にかけた色小袖に外套の熊蝉が留ったにそのままだろう。

蝉はひとりでジジと笑って、緋葉《もみじ》の影へ飜然《ひらり》と飛移った。

いや、飜然となんぞ、そんな器用に行《ゆ》くものか。

「ありがとう……提灯の柄のお力添に、片手を縋って、一方に洋杖《ステッキ》だ。こいつがまた素人が拾った櫂《かい》のようで、うまく調子が取れないで、だらしなく袖へ掻込《かいこ》んだ処は情《なさけ》ない、まるで両杖《りょうづえ》の形だな」

「いやですよ」

「意気地はない、が、止むを得ない。お言葉に従って一休みして行こうか。ちょうどお誂《あつら》え、苔《こけ》滑《なめらか》……というと冷いが、日当りで暖い所がある。さてと、ご苦労を掛けた提灯を、これへ置くか。樹下石上というと豪勢だが、こうした処は、地蔵盆に筵《むしろ》を敷いて鉦《かね》をカンカンと敲《たた》く、はっち坊主そのまだね」

「そんなに、せっかちに腰を掛けてさ、泥がつきますよ」

「構わない。破《や》れ麻だよ。たかが墨染にて候だよ」

「墨染でも、喜撰でも、所作舞台ではありませんよ、よごれますわ」

「どうも、これは。きれいなその手巾《ハンケチ》で」

「散っているもみじの方が、きれいです、払っては澄まないような、こんな手巾」

「何色というんだい。お志で、石へ月影まで映《さ》して来た。ああ、いい景色だ。いつもここは、というちにも、今日はまた格別です。あいかわらず、海も見える、城も見える」

といった。

就中《なかんずく》、公孫樹《いちょう》は黄なり、紅樹、青林、見渡す森は、みな錦葉《もみじ》を含み、散残った柳の緑を、うすく紗《しゃ》に綾取《あやど》った中に、層々たる城の天守が、遠山の雪の巓《いただき》を抽《ぬ》いて聳《そび》える。そこから斜《ななめ》に濃い藍《あい》の一線を曳《ひ》いて、青い空と一刷《ひとはけ》に同じ色を連ねたのは、いう迄もなく田野と市街と城下を巻いた海である。荒海ながら、日和の穏かさに、渚《なぎさ》の浪は白菊の花を敷流す……この友禅をうちかけて、雪国の町は薄霧を透《とお》して青白い。その袖と思う一端に、周囲三里ときく湖は、昼の月の、半円なるかと視《なが》められる。

「お米坊」

おじさんは、目を移して、

「景色もいいが、容子《ようす》がいいな。――提灯屋の親仁《おやじ》が見惚《みと》れたのを知ってるかい。

(その提灯を一つ、いくらです。)といったら、

(どうぞ早や、お持ちなされまして……お代はおついでの時、)……はどうだい。そのかわり、遠国他郷のおじさんに、売りものを新聞づつみ、紙づつみにしようともしないんだぜ。豈《あに》それ見惚れたりと

言わざるを得んやだ、親仁」

「おっしゃい」

と銚子《ちょうし》のかわりをたしなめるような口振で、

「旅の人だか何だか、草鞋《わらじ》も穿《は》かないで、今時そんな、見たばかりで分りますか。それだし、この土地では、まだ半季勘定がございます。……でなくってもさ、当寺《おてら》へお参りをする時、ゆきかえり通るんですもの。あの提灯屋さん、母に手を曳《ひ》かれた時分から馴染《なじみ》です。……いやね、そんな空《から》お世辞をいって、沢山。……おじさんお参りをするのに極《きま》りが悪いもんだから、おだてごかしにして」

「待った、待った。――お京さん――お米坊、お前さんのお母《つか》さんの名だ」

「はじめまして伺います、ほほほ」

「ご挨拶、恐入った。が、何々院――信女でなく、ごめんを被ろう。その、お母さんの墓へお参りをするのに、何だって、私がきまりが悪いんだろう。第一そのために来たんじゃないか」

「……それはご遠慮は申しませんの。母の許《とこ》へお参りをして下さいますのは分っていますけれどもね、そのさきに――誰かさん――」

「誰かさん、誰かさん……分らない。米ちゃん、一体その誰かさんは?」

「母が、いつもそういっていましたわ。おじさんは、(極《きま》りわるがり屋)という(長い屋)さんだから」

「どうせ、長屋住居《ずまい》だよ」

「ごめんなさい、そんなんじゃありません。だからっても、何も私に——それとも、思い出さない、忘れたのなら、それはひどいわ、あんまりだわ。誰かさんに、悪いわ、済まないわ、薄情よ」

「しばらく、しばらく、まあ、待っておくれ。これは思いも寄らない。唐突の儀を承る。弱ったな、何だろう、といっちゃなお悪いかな、誰だろう」

「ほんとに忘れたんですか。それで可《い》いんですか。嘘でしょう。それだとあんまりじゃありませんか。いっそちゃんと言いますよ、私から。——そういっても釣出しにかかって私の方が極りが悪いかも知れませんけれども。……おじさん、おじさんが、むかし心中をしようとした、婦人《おんな》のかた」

「…………」

藪《やぶ》から棒をくらって膨らんだ外套の、黒い胸を、辻町は手で圧《おさ》える真似して、目を睜《みは》ると、

「もう堪忍してあげましょう。あんまり知らないふりをなさるからちょっと驚《おど》かしてあげたんだけれど、それでも、もうお分りになったでしょう。——いつかの、その時、花の盛《さかり》の真夜中に。——あの、お城の門のまわり、暗い堀の上を行ったり、来たり……」

お米の指が、行ったり来たり、ちらちらと細く動くと、その動くのが、魔法を使ったように、向う遥《はる》かな城の森の下くぐりに、小さな男が、とぼんと出て、羽織も着ない、しょぼけた形を顕《あら》わすとともに、手を拱《こまぬ》き、首《こうべ》を垂れて、とぼとぼと歩行《ある》くのが朧《おぼろ》に見える。それ、糧に飢えて死のうとした。それがその夜の辻町である。

同時に、もう一つ。寂しい、美しい女が、花の雲から下りたように、すっと翳《かげ》って、おなじ堀を垂々《だらだら》下《お》りに、町へ続く長い坂を、胸を柔《やわらか》に袖を合せ、肩を細《ほっそ》りと裙《すそ》を浮かせて、宙に漾《ただよ》うばかり。さし俯《うつ》向《む》いた頸《えり》のほんのり白い後姿で、捌《さば》く褄《つま》も揺《ゆら》ぐと見えない、もの静かな品の好《よ》さで、夜はただ黒し、花明り、土の筏《いかだ》に流るるように、満開の桜の咲蔽《さきおお》うその長坂を下りる姿が目に映った。

——指を包め、袖を引け、お米坊。頸の白さ、肩のしなやかさ、余りその姿に似てならない。——今、目《ま》のあたり、坂を行《ゆ》く女《ひと》は、あれは、二十《はたち》ばかりにして、その夜、(鳥をいう)千羽ケ淵《ふち》で自殺してしまったのである。身を投げたのは潔い。

卑怯《ひきょう》な、未練な、おなじ処をとぼついた男の影は、のめのめと活きて、ここに仙晶寺の磴《いしだん》の中途に、腰を掛けているのであった。

## 二

「ああ、まるで魔法にかかったようだ。」

頬にあてて打傾いた掌《て》を、辻町は冷く感じた。時に短く吸込んだ煙草《たばこ》の火が、チリリと耳を掠《かす》めて、爪先《つまさき》の小石へ落ちた。

「またまったく夢がさめたようだ。——その時、夜あけ頃まで、堀の上をうろついて、いつ家《うち》へ帰ったか、草へもぐったのか、蒲団《ふとん》を引被《ひきかぶ》ったのか分らない。打ち踣《の》めされたようになって寝た耳へ、

――兄さん……兄さん――

と、聞こえたのは、……お京さん」

「返事をしましょうか」

「願おうかね」

「はい、おほほ」

「申すまでもない、威勢のいい若い声だ。そうだろう、お互に二十《はたち》の歳です。――死んだ人は、たしか一つ上だったように後で聞いて覚えている。前の晩は、雨気《あまけ》を含んで、花あかりも朦朧《もうろう》と、霞に綿を敷いたようだった。格子戸外《そと》のその元気のいい声に、むっくり起きると、おっと来たりで、目は窪《くぼ》んでいる……額《おでこ》をさきへ、門口《かどぐち》へ突出すと、顔色の青さを烘《あぶ》られそうな、からりとした春爛《たけなわ》な朝景色さ。お京さんは、結いたての銀杏返《いちょうがえし》で、半襟の浅黄の冴えも、黒繻子《くろじゅす》の帯の艶《つや》も、霞を払ってきっぱりと立っていて、（兄さん身投げですよ、お城の堀で。）（嘘だよ、ここに活きてるよ。）と、うっかり私が言ったんだから、お察しものです。すぐ背後《うしろ》の土間じゃ七十を越した祖母《ばあ》さんが、お櫃《ひつ》の底の、こそげ粒で、茶粥《ちゃがゆ》とは行きません、みぞれ雑炊を煮てござる。前々年、家《うち》が焼けて、次の年、父親がなくなって、まるで、掘立小屋だろう。住むにも、食うにも――昨夜《ゆうべ》は城のここかしこで、早い蛙がもう鳴いた、歌を唄ってる虫けらが、およそ羨《うらやま》しい、と云った場合。……祖母さんは耳が遠いから可《よ》かったものの、（活きてるよ。）は何事です。（何を寝惚《ねぼ》けているんです。しっかりするんです。）その頃の様子を察しているから、お京さん――ままならない思遣りのじれったさの疳癪筋《かんしゃくすじ》で、ご存じの通り、一《いち》うちの眉を顰《ひそ》めながら、（……町内ですよ、ここの。いま私、前を通って来たんだけれど、角の箔屋《はくや》。――うちの人じゃあない、世話になって、はんけちの工場《こうば》へ勤めている娘さんですとさ。ちゃんと目をあいて……あれ、あんなに人が立っている。）うららかな朝だけれど、路が一条《ひとすじ》、胡粉《ごふん》で泥塗《みだ》たように、ずっと白く、寂《しん》然として、家《や》ならび、三町ばかり、手前どもとおなじ側《かわ》です、けれども、何だか遠く離れた海際まで、突抜けになったようで、そこに立っている人だかりが――身を投げたのは淵《ふち》だというのに――打って来る波を避けるように、むらむらと動いて、地《つち》がそこばかり、ぐっしより汐《しお》に濡れているように見えた。

花はちらちらと目の前へ散って来る。

私の小屋と真向《まむかい》の……金持は焼けないね……しもた屋の後妻《うわなり》で、町中の意地悪が――今時はもう影もないが、――それその時飛んで来た、燕の羽の形に後《うしろ》を刎《は》ねた、橋髷《はしまげ》とかいうのを小さくのっけたのが、門《かど》の敷石に出て来て立って、おなじように箔屋の前を熟《じっ》とすかして視《み》ていた。その継娘《ままむすめ》は、優しい、うつくしい、上品な人だったが、二十《はたち》にもならない先に、雪の消えるように白梅と一所に水で散った。いじめ殺したんだ、あの継母がと、町内で沙汰《さた》をした。その色の浅黒い後妻《うわなり》の眉と鼻が、箔屋を見込んだ横顔で、お米さんの前髪にくッつき合った、と私の目に見えた時さ。（いとしや。）とその後妻が、（のう、ご親類の、ご新姐《しんぞ》さん。）――悉《くわ》しくはなくても、向う前だから、様子は知ってる、行来《ゆきき》、出入りに、顔見知りだから、声を掛けて、（いつ見ても、好容色《ごきりょう》なや、ははは。）と空《そら》笑いをやったとお思い、（非業の死とはいうけれど、根は身の行いでござりますのう。）とじろりと二人を見ると、お京さん、御母堂だよ、いいかい。怪我にも真似なんかなさんなよ。即時、好容色《ごきりょう》な頤《あご》を打《ぶ》つけるようにしゃくって、（はい、さようでござります、のう。）と云うが疾《はや》いか、背中の子」

辻町は、時に、まつげの深いお米と顔を見合せた。

「その日は、当寺《こちら》へお参りに来がけだったのでね、……お京さん、磴《いしだん》が高いから半纏《はんてん》おんぶでなしに、浅黄鹿の子の紐でおぶっていた。背中へ、べっかっこで、（ばあ。）というと、カタカタと薄歯の音を立てて家《うち》ン中へ入ったろう。私が後妻《うわなり》に赤くなった。

負《おぶ》っていたのが、何を隠そう、ここに好容色で立っている、さて、久しぶりでお目にかかります。お前さんだ、お米坊――二歳《ふたつ》、いや、三つだったか。かぞえ年」

「かぞえ年……」

「ああ、そうか」

「おじさんの家の焼けた年、お産間近に、お母《つか》さんが、あの、火事場へ飛出したもんですから、そのせいですって……私には痣《あざ》が」

睫毛《まつげ》がふるえる。辻町は、ハッとしたように、ふと肩をすくめた。

「あら、うっかり、おじさんだと思って、つい。……真紅《まっか》でしたわ、おとなになって今じゃ薄《うっす》りとただ青いだけですの」

おじさんは目を俯《ふ》せながら、わざと見まもったようにこういった。

「見えやしない、なにもないじゃないか、どこなのだね」

「知らない」

「まあさ」

「乳の少し傍《わき》のところ」

「きれいだな、眉毛を一つ剃《そ》った痕《あと》か、雪間の若菜……とでも言っていないと――父がなくなって帰ったけれど、私が一度無理に東京へ出ていた留守です。私の家《うち》のために、お京さんに火事場を踏ませて申訳がないよ。――ところで、その嬰児《あかんぼ》が、今お見受け申すお姿となったから、もうかれこれ三十年。……だもの、記憶《おぼえ》も何も朧々《おぼろおぼろ》とした中に、その悲しいうつくしい人の姿に薄明りがさして見える。遠くなったり、近くなったり、途中で消えたり、目先へ出たり――こっちも、とぼとぼと死場所を探していたんだから、どうも人目が邪魔になる。さきでも目障りになったろう。やがて夜中の三時過ぎ、天守下の坂は長いからね、坂の途中で見失ったが、見失った時の後姿を一番はっきりと覚えている。だから、その人が淵で死んだとすると、一旦《いったん》町へ下りて、もう一度、坂を引返《ひっかえ》した事になるんだね。


ただし、そういった処で、あくる朝、町内の箔屋へ引取った身投げの娘が、果して昨夜《ゆうべ》私が見た人と同じだかどうだか、実の処は分りません……それは今でも分りはしない。堀端では、前後一度だって、横顔の鼻筋だって、見えないばかりか、解りもしない。が、朝、お京さんに聞いたばかりで、すぐ、ああ、それだと思ったのも、おなじ死ぬ気の、気で感じたのであろうと思う……

と、お京さんが、むこうの後妻《うわなり》の目をそらして、格子を入った。おぶさったお前さんが、それ、今のべっかっこで、妙な顔……」

「ええ、ほほほ」

とお米は軽く咲容《えまい》して、片袖を胸へあてる。

「お京さん、いきなり内の祖母《ばあ》さんの背中を一つトンと敲《たた》いたと思うと、鉄鍋《てつなべ》の蓋《ふた》を取って覗《のぞ》いたっけ、勢《いきおい》のよくない湯気が上る」

お米は軽く鬢《びん》を撫《な》でた。

「ちょろちょろと燃えてる、竈《かまど》の薪木《たきぎ》、その火だがね、何だか身を投げた女《ひと》をあぶって暖めているような気がして、消えぎえにそこへ、袖褄《そでづま》を縺《もつ》れて倒れた、ぐっしょり濡れた髪と、真白な顔が見えて、まるでそれがね、向う門《かど》に立っている後妻《うわなり》に、はかない恋をせかれて、五年前に、おなじ淵に身を投げた、優しい姉さんのようにも思われた。余程どうかしていたんだね。

半壊れの車井戸が、すぐ傍《そば》で、底の方に、ばたん、と寂しい雫《しずく》の音。

ざらざらと水が響くと、

――身投げだ――

――別嬪《べっぴん》だ――

――身投げだ――

と戸外《おもて》を喚《わめ》いて人が駆けた。

この騒ぎは――さあ、それから多日《しばらく》、四方、隣国、八方へ、大波を打ったろうが、

——三年の間、かたい慎み——

だッてね、お京さんが、その女《ひと》の事については、当分、口へ出してうわささえしなければ、また私にも、話さえさせなかったよ。

——おなじ桜に風だもの、兄さんを誘いに来ると悪いから——

その晩、おなじ千羽ヶ淵へ、ずぶずぶの夥間《なかま》だったのに、なまじ死にはぐれると、今さら気味が悪くなって、町をうろつくにも、山の手の辻へ廻って、箔屋の前は通らなかった。……

この土地の新聞一種《ひといろ》、買っては読めない境遇だったし、新聞社の掲示板の前へ立つにも、土地は狭い、人目に立つ、死出三途《さんず》ともいう処を、一所に徜徉《さまよ》った身体《からだ》だけに、自分から気が怯《ひ》けて、避《よ》けるように、避けるように、世間のうわさに遠ざかったから、花の散ったのは、雨か、嵐か、人に礫《つぶて》を打たれたか、邪慳《じゃけん》に枝を折られたか。今もって、取留めた、悉《くわ》しい事は知らないんだが、それも、もう三十年。

……お米さん、私は、おなじその年の八月——ここいらはまだ、月おくれだね、盂蘭盆が過ぎてから、いつも大好きな赤蜻蛉の飛ぶ時分、道があいて、東京へ立てたんだが。——

——ああ、そうか」

辻町は、息を入れると、石に腰をずらして、ハタと軽く膝をたたいた。

三

その時、外套《がいとう》の袖にコトンと動いた、石の上の提灯《ちょうちん》の面《つら》は、またおかしい。いや、おかしくない、大空の雲を淡く透《すか》して蒼白《あおじろ》い。

「……さて、これだが、手向けるとか、供えるとか、お米坊のいう――誰かさんは――」

「ええ、そうなの」

と、小菊と坊さん花をちょっと囲って、お米は静《しずか》に頷《うなず》いた。

「その嬰児《あかんぼ》が、串戯《じょうだん》にも、心中の仕損いなどという。――いずれ、あの、いけずな御母堂から、いつかその前後の事を聞かされて、それで知っているんだね。

不思議な、怪しい、縁だなあ。――花あかりに、消えて行った可哀相な人の墓はいかにも、この燈籠寺にあるんだよ。

若気のいたり。……」

辻町は、額をおさえて、提灯に俯向《うつむ》いて、

「何と思ったか、東京へ――出発間際、人目を忍んで……というと悪く色気があります。何、こそこそと、鼠あるきに、行燈《あんどん》形《なり》の小《ちいさ》な切籠《きりこ》燈の、就中《なかんずく》、安価なのを一枚《ひとつ》細腕で引いて、梯子《はしご》段《だん》の片暗がりを忍ぶように、この磴《いしだん》を隅の方から上《あが》って来た。胸も、息も、どきどきしながら。

ゆかただか、羅《うすもの》だか、女郎花《おみなえし》、桔梗《ききょう》、萩、それとも薄《すすき》か、淡彩色《うすざいしき》の燈籠より、美しく寂しかろう、白露に雫《しずく》をしそうな、その女《ひと》の姿に供える気です。

中段さ、ちょうど今居る。

しかるに、どうだい。お米坊は洒落《しゃれ》にも私を、薄情だというけれど、人間の薄情より三十年の月日は情がない。この提灯でいうのじゃないが、燈台下暗しで、とぼんとして気がつかなかった。申訳より、面目《めんぼく》がないくらいだ。

――すまして饒舌《しゃべ》って可《い》いか知らん、その時は、このもみじが、青葉で真黒《まっくろ》だった下へ来て、上へ墓地を見ると、向うの峯をぼッと、霧にして、木曾のはは木だね、ここじゃ、見えない。が、有名な高燈籠が榎《えのき》の梢《こずえ》に灯《とも》れている……葉と葉をくぐって、燈《ひ》の影が露を誘って、ちらちらと樹を伝うのが、長くかかって、幻の藤の総を、すっと靡《なび》かしたように仰がれる。絵の模様は見えないが、まるで、その高燈籠の宙の袖を、その人の姿のように思って、うっかりとして立った。

――ああ、呆れた――

目の前に、白いものと思ったっけ、山門を真下《まっさが》りに、藍《あい》がかった浴衣に、昼夜帯の婦人が、

――身投げに逢いに来ましたね――

言う事も言う事さ、誰だと思います。御母堂さ。それなら、言いそうな事だろう。いきなり、がんと撲《くら》わされたから、おじさんの小僧、目をまるくして胆《きも》を潰《つぶ》した。そうだろう、当の御親類の墓地へ、といっては、ついぞ、つけとどけ、盆のお義理なんぞに出向いた事のない奴《やつ》が、」

辻町は提灯を押えながら、

「酒買い狸が途惑《とまどい》をしたように、燈籠をぶら下げて立っているんだ。いう事が捷早《すばや》いよ、お京さん、そう、のっけにやられたんじゃ、事実、親類へ供えに来たものにした処で、そうとはいえない。

——初路さんのお墓は——

いかにも、若い、優しい、が、何だか、弱々とした、身を投げた女の名だけは、いつか聞いていた。

——お墓の場所は知っていますか——

知るもんですか。お京さんが、崖で夜露に辷《すべ》る処へ、石ころ道が切立《きった》てで危いから、そんなにとぼついているんじゃ怪我をする。お寺へ預けて、昼間あらためて、お参りを、そうなさい、という。こっちはだだね。日中《ひなか》のこのこ出られますか。何、志はそれで済むからこの石の上へ置いたなり帰ろうと、降参に及ぶとね、犬猫が踏んでも、きれいなお精霊《しょうりょう》が身震いをするだろう。——とにかく、お寺まで、と云って、お京さん、今度は片褄《かたづま》をきりりと端折《はしょ》った。

こっちもその要心から、わざと夜になって出掛けたのに、今頃まで、何をしていたろう。（遊んでいた。世の中の煩《うる》さきがなくて寺は涼しい。裏縁に引いた山清水に……西瓜《すいか》は驕《おご》りだ、和尚さん、小僧には内証《ないしょ》らしく冷して置いた、紫陽花《あじさい》の影の映る、青い心太《ところてん》をつるつる突出して、芥子《からし》を利かして、冷い涙を流しながら、見た処三百ばかりの墓燈籠と、草葉の影に九十九ばかり、お精霊の幻を見て涼んでいた、その中に初路さんの姿も。）と、お京さん、好《すき》なお転婆をいって、山門を入った勢《いきおい》だからね。……その勢だから……向った本堂の横式台、あの高い処に、晩出《おそで》の参詣《さんけい》を待って、お納所《なっしょ》が、盆礼、お返しのしるしと、紅白の麻糸を三宝に積んで、小机を控えた前へ。どうです、私が引込《ひっこ》むもんだから、お京さん、引取った切籠燈《きりこ》をツイと出すと、

——この春、身を投げた、お嬢さんに。……心中を仕損った、この人の、こころざし——私は門まで遁出《にげだ》したよ。あとをカタカタと追って返して、

——それ、紅い糸を持って来た。縁結びに——白いのが好《よ》かったかしら、……あいては幻……と頬をかすられて、私はこの中段まで転げ落ちた。ちと大袈裟《おおげさ》だがね、遠くの暗い海の上で、稲妻がしていたよ。その夜、途中からえらい降りで」……

……………………

……………………

辻町は夕立を懐《おも》うごとく、しばらく息を沈めたが、やがて、ちょっと語調をかえて云った。

「お米坊、そんな、こんな、お母さんに聞いていたのかね」

「ええ、お嫁に行ってから、あと……」

「そうだろうな、あの気象でも、極《きま》りどころは整然《ちゃん》としている。嫁入前の若い娘に、余り聞かせる事じゃないから。

——さて、問題の提灯だ。成程、その人に、切籠燈《きりこ》のかわりに供えると、思ったのはもっともだ。が、そんな、実は、しおらしいとか、心入れ、とかいう奇特なんじゃなかったよ。懺悔《ざんげ》をするがね、実は我

ながら、とぼけていて、ひとりでおかしいくらいなんだよ。月夜に提灯が贅沢《ぜいたく》なら、真昼間《まっぴるま》ぶらで提げたのは、何だろう、余程《よっぽど》半間さ。

というのがね、先刻《さっき》お前さんは、連《つれ》にはぐれた観光団が、鼻の下を伸ばして、うっかり見物している間抜けに附合う気で、黙ってついていてくれたけれど、来がけに坂下の小路中《なか》で、あの提灯屋の前へ、私がぼんやり突立《つった》ったろう。

場所も方角も、まるで違うけれども、むかし小学校の時分、学校近所の……あすこは大川近《ちか》の窪地《くぼち》だが、寺があって、その門前に、店の暗い提灯屋があった。髯《ひげ》のある親仁《おやじ》が、紺の筒袖を、斑々《むらむら》の胡粉《ごふん》だらけ。腰衣のような幅広の前掛《まえかけ》したのが、泥絵具だらけ、青や、紅《あか》や、そのまま転がったら、楽書《らくがき》の獅子《しし》になりそうで、牡丹《ぼたん》をこってりと刷毛《はけ》で彩《えど》る。緋《ひ》も桃色に颯《さつ》と流して、ぼかす手際が鮮彩《あざやか》です。それから鯉の滝登り。八橋一面の杜若《かきつばた》は、風呂屋へ進上の祝だろう。そんな比羅絵《びらえ》を、のしかかって描いているのが、嬉しくて、面白くって、絵具を解き溜《た》めた大摺鉢《おおすりばち》へ、鞠子《まりこ》の宿《しゅく》じゃないけれど、薯《と》蕷汁《ろろ》となって溶込むように……学校の帰途《かえり》にはその軒下へ、いつまでも立って見ていた事を思出した。時雨も霙《みぞれ》も知っている。夏は学校が休《やすみ》です。桜の春、また雪の時なんぞは、その緋牡丹の燃えた事、冴えた事、葉にも苔《こけ》にも、パッパッと惜気《おしげ》なく金銀の箔《はく》を使うのが、御殿の廊下へ日の射《さ》したように輝いた。そうした時は、家《うち》へ帰る途中の、大川の橋に、綺麗な牡丹が咲いたっけ。

先刻《さっき》のあの提灯屋は、絵比羅も何にも描いてはいない。番傘の白いのを日向《ひなた》へ並べていたんだが、ついい、その昔を思出して、あんまり店を覗《のぞ》いたので、ただじゃ出て来にくくなったもんだから、観光団お買上げさ。

――ご紋は――

――牡丹――

何、描かせては手間がとれる……第一実用むきの気といっては、いささかもなかったからね。これは、傘《からかさ》でもよかったよ。パッと拡げて、菊を持ったお米さんに、背後《うしろ》から差掛けて登れば可《よ》かった」

「どうぞ。……女万歳の広告に」

「仰せのとおり。――いや、串戯《じょうだん》はよして。いまの並べた傘の小間隙間《すきま》へ、柳を透いて日のさすのが、銀の色紙《しきし》を拡げたような処へ、お前さんのその花についていたろう、蝶が二つ、あの店へ翔込《たちこ》んで、傘の上へ舞ったのが、雪の牡丹へ、ちらちらと箔《はく》が散浮く……

そのままに見えたと思った時も――箔――すぐこの寺に墓のある――同町内に、ぐっしょりと濡れた姿を儚《はかな》く引取った――箔屋――にも気がつかなかった。薄情とは言われまいが、世帯の苦労に、朝夕は、細く刻んでも、日は遠い。年月が余り隔《へだ》ると、目前《めのまえ》の菊日和も、遠い花の霞になって、夢の朧《おぼろ》が消えて行《ゆ》く。

が、あらためて、澄まない気がする。御母堂の奥津城を展じたあとで。……ずっと離れているといいんだがな。近いと、どうも、この年でも極《きま》りが悪い。きっと冷かすぜ、石塔の下から、クックッ、カラカラとまず笑う」

「こわい、おじさん。お母《つか》さんだがいいけれど。……私がついていますから、冷かしはしませんから、よく、お拝みなさいましよね。

――（糸塚）さん」

「糸塚……初路さんか。糸塚は姓なのかね」

「いいえ、あら、そう……おじさんは、ご存じないわね。

――糸塚さん、糸巻塚ともいうんですって。

この谷を一つ隔てた、向うの山の中途に、鬼子母神《きしもじん》様のお寺がありましょう」

「ああ、柘榴寺《ざくろでら》――真成寺《しんじょうじ》」

「ちょっとごめんなさい。私も端の方へ、少し休んで。……いいえ、構うもんですか。落葉といっても錦《にしき》のようで、勿体ないほどですわ。あの柘榴の花の散った中へ、鬼子母神様の雲だといって、草履を脱いで坐ったのも、つい近頃のようですもの。お母さんにつれられて。白い雲、青い雲、紫の雲は何様でしょう。鬼子母神様は紅《あか》い雲のように思われますね」

墓所は直《じき》近いのに、面影を遥《はる》かに偲《しの》んで、母親を想うか、お米は恍惚《うっとり》して云った。

――聞くとともに、辻町は、その壮年を三四年、相州逗子《ずし》に過ごした時、新婚の渠《かれ》の妻女の、病厄のためにまさに絶えなんとした生命を、医療もそれよ。まさしく観世音の大慈の利験《りやく》に生きたことを忘れない。南海霊山の岩殿寺《いわとのじ》、奥の御堂《みどう》の裏山に、一処《ひとところ》咲満ちて、春たけなわな白光《びゃっこう》に、奇《く》しき薫《かおり》の漲《みなぎ》った紫の菫《すみれ》の中に、白い山兎の飛ぶのを視《み》つつ、病中の人を念じたのを、この時まざまざと、目前の雲に視て、輝く霊巌《れいげん》の台に対し、さしうつむくまで、心衷《しんちゅう》に、恭礼黙拝したのである。――

お米の横顔さえ、﨟《ろう》たけて、

「柘榴寺、ね、おじさん、あすこの寺内に、初代元祖、友禅の墓がありましょう。一頃は訪《と》う人どころか、苔《こけ》の下に土も枯れ、水も涸《かわ》いていたんですが、近年《ちかごろ》他国の人たちが方々から尋ねて来て、世評が高いもんですから、記念碑が新しく建ちましてね、名所のようになりました。それでね、ここのお寺でも、新規に、初路さんの、やっぱり記念碑を建てる事になったんです」

「ははあ、和尚さん、娑婆気《しゃばっけ》だな、人寄せに、黒枠で……と身を投げた人だから、薄彩色《うすざいしき》水絵具の立看板」

「黙って。……いいえ、お上人よりか、檀家の有志、県の観光会の表向きの仕事なんです。お寺は地所を貸すんです」

「葬った土とは別なんだね」

「ええ、それで、糸塚、糸巻塚、どっちにしようかっていってるところ」

「どっちにしろ、友禅の（染）に対する（糸）なんだろう」

「そんな、ただ思いつき、趣向ですか、そんなんじゃありません。あの方、はんけちの工場へ通って、縫取をしていらしってさ、それが原因《もと》で、あんな事になったんですもの。糸も紅糸《べにいと》からですわ」

「糸も紅糸……はんけちの工場へ通って、縫取をして、それが原因《もと》?……」

「まあ、何にも、ご存じない」

「怪我にも心中だなどという、そういっちゃ、しかし済まないけれども、何にも知らない。おなじ写真を並んで取っても、大勢の中だと、いつとなく、生別れ、死別れ、年が経《た》つと、それっきりになる事もあるからね」

辻町は向直っていったのである。

「蟹は甲らに似せて穴を掘る……も可訝《おかし》いかな。おなじ穴の狸……飛んでもない。一升入の瓢《ひさご》は一升だけ、何しろ、当推量も左前だ。誰もお極《きま》りの貧のくるしみからだと思っていたよ」

また、事実そうであった。

「まあ、そうですか、いうのもお可哀相。あの方、それは、おくらしに賃仕事をなすったでしょう。けれど、もと、千五百石のお邸《やしき》の女臈《じょうろう》さん」

「おお、ざっとお姫様だ。ああ、惜しい事をした。あの晩一緒に死んでおけば、今頃はうまれかわって、小いろの一つも持った果報な男になったろう。……糸も、紅糸は聞いても床しい」

「それどころじゃありません。その糸から起った事です。千五百石の女臈ですが、初路さん、お妾腹《めかけばら》だったんですって。それでも一粒種、いい月日の下《もと》に、生れなすったんですけれど、廃藩以来、ほどなく、お邸は退転、御両親も皆あの世。お部屋方の遠縁へ引取られなさいましたのが、いま、お話のありました箔屋なのです。時節がら、箔屋さんも暮しが安易《らく》でないために、工場《こうば》通いをなさいました。お邸育ちのお慰みから、縮緬《ちりめん》細工もお上手だし、お針は利きます。すぐ第一等の女工さんでごく上等のものばかり、はんけちと云って、薄色もありましょうが、おもに白絹へ、蝶花を綺麗に刺繍《ししゅう》をするんですが、いい品は、国産の誉れの一つで、内地より、外国へ高級品で出たんですって」

「なるほど」

# 四

あれあれ見たか
あれ見たか
…………………

「あれあれ見たか、あれ見たか、二つ蜻蛉《とんぼ》が草の葉に、かやつり草に宿かりて……その唄を、工場で唄いましたってさ。唄が初路さんを殺したんです。

細い、かやつり草を、青く縁へとって、その片端、はんけちの雪のような地《じ》へ赤蜻蛉を二つ」

お米の二つ折る指がしなって、内端《うちは》に襟をおさえたのである。

「一ツずつ、蜻蛉が別ならよかったんでしょうし、外の人の考案《かんがえ》で、あの方、ただ刺繍だけなら、何でもなかったと言うんです。どの道、うつくしいのと、仕事の上手なのに、嫉《ねた》み猜《そね》みから起った事です。何につけ、かにつけ、ゆがみ曲りに難癖をつけないではおきません。処を図案まで、あの方がなさいました。何から思いつきなすったんだか。――その赤蜻蛉の刺繍が、大層な評判だし、分けて輸出さきの西洋の気受けが、それは、凄《すご》い勢《いきおい》で、どしどし註文が来ました処から、外国まで、恥を曝《さら》すんだって、羽をみんな、手足にして、紅いのを縮緬のように唄い囃《はや》して、身肌を見せたと、騒ぐんでしょう」

（巻初に記して一粲《いっさん》に供した俗謡には、二三行、……………脱落があるらしい、お米が口誦《くしょう》を憚《はばか》ったからである）

「いやですわね、おじさん、蝶々や、蜻蛉は、あれは衣服《きもの》を着ているでしょうか。

——人目しのぶと思えども

羽はうすもの隠されぬ——

それも一つならまだしもだけれど、一つの尾に一つが続いて、すっと、あの、羽を八つ、静かに銀糸で縫ったんです、寝ていやしません、飛んでいるんですわね。ええ、それをですわ、

——世間、いなずま目が光る——

——恥を知らぬか、恥じないか——と皆《みんな》でわあわあ、さも初路さんが、そんな姿絵を、紅い毛、碧《あお》い目にまで、露呈《あらわ》に見せて、お宝を儲けたように、唱い立てられて見た日には、内気な、優しい、上品な、着ものの上から触られても、毒蛇の牙形《はがた》が膚《はだ》に沁《し》みる……雪に咲いた、白玉椿のお人柄、耳たぶの赤くなる、もうそれが、砕けるのです、散るのです。

遺書《かきおき》にも、あったそうです。——ああ、恥かしいと思ったばかりに——」

「察しられる。思いやられる。お前さんも聞いていようか。むかし、正しい武家の女性《にょしょう》たちは、拷問《ごうもん》の笞《しもと》、火水の責にも、断じて口を開かない時、ただ、衣《きぬ》を褫《うば》う、肌着を剥《は》ぐ、裸体にするというとともに、直ちに罪に落ちたというんだ。——そこへ掛けると……」

辻町は、かくも心弱い人のために、西班牙《スペイン》セビイラの煙草工場のお転婆を羨《うらや》んだ。

同時に、お米の母を思った。お京がもしその場に処したら、対手《あいて》の工女の顔に象棋盤《しょうぎばん》の目を切るかわりに、酢ながら心太《ところてん》を打《ぶ》ちまけたろう。

「そこへ掛けると平民の子はね」

辻町は、うっかりいった。

「だって、平民だって、人の前で」

「いいえ」

「ええ、どうせ私は平民の子ですから」

辻町は、その乳のわきの、青い若菜を、ふと思って、覚えず肩を縮めたのである。

「あやまった。いや、しかし、千五百石の女臈、昔ものがたり以上に、あわれにはかない。そうして清らかだ」

「中将姫のようでしたって、白羽二重の上へ辷《すべ》ると、あの方、白い指が消えました。露が光るように、針の尖《さき》を伝って、薄い胸から紅い糸が揺れて染まって、また縢《かが》って、銀の糸がきらきらと、何枚か、幾つの蜻蛉が、すいすいと浮いて写る。——(私が傍《そば》に見ていました)って、鼻ひしゃげのその頃の工女が、茄子《なす》の古漬のような口を開けて、老《い》い年で話すんです。その女だって、その臭い口で声を張って唄ったんだと思うと、聞いていて、口惜《くや》しい、睨《にら》んでやりたいようですわ。――でも自害をなさいました、後一年ばかり、一時《ひとところ》はこの土地で湯屋でも道端でも唄って、お気の弱いのをたっとむまでも、初路さんの刺繍を恥かしい事にいいましたとさ。

――あれあれ見たか、あれ見たか――、銀の羽がそのまま手足で、二つ蜻蛉が何とかですもの」

「一体また二つの蜻蛉がなぜ変だろう。見聞《みきき》が狭い、知らないんだよ。土地の人は――そういう私だって、近頃まで、つい気がつかずに居たんだがね。

手紙のついでで知っておいでだろうが、私の住んでいる処と、京橋の築地までは、そうだね、ここから、ずっと見て、向うの海まではあるだろう。今度、当地《こちら》へ来がけに、歯が疼《いた》んで、馴染《なじみ》の歯科医《はいしゃ》へ行ったとお思い。その築地は、というと、用たしで、歯科医は大廻りに赤坂なんだよ。途中、四谷新宿へ突抜けの麹町《こうじまち》の大通りから三宅坂《みやけざか》、日比谷、……銀座へ出る……歌舞伎座の前を真直《まっすぐ》に、目的《めあて》の明石町《あかしちょう》までと饒舌《しゃべ》ってもいい加減の間、町充満《いっぱい》、屋根一面、上下《うえした》、左右、縦も横も、微紅《うすあか》い光る雨に、花吹雪を浮かせたように、羽が透き、身が染って、数限りもない赤蜻蛉の、大流れを漲《みなぎ》らして飛ぶのが、行違ったり、卍《まんじ》に舞乱れたりするんじゃあない、上へ斜《ななめ》、下へ斜、右へ斜、左へ斜といった形で、おなじ方向を真北へさして、見当は浅草、千住《せんじゅ》、それから先はどこまでだか、ほとんど想像にも及びません。――明石町は昼の不知火《しらぬい》、隅田川の水の影が映ったよ。

で、急いで明石町から引返《ひっかえ》して、赤坂の方へ向うと、また、おなじように飛んでいる。群れて行《ゆ》く。

歯科医《はいしゃ》で、椅子に掛けた。窓の外を、この時は、幾分か、その数はまばらに見えたが、それでも、千や二千じゃない、二階の窓をすれすれの処に向う家の廂《ひさし》見当、ちょうど電信、電話線の高さを飛ぶ。それより、高くもない。ずっと低くもない。どれも、おなじくらいな空を通るんだがね、計り知られないその大群は、層を厚く、密度を濃《こまや》かにしたのじゃなくって、薄く透通る。その一つ一つの薄い羽のようにさ。

何の事はない、見た処、東京の低い空を、淡紅《とき》一面の紗《しゃ》を張って、銀の霞に包んだようだ。聳立《そびえた》った、洋館、高い林、森なぞは、さながら、夕日の紅《べに》を巻いた白浪の上の巌《いわ》の島と云った態《かたち》だ。ついロへ出た。(蜻蛉が大層飛んでいますね。)歯科医《はいしゃ》が(はあ、早朝からですよ。)と云ったがね。

その時は四時過ぎです。

帰途《かえり》に、赤坂見附で、同じことを、運転手に云うと、(今は少くなりました。こんなもんじゃありません。今朝六時頃、この見附を、客人で通りました時は、上下、左右すれ違うとサワサワと音がします。青空、青山、正面の雪の富士山の雲の下まで裾野を蔽《おお》うといいます紫雲英《げんげ》のように、いっぱいです。赤蜻蛉に乗せられて、車が浮いて困ってしまいました。こんな経験ははじめてです。)と更《あらた》めて吃驚《びっくり》したように言うんだね。私も、その日ほど夥《おびただ》しいのは始めてだったけれど、赤蜻蛉の群の一日都会に漲《みなぎ》るのは、秋、おなじ頃、ほとんど毎年と云ってもいい。子供のうちから大好きなんだけれど、これに気のついたのは、——うっかりじゃないか——この八九年以来なんだが、月はかわりません。きっと十月、中の十日から二十日《はつか》の間、三年つづいて十七日というのを、手帳につけて覚えています。

季節、天気というものは、そんなに模様の変らないものと見えて、いつの年も秋の長雨、しけつづき、また大あらしのあった翌朝《あくるあさ》、からりと、嘘のように青空になると、待ってたように、しずめたり浮いたり、風に、すらすらすらすらと、薄い紅《あか》い霧をほぐして通る。

——この辺は、どうだろう」

「え」

話にききとれていたせいではあるまい、お米の顔は緋葉《もみじ》の蔭にほんのりしていた。

「……もう晩《おそ》いんでしょう、今日は一つも見えませんわ。前の月の命日に参詣《おまいり》をしました時、山門を出て……あら、このいい日和にむら雨かと思いました。赤蜻蛉の羽がまるで銀の雨の降るように見えたんです」

「一ツずつかね」

「ひとツずつ?」

「二ツずつではなかったかい」

「さあ、それはどうですか、ちょっと私気がつきません」

「気がつくまい、そうだろう。それを言いたかったんだ、いまの蜻蛉の群の話は。それがね、残らず、二つだよ、比翼なんだよ。その刺繍《ししゅう》の姿と、おなじに、これを見て土地の人は、初路さんを殺したようにに、どんな唄を唱うだろう。

みだらだの、風儀を乱すの、恥を曝《さら》すのといって、どうする気だろう。浪で洗えますか、火で焼けますか、地震だって壊せやしない。天を蔽《おお》い地に漲《みなぎ》る、といった処で、颶風《はやて》があれば消えるだろう。儚《はかな》いものではあるけれども――ああ、その儚さを一人で身に受けたのは初路さんだね。」

「ええ、ですから、ですから、おじさん、そのお慰めかたがた……今では時世がかわりました。供養のために、初路さんの手技《てわざ》を称《ほ》め賛《たた》えようと、それで、「糸塚」という記念の碑を」

「………」

「もう、出来かかっているんです。図取は新聞にも出ていました。台石の上へ、見事な白い石で大きな糸枠を据えるんです。刻んだ糸を巻いて、丹《に》で染めるんだっていうんですわ」

「そこで、「友禅の碑」と、対《つい》するのか。しかし、いや、とにかく、悪い事ではない。場所は、位置は」

「さあ、行って見ましょう。半分うえ出来ているようです。門を入って、直きの場所です」

辻町は、あの、盂蘭盆の切《き》籠《り》燈《こ》に対する、寺の会釈を伝えて、お京が渠《かれ》に戯れた紅糸《べにいと》を思って、ものに手繰られるように、提灯とともにふらりと立った。

## 五

「おばけの……蜻蛉？……おじさん」

「何、そんなものの居よう筈《はず》はない」

とさも落着いたらしく、声を沈めた。その癖、たった今、思わず、「あ！」といったのは誰だろう。

いま辻町は、蒼然《そうぜん》として苔蒸《こけむ》した一基の石碑を片手で抱いて――いや、抱くなどというのは憚《はば》かろう――霜より冷くっても、千五百石の女臈《じょうろう》の、石の躯《むくろ》ともいうべきものに手を添えているのである。ただし、その上に、沈んだ藤色のお米の羽織が袖をすんなりと墓のなりにかかった、が、織だか、地紋だか、影絵のように細い柳の葉に、菊らしいのを薄色に染出したのが、白い山土に敷乱れた、枯草の中に咲残った、一叢《ひとむら》の嫁菜の花と、入交《いりま》ぜに、空を蔽うた雑樹を洩《も》れる日光に、幻の影を籠《こ》めた、墓はさながら、梢《こずえ》を落ちた、うらがなしい綺麗な錦紗《きんしゃ》の燈籠の、うつむき伏した風情がある。

ここは、切立《きったて》というほどではないが、巌組《いわぐ》みの径《みち》が嶮《けわ》しく、砕いた薬研《やげん》の底を上《あが》る、涸《か》れた滝の痕《あと》に似て、草土手の小高い処で、纍々《るいるい》と墓が並び、傾き、また倒れたのがある。

上り切った卵塔の一劃、高い処に、裏山の峯を抽《ぬ》いて繁ったのが、例の高燈籠の大榎で、巌を縫って蟠《わだかま》った根に寄って、先祖代々とともに、お米のお母《つか》さんが、ぱっと目を開きそうに眠っている。そこも蔭で、薄暗い。

それ、持参の昼提灯、土の下からさぞ、半間だと罵倒《ばとう》しようが、白く据《すわ》って、ぼっと包んだ線香の煙が靡《なび》いて、裸蝋燭《ろうそく》の灯が、静寂な風に、ちらちらする。

榎を潜《くぐ》った彼方《かなた》の崖は、すぐに、大傾斜の窪地になって、山の裙《すそ》まで、寺の裏庭を取りまわして一《ひと》谷《たに》一面の卵塔である。

初路の墓は、お京のと相向って、やや斜下、左の草土手の処にあった。

見たまえ――お米が外套《がいとう》を折畳みにして袖に取って、背後《うしろ》に立添った、前踞《まえこご》みに、辻町は手をその石碑にかけた羽織の、裏の媚《なまめ》かしい中へ、さし入れた。手首に冴えて淡藍《うすあい》が映える。片手には、頑丈な、錆《さび》の出た、木鋏《きばさみ》を構えている。

この大剪刀《おおばさみ》が、もし空の樹の枝へでも引掛《ひっかか》っていたのだと、うっかり手にはしなかったろう。盂蘭盆の夜が更けて、燈籠が消えた時のように、羽織で包んだ初路の墓は、あわれにうつくしく、且つあたりを籠めて、陰々として、鬼気が籠《こも》るのであったから。

鋏は落ちていた。これは、寺男の爺やまじりに、三人の日傭取《ひようとり》が、ものに驚き、泡を食って、遁出《にげだ》すのに、投出したものであった。

その次第はこうである。

はじめ二人は、磴《いしだん》から、山門を入ると、広い山内、鐘楼なし。松を控えた墓地の入口の、鎖《とざ》さない木戸に近く、八分出来という石の塚を視《み》た。台石に特に意匠はない、つい通りの巌組一丈余りの上に、誂《あつら》えの枠を置いた。が、あの、くるくると糸を廻す棒は見えぬ。くり抜いた跡はあるから、これには何か考案があるらしい。お米もそれはまだ知らなかった。枠の四つの柄《え》は、その半面に対しても幸《さいわい》に鼎《かなえ》に似ない。鼎に似ると、烹《に》るも烙《や》くも、いずれ繊楚《かよわ》い人のために見る目も忍びないであろう処を、あたかも好《よ》し、玉を捧ぐる白珊瑚《しろさんご》の滑《なめら》かなる枝に見えた。

「かえりに、ゆっくり拝見しよう」

その母親の展墓である。自分からは急がすのをためらった案内者が、

「道が悪いんですから、気をつけてね」

わあ、わっ、わっ、わっ、おう、ふうと、鼻呼吸《いき》を吹いた面《つら》を並べ、手を挙げ、胸を敲《たた》き、拳《こぶし》を振りなど、なだれを打ち、足たたらを踏んで、一時《ひといき》に四人、摺違《すれちが》いに木戸口へ、茶色になって湧《わ》いて出た。その声も跫音《あしおと》も、響くと、もろともに、落ちかかったばかりである。

不意に打《ぶ》つかりそうなのを、軽く身を抜いて路を避けた、お米の顔に、鼻をまともに突向けた、先《さき》頭《て》第一番の爺《じじい》が、面《つら》も、脛《すね》も、一縮みの皺《しわ》の中から、ニンガリと変に笑ったと思うと、

「出ただええ、幽霊だあ」

幽霊。

「おッさん、蛇、蝮《まむし》?」

お米は――幽霊と聞いたのに――ちょっと眉を顰《ひそ》めて、蛇、蝮を憂慮《きづか》った。

「そんげえなもんじゃねえだア」

いかにも、そんげえなものには怯《おび》えまい、面魂、印半纏《しるしばんてん》も交って、布子のどんつく、半股引《はんももひき》、空脛《からずね》が入乱れ、屈竟《くっきょう》な日傭取が、早く、糸塚の前を摺抜けて、松の下に、ごしゃごしゃとかたまった中から、寺爺やの白い眉の、びくびくと動くが見えて、

「蜻蛉だあ」

「幽霊蜻蛉ですだアい」

と、冬の麦稈帽《むぎわらぼう》を被《かぶ》った、若いのが声を掛けた。

「蜻蛉なら、幽霊だって」

お米は、莞爾《にっこり》して坂上りに、衣紋《えもん》のやや乱れた、浅黄を雪に透く胸を、身繕いもせず、そのまま、見返りもしないで木戸を入った。

巌《いわ》は鋭い。踏上る径《みち》は嶮《けわ》しい。が、お米の双の爪さきは、白い蝶々に、おじさんを載せて、高く導く。

「何だい、今のは、あれは」

「久助って、寺爺やです。卵塔場で働いていて、休みのお茶のついでに、私をからかったんでしょう。子供だと思っている。おじさんがいらっしゃるのに、見さかいがない。馬鹿だよ」

「若いお前さんと、一緒にからかわれたのは嬉しいがね、威《おど》かすにしても、寺で幽霊をいう奴があるものか。それも蜻蛉の幽霊」

「蛇や、蝮でさえなければ、蜥蜴《とかげ》が化けたって、そんなに可恐《こわ》いもんですか」

「居るかい」

「時々」

「居るだろうな」

「でも、この時節」

「よし、私だって驚かない。しかし、何だろう、ああ、そうか。おはぐろとんぼ、黒とんぼ。また、何とかいったっけ。漆のような真黒《まっくろ》な羽のひらひらする、繊《ほそ》く青い、たしか河原蜻蛉とも云ったと思うが、あの事じゃないかね」

「黒いのは精霊蜻蛉ともいいますわ。幽霊だなんのって、あの爺《じじ》い」

その時であった。

「ああ」

と、お米が声を立てると、

「酷《ひど》いこと、墓を」

といった。声とともに、着た羽織をすっと脱いだ、が、紐をどう解いたか、袖をどう、手の菊へ通したか、それは知らない。花野を颯《さっ》と靡《なび》かした、一筋の風が藤色に通るように、早く、その墓を包んだ。向う傾けに草へ倒して、ぐるぐる巻というよりは、がんじ搦《がら》みに、ひしと荒縄の汚いのを、無残にも。

「初路さんを、——初路さんを」

これが女臈の碑だったのである。

「茣蓙《ござ》にも、蓆《むしろ》にも包まないで、まるで裸にして」

と気色《けしき》ばみつつ、且つ恥じたように耳朶《みみたぶ》を紅くした。

いうまじき事かも知れぬが、辻町の目にも咄嗟《とっさ》に印したのは同じである。台石から取って覆《か》えした、持扱いの荒くれた爪摺《つまず》れであろう、青々と苔の蒸したのが、ところどころ毟《むし》られて、日の隈幽《くまかすか》に、石肌の浮いた影を膨らませ、影をまた凹ませて、残酷に搦《から》めた、さながら白身の窶《やつ》れた女を、反接緊《きん》縛《ばく》したに異ならぬ。

推察に難《かた》くない。いずれかの都合で、新しい糸塚のために、ここの位置を動かして持運ぼうとしたらしい。

が、心ない仕業をどうする。――お米の羽織に、そうして、墓の姿を隠して好《よ》かった。花やかともいえよう、ものに激した挙動《ふるまい》の、このしっとりした女房の人柄に似ない捷《すばや》い仕種《しぐさ》の思掛けなさを、辻町は怪しまず、さもありそうな事と思ったのは、お京の娘だからであった。こんな場に出逢っては、きっとおなじはからいをするに疑いない。そのかわり、娘と違い、落着いたもので、澄まして羽織を脱ぎ、背負揚《しょいあげ》を棄て、悠然と帯を巌《いわお》に解いて、あらわな長襦袢《ながじゅばん》ばかりになって、小袖ぐるみ墓に着せたに違いない。

何、夏なら、炎天なら何とする?……と。そういう皮肉な読者《おかた》には弱る、が、言わねば卑怯《ひきょう》らしい、裸体《はだか》になります、しからずんば、辻町が裸体にされよう。

――その墓へはまず詣でた――

引返《ひっかえ》して来たのであった。

辻町の何よりも早くここでしよう心は、立処《たちどころ》に縄を切って棄てる事であった。瞬時といえども、人目に曝《さら》すに忍びない。行《や》るとなれば手伝おう、お米の手を借りて解きほどきなどするのにも、二人の目さえ当てかねる。

さしあたり、ことわりもしないで、他の労業を無にするという遠慮だが、その申訳と、渠等《かれら》を納得させる手段は、酒と餅で、そんなに煩わしい事はない。手で招いても渋面の皺《しわ》は伸びよう。また厨裡《くり》で心太《ところてん》を突くような跳梁《ちょうりょう》権《けん》を獲得していた、檀越《だんおつ》夫人の嫡女《ちゃくじょ》がここに居るのである。

栗柿を剥《む》く、庖丁、小刀、そんなものを借りるのに手間ひまはかからない。

大剪刀《おおばさみ》が、あたかも蝙蝠《こうもり》の骨のように飛んでいた。

取って構えて、ちと勝手は悪い。が、縄目は見る目に忍びないから、衣《きぬ》を掛けたこのまま、留南奇《とめき》を燻《た》く、絵で見た伏籠《ふせご》を念じながら、もろ手を、ずかと袖裏へ。驚破《すわ》、ほんのりと、暖い。芬《ぶん》と薫った、石の肌の軟《やわら》かさ。

思わず、

「あ」

と声を立てたのであった。

「――おばけの蜻蛉、おじさん」

「――何そんなものの居よう筈はない」

胸傍《むなわき》の小さな痣《あざ》、この青い蘚《こけ》、そのお米の乳のあたりへ鋏《はさみ》が響きそうだったからである。辻町は一礼し、墓に向って、屹《きっ》といった。

「お嬢さん、私の仕業が悪かったら、手を、怪我をおさせなさい」

鋏は爽《さわやか》な音を立てた、ちちろも声せず、松風を切ったのである。

「やあ、塗師《ぬし》屋《や》様、――ご新姐《しんぞ》」

木戸から、寺男の皺面《しわづら》が、墓地下で口をあけて、もう喚《わめ》き、冷めし草履の馴《な》れたもので、これは磽《こう》确《かく》たる径《みち》は踏まない。草土手を踏んで横ざまに、傍《そば》へ来た。

続いて日傭取《ひようとり》が、おなじく木戸口へ、肩を組合って低く出た。

「ごめんなせえましよ、お客様。……ご機嫌よくこうやってござらっしゃる処を見ると、間違《まちげ》えごともなかったの、何も、別条はなかっただね」

「ところが、おっさん、少々別条があるんですよ。きみたちの仕事を、ちょっと無駄にしたぜ。一杯買おう、これです、ぶつぶつに縄を切払《きっぱら》った」

「はい、これは、はあ、いい事をさっせえて下さりました」

「何だか、あべこべのような挨拶だな」

「いんね、全くいい事をなさせえました」

「いい事をなさいましたじゃないわ、おいたわしいじゃないの、女臈さんがさ」

「ご新姐、それがね、いや、この、からげ縄、畜生」

そこで、踞《かが》んで、毛虫を踏潰《ふみつぶ》したような爪さきへ近く、切れて落ちた、むすびめの節立った荒縄を手繰棄てに背後《うしろ》へ刎出《はねだ》しながら、きょろきょろと樹の空を見廻した。

妙なもので、下木戸の日傭取たちも、申合《もうしあ》せたように、揃って、踞《かが》んで、空を見る目が、皆動く。

「いい塩梅《あんばい》に、幽霊蜻蛉、消えただかな」

「一体何だね、それは。」

「もの、それがでござりますよ、お客様、この、はい、石塔を動かすにつきましてだ」

「いずれ、あの糸塚とかいうのについての事だろうが、何かね、掘返してお骨でも」

「いや、それはなりましねえ。記念碑発起押っぽだての、帽子、靴、洋服、袴《はかま》、髯《ひげ》の生えた、ご連中さ、そのつもりであったれど、寺の和尚様、承知さっしゃりましねえだ。ものこれ、三十年経《た》ったとこそいえ、若い女臈《じょうろう》が埋《うま》ってるだ。それに、久しい無縁墓だで、ことわりいう檀家もなしの、立合ってくれる人の見分もないで、と一論判《ひとろっぱん》あった上で、土には触らねえ事になったでがす」

「そうあるべき処だよ」

「ところで、はい、あのさ、石彫《いしぼり》の大《で》え糸枠の上へ、がっしりと、立派なお堂を据えて戸をあけたてしますだね、その中へこの……」

お米は着流しのお太鼓で、まことに優に立っている。

「おお、成仏をさっしゃるずら、しおらしい、嫁菜の花のお羽織きて、霧は紫の雲のようだ、しなしなとしてや」

と、苔《こけ》の生えたような手で撫《な》でた。

「ああ、擽《くすぐ》ったい」

「何でがすい」

と、何も知らず、久助は墓の羽織を、もう一撫で。

「この石塔を斎《いっ》き込むもくろみだ。その堂がもう出来て、切組みも済ましたで、持込んで寸法をきっちり合わす段が、はい、ここはこの通り足場が悪いと、山門内《うち》まで運ぶについて、今日さ、この運び手間だよ。肩がわりの念入りで、丸太棒《まるたんぼう》で担《かつ》ぎ出しますに。——丸太棒めら、丸太棒を押立《おった》てて、ごろうじませい、あすこにとぐろを巻いていますだ。あのさきへ矢羽根をつけると、掘立普請の斎《とき》が出るだね。へい、墓場の入口だ、地獄の門番……はて、飛んでもねえ、肉親のご新姐ござらっしゃる」

と、泥でまぶしそうに、口の端《はた》を拳《こぶし》でおさえて、

「——そのさ、担ぎ出しますに、石の直肌《じかはだ》に縄を掛けるで、藁《わら》なり蓆《むしろ》なりの、花ものの草木を雪囲いにしますだね、あの骨法でなくば悪かんべいと、お客様の前《めえ》だけんど、わし一応はいうたれども、丸太棒めら。あに、はい、墓さ苞入《つといり》に及ぶもんか、手間障《ざい》だ。また誰も見ていねえで、構いごとねえだ、と吐《こ》いての。

和尚様は今日は留守なり、お納所《なっしょ》、小僧も、総斎《そうどき》に出さしった。まず大事ねえでの。はい、ぐるぐるまきのがんじがらみ、や、このしょで、転がし出した。それさ、その形《かた》でがすよ。わしさ屈腰《かがみごし》で、膝はだかって、面《つら》を突出す。奴等《やつら》三方からかぶさりかかって、棒を突挿そうとしたと思わっせえまし。何と、この鼻の先、奴等の目の前へ、縄目へ浮いて、羽さ弾《はじ》いて、赤蜻蛉が二つ出た。

たった今や、それまでというものは、四人八ツの、団栗目《どんぐりまなこ》に、糠虫《ぬかむし》一疋入らなんだに、かけた縄さ下から潜《くぐ》って石から湧《わ》いて出たはどうしたもんだね。やあやあ、しっしっ、吹くやら、払いますやら、静《じっ》として赤蜻蛉が動かねえとなると、はい、時代違いで、何の気もねえ若い徒《てやい》も、さてこの働きに掛《かか》ってみれば、記念碑糸塚の因縁さ、よく聞いて知ってるもんだで。

ほれ、のろのろとこっちさ寄って来るだ。あの、さきへ立って、丸太棒をついた、その手拭《てぬぐい》をだらりと首へかけた、逞《たくま》しい男でがす。奴が、女臈の幽霊でねえか。出たッと、また髯《ひげ》どのが叫ぶと、蜻蛉がひらりと動くと、かっと二つ、灸《きゅう》のような炎が立つ。冷い火を汗に浴びると、うら山おろしの風さ真《まっ》黒《くろ》に、どっと来た、煙の中を、目が眩《くら》んで遁《に》げたでござえますでの。………

それでがすもの、ご新姐、お客様」

「それじゃ、私たち差出た事は、叱言《こごと》なしに済むんだね」

「ほってもねえ、いい人扶《ひとだす》けして下せえましたよ。時に、はい、和尚様帰って、逢わっせえても、万々沙汰なしに頼みますだ」

そこへ、丸太棒が、のっそり来た。

「おじい、もういいか、大丈夫かよ」

「うむ、見せえ、大智識さ五十年の香染《こうぞめ》の袈裟《けさ》より利益があっての、その、嫁菜の縮緬《ちりめん》の裡《なか》で、幽霊はもう消滅だ」

「幽霊も大袈裟だがよ、悪く、蜻蛉に祟《たた》られると、瘧《おこり》を病むというから可恐《おっかね》えです。縄をかけたら、また祟って出やしねえかな」

と不精髯の布子が、ぶつぶついった。

「そういう口で、何で包むもの持って来ねえ。糸塚さ、女臈様、素《す》で括《くく》ったお祟りだ、これ、敷松葉の数寄屋《すきや》の庭の牡丹に雪囲いをすると思えさ」

「よし、おれが行く」

と、冬の麦稈帽《むぎわらぼう》が出ようとする。

「ああ、ちょっと」

袖を開いて、お米が留めて、

「そのまま、その上からお結《いわ》えなさいな」

不精髯が――どこか昔の提灯屋に似ていたが、

「このままでかね、勿体《もってい》至極もねえ」

「かまいませんわ」

「構わねえたって、これ、縛るとなると」

「うつくしいお方が、見てる前で、むざとなあ」

麦藁《むぎわら》と、不精髯が目を見合って、半ば呟《つぶや》くがごとくにいう。

「いいんですよ、構いませんから」

この時、丸太棒が鉄のように見えた。ぶるぶると腕に力の漲《みなぎ》った逞《たくま》しいのが、

「よし、石も婉軟《やんわり》だろう。きれいなご新姐を抱くと思え」

というままに、頸《くび》の手拭が真額《まっこう》でピンと反《そ》ると、棒をハタと投げ、ずかと諸手を墓にかけた。袖の撓《しな》うを胸へ取った、前抱きにぬっと立ち、腰を張って土手を下りた。この方が掛《かか》り勝手がいいらしい。巌路《いわみち》へ踏みはだかるように足を拡げ、タタと総身に動揺《いぶり》を加《く》れて、大きな蟹が竜宮の女房を胸に抱

いて逆落しの滝に乗るように、ずずずずと下りて行《ゆ》く。

「えらいぞ、権太、怪我をするな」

と、髯が小走りに、土手の方から後へ下りる。

「俺だって、出来ねえ事はなかったい、遠慮をした、えい、誰に」

と、お米を見返って、ニヤリとして、麦藁が後に続いた。

「頓生《とんしょう》菩提《ぼだい》。……小川へ流すか、燃しますべい」

そういって久助が、掻き集めた縄の屑《くず》を、一束ねに握って腰を擡《もた》げた時は、三人はもう木戸を出て見えなかったのである。

「久……爺や、爺やさん、羽織はね。式台へほうり込んで置いて可《い》いんですよ」

この羽織が、黒塗の華頭窓に掛《かか》っていて、その窓際の机に向って、お米は細《ほっそ》りと坐っていた。冬の日は釣瓶《つるべ》おとしというより、梢《こずえ》の熟柿《じゅくし》を礫《つぶて》に打って、もう暮れて、客殿の広い畳が皆暗い。

こんなにも、清らかなものかと思う、お米の頸《えり》を差覗《さしのぞ》くようにしながら、盆に渋茶は出したが、火を置かぬ火鉢越しにかの机の上の提灯を視《み》た。

(――この、提灯が出ないと、ご迷惑でも話が済まない――)

信仰に頒布する、当山、本尊のお札を捧げた三宝を傍《かたわら》に、硯箱《すずりばこ》を控えて、硯の朱の方に筆を染めつつ、お米は提灯に瞳を凝らして、眉を描くように染めている。

「――きっと思いついた、初路さんの糸塚に手向けて帰ろう。赤蜻蛉――尾を銜《くわ》えたのを是非頼む。

塗師屋さんの内儀でも、女学校の出じゃないか。絵というと面倒だから図画で行くのさ。紅《べに》を引いて、二つならべれば、羽子の羽でもいい。胡蘿蔔《にんじん》を繊に松葉をさしても、形は似ます。指で挟んだ唐辛子でも構わない。——」

と、たそがれの立籠めて一際漆のような板敷を、お米の白い足袋の伝う時、唆《そその》かして口説いた。北《ほく》辰妙見菩薩《しんみょうけんぼさつ》を拝んで、客殿へ退《ひ》く間《ま》であったが。

水をたっぷりと注《さ》して、ちょっと口で吸って、莟《つぼみ》の唇をぽッつり黒く、八枚の羽を薄墨で、しかし丹念にあしらった。瀬戸の水入が渋のついた鯉だったのは、誂《あつら》えたようである。

「出来た、見事々々。お米坊、机にそうやった処は、赤絵の紫式部だね」

「知らない、おっかさんにいいつけて叱らせてあげるから」

「失礼」

と、茶碗が、また、赤絵だったので、思わず失言を詫《わ》びつつ、準藤原女史に介添してお掛け申す……羽織を取入れたが、窓あかりに、

「これは、大分うらに青苔がついた。悪いなあ。たたんで持つか」

と、持ったのに、それにお米が手を添えて、

「着ますわ」

「きられるかい、墓のを、そのまま」

「おかわいそうな方のですもの、これ、荵摺《しのぶずり》ですよ」

その優しさに、思わず胸がときめいて。

「肩をこっちへ」

「まあ、おじさん」

「おっかさんの名代だ、娘に着せるのに仔細《しさい》ない。」

「はい、……どうぞ」

くるりと向きかわると、思いがけず、辻町の胸にヒヤリと髪をつけたのである。

「私、こいしい、おっかさん」

前刻《さっき》から——辻町は、演芸、映画、そんなものの楽屋に縁がある——ほんの少々だけれども、これは筋にして稼げると、潜《ひそか》に悪心の萌《きざ》したのが、この時、色も、慾《よく》も何にもない、しみじみと、いとしくて涙ぐんだ。

「へい。お待遠でござりました」

片手に蝋燭《ろうそく》を、ちらちら、片手に少しばかり火を入れた十能を持って、婆さんが庫裏《くり》から出た。

「糸塚さんへ置いて行きます、あとで気をつけて下さいましよ、烏が火を銜《くわ》えるといいますから。」

お米も、式台へもうかかった。

「へい、もう、刻限で、危気《あぶなげ》はござりましねえ、嘴太烏《ふと》も、嘴細烏《ほそ》も、千羽ヶ淵の森へ行《い》んで寝ました」

大城下は、目の下に、町の燈《ひ》は、柳にともれ、川に流るる。磴《いしだん》を下へ、谷の暗いように下りた。場末の五燈《しょく》はまだ来ない。

あきない帰りの豆府屋が、ぶつかるように、ハタと留った時、

「あれ、蜻蛉が」

お米が膝をついて、手を合せた。

あの墓石を寄せかけた、塚の糸枠の柄にかけて下山した、提灯が、山門へ出て、すこしずつ高くなり、裏山の風一通り、赤蜻蛉が静《そっ》と動いて、女の影が……二人見えた。

# 年表で読み解く泉鏡花の生涯

| 西暦 | 和暦 | 年齢 | 泉鏡花関連の出来事 | 世相・事件 |
|---|---|---|---|---|
| 1873 | 明治6 | 0 | 11月4日、石川県に泉清次、鈴の長男として生まれる。京太郎と名付けられる。父は彫金師で「政光」という工名を持つ。母の実家は東京の葛野流鼓方の家で、兄は能楽師。 | 内務省設置。 |
| 1880 | 明治13 | 7 | 東馬場養成小学校に入学。 | 教育令改正公布。 |
| 1882 | 明治15 | 9 | 母鈴と死別。母は29歳だった。 | 板垣退助が遊説中に襲われる。 |
| 1884 | 明治17 | 11 | 金沢高等小学校に入学。 | 秩父事件が起きる。 |
| 1885 | 明治18 | 12 | 北陸英和学校（ミッションスクール）に転校し英語を学ぶが、2年後退学。 | 伊藤博文が初代内閣総理大臣に就任。 |
| 1887 | 明治20 | 14 | 専門学校（現金沢大学）を受験も失敗。貸本の濫読を始める。 | トーマス・エジソンが白熱電灯の特許を獲得。 |
| 1889 | 明治22 | 16 | 尾崎紅葉の「二人比丘尼色懺悔」を読んで感動し、文学者を指向する。 | 大日本帝国憲法公布。 |
| 1890 | 明治23 | 17 | 作家を志望して上京。1年で転居を14回繰り返す | 教育勅語発布。 |

| 西暦 | 和暦 | 年齢 | 事項 | 社会 |
| --- | --- | --- | --- | --- |
| 1891 | 明治24 | 18 | 窮乏の果て帰郷を決心し、思い出作りに尾崎紅葉宅を訪ねると弟子入りを許され書生生活を始める。 | 大津事件が起きる。 |
| 1893 | 明治26 | 20 | 『京都日出新聞』に「冠弥左衛門」を連載するが不評で新聞社は尾崎紅葉に何度か打ち切りを要請したという。 | 御木本幸吉が真珠の養殖に成功。 |
| 1894 | 明治27 | 21 | 父清次が亡くなり帰郷。祖母と弟を養いながら、実家で執筆した「予備兵」「義血侠血」が『読売新聞』に掲載される。生活苦にあえいでいたが、祖母の申し出により、単身上京。 | 日清戦争開戦。 |
| 1895 | 明治28 | 22 | 「夜行巡査」「外科室」を発表。二作は「観念小説」と呼ばれ、鏡花は文壇に注目されるようになった。「義血侠血」が「滝の白糸」の名で、浅草で公演される。 | 下関条約調印。 |
| 1896 | 明治29 | 23 | 郷里から祖母と弟を呼び大塚に居を構える。「照葉狂言」を発表。 | 初の近代オリンピックがアテネで開催。 |
| 1897 | 明治30 | 24 | 初めての口語体の小説「化鳥」を発表する。 | 京都帝国大学創立。 |
| 1900 | 明治33 | 27 | 「高野聖」を発表する。 | 義和団事変勃発。 |
| 1903 | 明治36 | 30 | 神楽坂の芸者だった、伊藤すずとの同棲を始める。病床にあった師・尾崎紅葉にすずとの絶縁を申し渡され、すずは泉家を去るが、この年の10月に紅葉が死去。すずは戻り結婚を果たす。 | ライト兄弟が人類初の動力飛行に成功。 |
| 1905 | 明治38 | 32 | 「銀短冊」を発表。夏目漱石に「天才」と評される。 | ポーツマス条約締結。 |

| | | | | |
|---|---|---|---|---|
| 1907 | 明治40 | | 「婦系図」を『やまと新聞』に連載。 | 第一次日露協約調印。 |
| 1908 | 明治41 | 35 | 鏡花の作品の愛好者による「鏡花会」が結成される。 | 第一次西園寺内閣総辞職。 |
| 1910 | 明治43 | 37 | 「歌行燈」を発表。 | 文芸誌「白樺」創刊。 |
| 1911 | 明治44 | 38 | この頃から人気作家になった鏡花に対し、自然主義派作家たちの鏡花文学批判と耽美派作家の鏡花讃美が相対する。 | 日米通商航海条約調印。 |
| 1915 | 大正4 | 42 | 『鏡花選集』春風堂から発刊。 | 中華民国の袁世凱政権に対華21ヶ条を要求。 |
| 1917 | 大正6 | 44 | 「天守物語」を発表。 | 金本位制が停止。 |
| 1925 | 大正14 | 52 | 春陽堂から『鏡花全集』の刊行が開始される。 | 東京六大学野球のリーグ戦が始まる。 |
| 1927 | 昭和2 | 54 | 芥川龍之介が自殺。葬儀に際して、文壇代表として弔辞をよむ。 | 岩波文庫創刊。 |
| 1939 | 昭和14 | 65 | 病気をおして遺作「縷紅新草」を発表。<br>9月7日、肺腫瘍のため逝去。満65歳没。 | 第二次世界大戦勃発。 |

## 外科室

【発表】『文芸倶楽部』1895年6月号／『明治小説文庫』第10編（1898年　博文館）

【解説】現在、行われる手術を書いた「上」と九年前の回想の「下」で構成された作品であり、当時はその構造の奇抜さから賛否両論あったものの、結果として鏡花の出世作となった。また同年に書かれた評論の内容と合わせて、「恋愛と結婚は矛盾する」という鏡花の思想が反映されていると考えられており、島村抱月と坪内逍遙は本作を観念小説に分類した。

【粗筋】大学病院で貴船伯爵夫人の手術が行われようとしていた。しかし、伯爵夫人は麻酔を受けるのを拒もうとする。麻酔をかぐと、心に秘めた秘密をうわごとで言ってしまう、そのことを恐れているのだという。手術を担当する高峰医師は麻酔をせずに執刀をはじめるが、麻酔なしの施術に足の指すら動かさず耐える夫人だが、やがてメスを握る高峰の右手を掴み「あなたは、私を知りますまい」と言って自身の胸を突く。高峰が「忘れません」と答えると、夫人は微笑んで死んだ。九年前、高峰と夫人はただ一度だけすれ違っていた。夫人の死の後、同一日に前後して、高峰も自ら命を絶った。

## 高野聖

【発表】『新小説』1900年2月号／『高野聖』（1908年　左久良書房）

【解説】旅宿で高野山の旅僧に出会った私が、旅僧の奇妙な体験談を聞く体裁の話になっており、リズム感のある語りと豊富な語彙、そして豊かな想像力で構成された本作は、鏡花の芸術の全てが含まれていると言われている。作中に登場する女妖怪は、中国小説『三娘子』から着想を得た鏡花が、友人の体験談などを参考にしつつ、創作したもの。

【粗筋】若狭へ帰省する旅中で「私」は中年の旅僧に出会い同行することに。旅僧と同宿した「私」は、その晩不思議な怪奇譚を聞かされる。峠の危険な道を進む薬売りを見かけた旅僧は、彼を追う内に、妖しい美女の住む孤家へたどり着く。女に優しくされ、一晩をその家で過ごす僧だが、夜中になると家の周りで鳥獣が鳴き騒ぎ、僧は一心不乱に経文を読む。翌朝、家を出発した僧は昨晩の美女への未練を断ち切れずにいたが、昨日女の家から馬を引き出した親父と出会い、親父の口から、あの女は肉体関係を持った男たちを獣の姿に変える妖力を持っていると聞かされると、僧は慌てて里へ駆け下りていった。

## 婦系図

【発表】『やまと新聞』1907年1月1日号－4月28日号／『婦系図』（1908年　春陽堂）

【解説】この作品の中で、主人公早瀬は芸者であるお蔦と付き合うが、師である酒井は二人の将来を考えて別れさせる。このくだりは、師尾崎紅葉が認めなかった鏡花とすず夫人の同棲の話に基づいており、後に徳田秋声は本作は鏡花による師・紅葉への反抗を描いた作品だと評し、鏡花を怒らせた。

【粗筋】スリをしていた早瀬主税は、ドイツ語学者酒井俊蔵に拾われて書生となり、更生する。柳橋の芸者お蔦とひそかに夫婦になる。一方で静岡の名家の御曹司であり、早瀬の友人の河野英吉は酒井の娘との結婚をもくろむが、その打算的な態度に早瀬は猛反対。この一連の流れで、酒井は早瀬とお蔦と二人の関係を知り、二人に別離を命じる。お蔦と別れることになりさらにスリの仲間だと汚名を着せられた早瀬は東京を発ち静岡に向かうが、汽車の中で河野家の次女お妙と出会う。この遭遇を機に早瀬は河野家の秘密を知り、河野一族を死に追い込んでいくが、最後は病死したお蔦を追って自ら毒をあおり命を絶つ。

## 天守物語

【発表】『新小説』1917年9月号／『友染集』（1919年　春陽堂）所収

【解説】生前、鏡花は「この戯曲を上演してもらえたら、こちらが費用を負担してもよい」という主旨の発言をしたものの、存命中に作品が舞台化されることはなく戦後の1951年に初めて舞台化された。

【粗筋】人ならざる者が潜む姫路城の最上階で暮らす、天守夫人の富姫。彼女の下に、富姫を姉と慕う亀姫が訪れ宴を始める。その夜、夫人は地上で行われている鷹狩りを見て、鷹を武士から奪い取ってしまう。その鷹を追って、鷹匠の姫川図書之助は天守閣を訪れる。この出会いをきっかけに二人は恋に落ちる。富姫は自分と出会った証拠として兜を渡すが、この兜が原因で図書之助は賊と疑われ、逃げ込むように再び天守閣を訪れる。富姫は、喜んで彼を匿う、しかし、追手によって天守の獅子頭の目を傷つけられてしまう。これによって二人の眼は光を失ってしまうが、そこへ工人の桃六が現れ、獅子頭の眼を治し二人は光を取り戻す。

# 泉鏡花　人物相関図

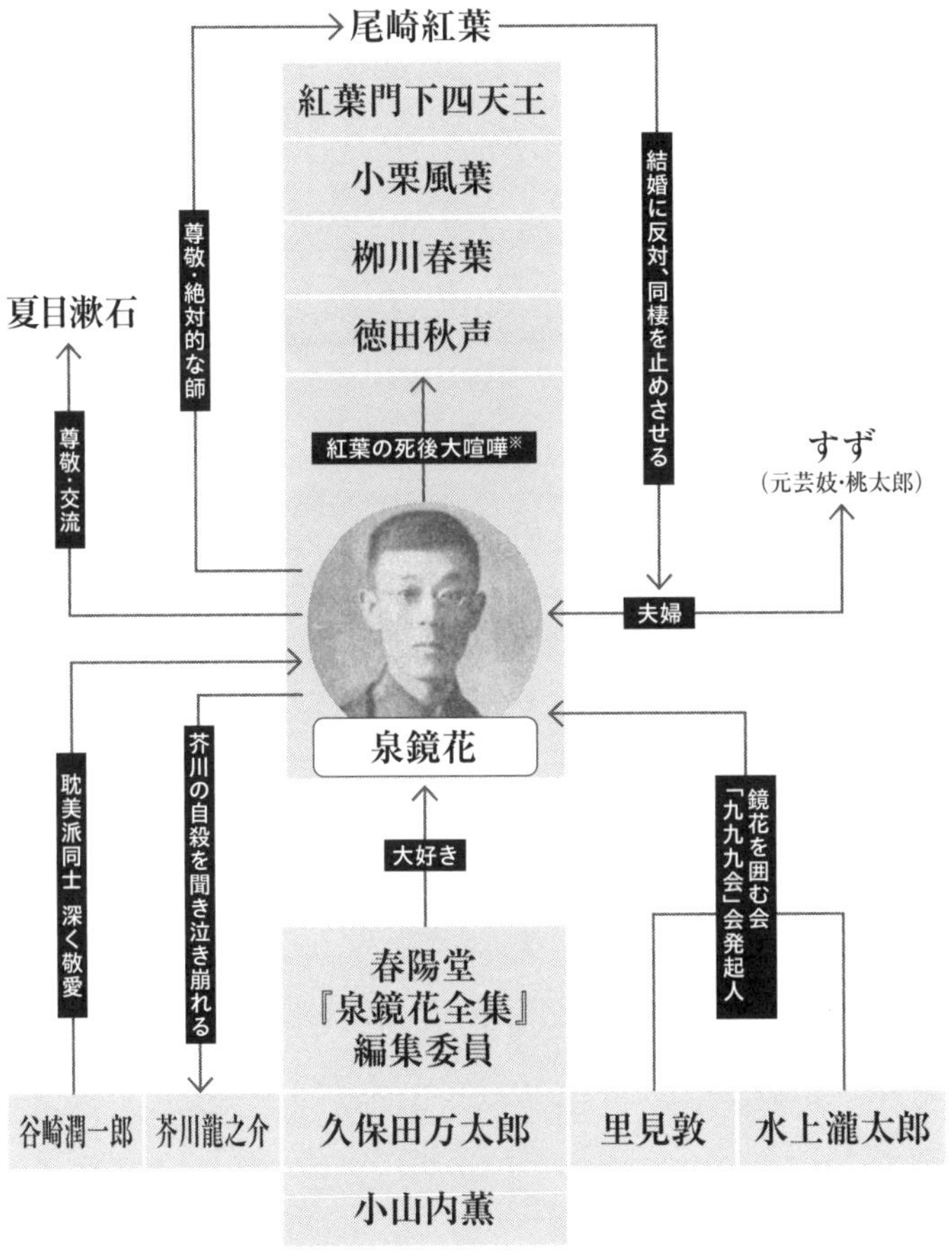


※紅葉の死後、徳田秋声は自然派に接近。紅葉の文学を軽視する発言をしたことに、
紅葉を崇拝する鏡花は怒り、秋声を罵倒した。

写真提供：日本近代文学館

泉鏡花

# ゆかりの地・行きつけの店

【文京区・湯島天神】「天神」は通称で「湯島天満宮」が正式名称。古来からの神社だが、菅原道真を祀っており、「学問の神様」として全国的に知られる。また境内の梅の花が有名。
［公式サイトURL］https://www.yushimatenjin.or.jp/

## 【別れろ切れろは芸者の時にいう言葉】

古典的通俗小説の傑作とされている『婦系図』は泉鏡花自身をモデルとして描いたといわれる。

ドイツ語学者酒井俊蔵は師・尾崎紅葉。その書生・早瀬主税は鏡花自身。主税と夫婦になる芸者お蔦は元芸者だったすず夫人。紅葉にすず夫人との同棲を許されなかったことが小説に昇華された。

後に評判が良かった湯島天神の場面だけを「湯島の境内」という戯曲に仕上げた。これが大評判となり、舞台、映画、流行歌と大ヒットし、いつの間にか「湯島の境内」が『婦系図』の原作と間違えられるほどだった。見出しの有名なセリフの本来は「切れるの、別れるのってそんなことはね、芸者の時にいうものよ。今の私にゃ、死ねといって下さいな」。

また「月は晴れても心は闇だ」といった名セリフもこの作品のものだ。

なお湯島天神境内には鏡花の筆塚がある（上段写真右）。

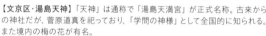

【底本一覧】

芥川龍之介「歯車」……………筑摩書房　ちくま文庫『芥川龍之介全集 1巻』

太宰治　「グッド・バイ」………筑摩書房　ちくま文庫『太宰治全集9』

梶井基次郎「檸檬」……………旺文社　旺文社文庫『檸檬・ある心の風景　他二十編』

中島敦「李陵」…………………KADOKAWA　角川文庫『李陵・山月記・弟子・名人伝』

夢野久作「女坑主」……………KADOKAWA　角川文庫『少女地獄』

泉鏡花「縷紅新草」……………筑摩書房　ちくま文庫『泉鏡花集成9』

# 付録 日本の文壇の主な流れ

**擬古典主義（紅露時代）** 明治時代の初期に井原西鶴に代表される浮世草子に影響を受けた作家たちの作風を示す。当時を代表する作家の尾崎紅葉と幸田露伴の二人の名からこの時代を紅露時代とも呼ぶ。紅葉は日本初の文学結社「硯友社」を発足し、泉鏡花、田山花袋、徳田秋声など多数の弟子を持った。

**ロマン主義** 写実主義や古典文学から離れ、個人の主観を重んじ、自由や恋愛を表現する作風。元々は西欧で興った運動だったが、それをドイツ留学から帰ってきた森鷗外が「舞姫」で取り入れたのが日本での始まりとされる。ロマン主義に分類される作品は、泉鏡花の「高野聖」、樋口一葉の「たけくらべ」、国木田独歩の「武蔵野」、徳冨蘆花の「不如帰」など。

**自然主義** フランスの作家であるゾラやモーパッサンの影響を受け、明治時代末期に日本で流行り始めた作風。元々は自然の事実を観察して、「真実」を描くためにあらゆる美化を否定するものだったが、日本ではそれが自己の内面を赤裸々に描くことにつながった。女弟子への思いを書いた田山花袋の「布団」や自分の出自を丹念に描いた島崎藤村の「破壊」などがあり、『布団』は日本文学の私小説の出発点とも評される。

**余裕派・高踏派（漱石・鷗外）** 自然主義が興隆する一方で後に反自然主義とも呼ばれる潮流が生じる。その一つが夏目漱石門下を中心とする余裕派である。人生に余裕ある態度で臨み、高踏的に人生を観察する低徊趣味（漱石の造語）の文学であり、別名で高踏派とも呼ばれ、その場合は森鷗外や堀口大学も分類されるが、明確な定義はされていない。

**耽美派** 美を描くことこそが最上の価値であると考える作風。明治末期に海外作品が森鷗外や上田敏らによって日本に紹介され、雑誌『スバル』『三田文学』を中心に作品が発表された。代表的な作家に「あめりか物語」や「ふらんす物語」を書いた永井荷風。そしてその荷風に激賞された谷崎潤一郎など。

**白樺派** 大正デモクラシーなど自由主義が広まり始める大正の日本で、理想主義・人道主義的な作品を描いた作家たちを示す。武者小路実篤と志賀直哉を中心に学習院の学生だった作家が制作し刊行した雑誌『白樺』が名前の由来となっている。白樺派を代表する作家の一人、武者小路実篤は後に「新しき村」という芸術家たちが集まる村を創設した。

**新現実主義** 大正時代の中期に東京帝国大学の同人誌『新思潮』で活動する芥川龍之介、菊池寛、山本有三、久米正雄らを中心とした文芸思潮。白樺派で描かれる理想主義・人道主義とは対照的な作品を書く作家らを評したもので、新思潮に参加していない広津和郎、葛西善蔵、宇野浩二、佐藤春夫らも含まれる。

**プロレタリア文学** 労働者の意識向上が高まるにつれて、虐げられている労働者の現状を文学で表現とするための雑誌『種蒔く人』が創刊された。労働者たちの過酷な環境を描いた小林多喜二の「蟹工船」や、自身が体験したストライキや労働争議を描いた徳永直の「太陽のない街」が出版された。

**新感覚派** 大正末期に創刊された同人誌『文芸時代』に参加していた新進作家の横光利一、川端康成、中河与一、片岡鉄兵らを中心にしたグループ。第一次大戦後のヨーロッパで起きた前衛的芸術の影響を受けて、人生そのものを描く自然主義や労働者の視点から描くプロレタリア文学に反抗し、感覚的な新しい表現を追求した。

**新興芸術派** 昭和初期に結成された文学者のグループ。芸術を至上として反プロレタリア文学を標榜しており、「誰だ？ 花園を荒す者は！」を書いた中村武羅夫を中心に、川端康成、尾崎士郎・井伏鱒二・堀辰雄らも参加したが、後に川端は「新興芸術派の作家たちほどジャーナリズムに悪用されたことは、類を見ない」と語っており、批評家の平野謙は「芸術方法において独自なものを打ち出すことができなかった」と評している。

**無頼派** 第二次大戦敗戦後の日本で、既成の道徳や文学への反抗精神を示した作家たちを指す言葉で、特定の同人誌に参加したなどという共通点はない。主要なメンバーに坂口安吾、太宰治、織田作之助、石川淳らがいる。元々は江戸時代の戯作の精神を復活させようとしていたため「新戯作派」と呼ばれていたが、既成文学を大きく批判したため、無頼派という名称につながった。

**探偵小説** 日本の探偵小説の始まりと言われているのは、翻訳家としても有名な黒岩涙香が明治22年に発表した「無惨」。その後岡本綺堂がシャーロック・ホームズに影響されて「捕物帳」ものを描くようになり、大正9年に創刊された『新青年』は日本での探偵小説の中心的雑誌となり、江戸川乱歩や横溝正史、夢野久作、小栗虫太郎など様々な探偵小説作家を輩出した。

カバー・本文イラストレーション：斎賀時人

装丁・本文デザイン：野網雄太（野網デザイン事務所）
編集・執筆：有限会社マイストリート（高見澤秀／柿崎憲）
本文DTP：株式会社明昌堂

写真提供：
日本近代文学館／博多石焼き 大阪屋／天城ビレッジ

# 文豪死す

2024年4月29日 初版発行

著者———芥川龍之介、太宰治、梶井基次郎、
中島敦、夢野久作、泉鏡花

発行者——福本皇祐
発行所——株式会社新紀元社（SHINKIGENSHA Co Ltd）
〒101-0054
東京都千代田区神田錦町1-7 錦町一丁目ビル2F
TEL：03-3219-0921　FAX：03-3219-0922
http://www.shinkigensha.co.jp/
郵便振替 00110-4-27618

印刷———中央精版印刷株式会社

ISBN978-4-7753-2136-2
定価はカバーに表示してあります。
Printed in Japan